RUM: DIÁRIO DE UM JORNALISTA BÊBADO

Livros do autor na Coleção **L&PM** POCKET:

Hell's Angels
Medo e delírio em Las Vegas
Rum: diário de um jornalista bêbado

HUNTER S. THOMPSON

RUM: DIÁRIO DE UM JORNALISTA BÊBADO

Tradução de Daniel Pellizzari

www.lpm.com.br

Coleção **L&PM** POCKET, vol. 947

Texto de acordo com a nova ortografia.

Título original: *The Rum Diary*

Primeira edição na Coleção **L&PM** POCKET: abril de 2011
Esta edição: fevereiro de 2012

Foto da capa: © The Estate of Hunter S. Thompson.
Tradução: Daniel Pellizzari
Revisão: Gustavo de Azambuja Feix e Guilherme da Silva Braga
Mapa: Fernando Gonda

CIP-Brasil. Catalogação-na-Fonte
Sindicato Nacional dos Editores de Livros, RJ

T389r

Thompson, Hunter S., 1937-2005
   Rum: diário de um jornalista bêbado / Hunter S. Thompson; tradução de Daniel Pellizzari. – Porto Alegre, RS: L&PM, 2012.
   256p. : il.   (Coleção L&PM POCKET; v. 947)

Tradução de: *The Rum Diary*
ISBN 978-85-254-2218-7

1. Jornalistas - Ficção. 2. Ficção americana. I. Pellizzari, Daniel, 1974- II. Título. III. Série.

11-1545.   CDD: 813
                              CDU: 821.111(73)-3

Copyright © 1998 by Gonzo International Corp.

Todos os direitos desta edição reservados a L&PM Editores
Rua Comendador Coruja, 326 – Floresta – 90220-180
Porto Alegre – RS – Brasil / Fone: 51.3225.5777 – Fax: 51.3221-5380

Pedidos & Depto. comercial: vendas@lpm.com.br
Fale conosco: info@lpm.com.br
www.lpm.com.br

Impresso no Brasil
Verão de 2012

Para Heidi Opheim, Marysue Rucci e Dana Kennedy

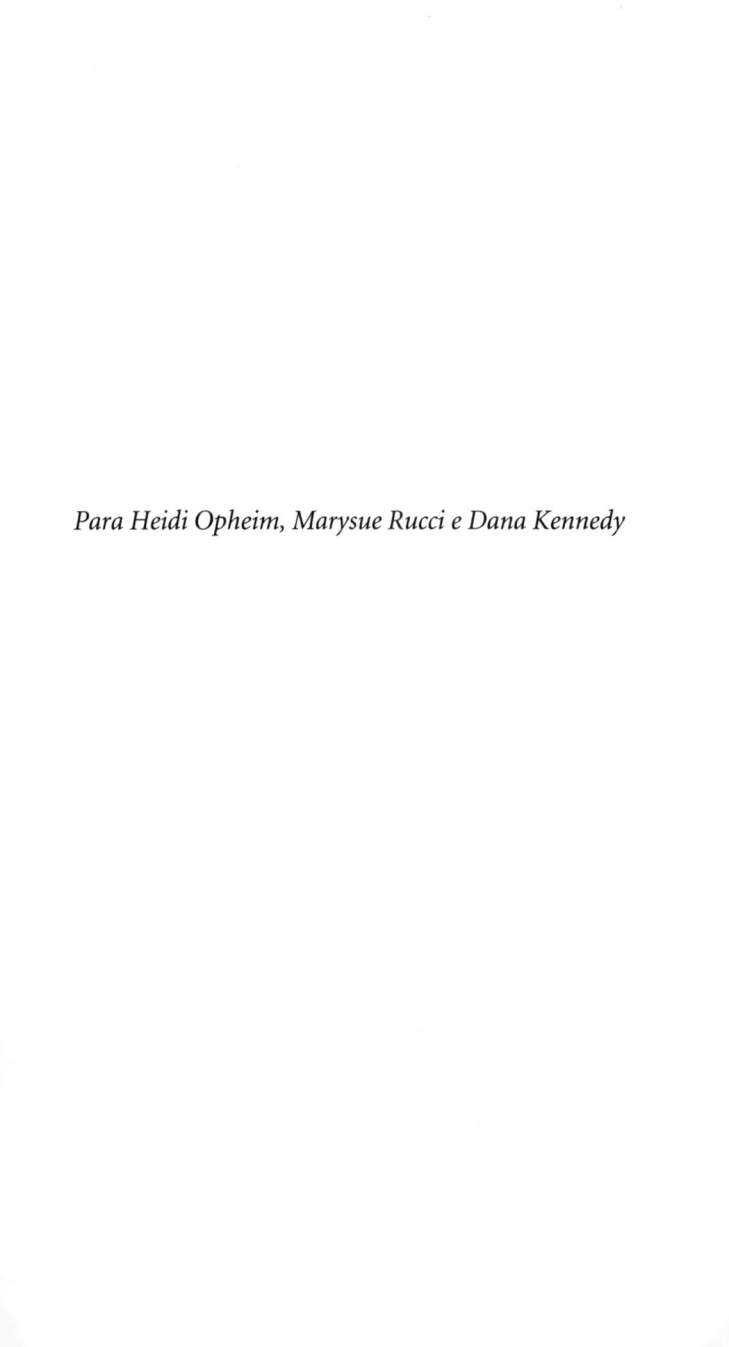

OCEANO A

Velha San Juan • Plaza Colón

Avenid

CANAL SAN

Isla Grande

BAÍA DE SAN JUAN

OCEANO ATLÂNT

SAN JUAN

EL YUNKE

PORTO RICO

SÃ
TO

VIEQUES

20km MAR DO CARI

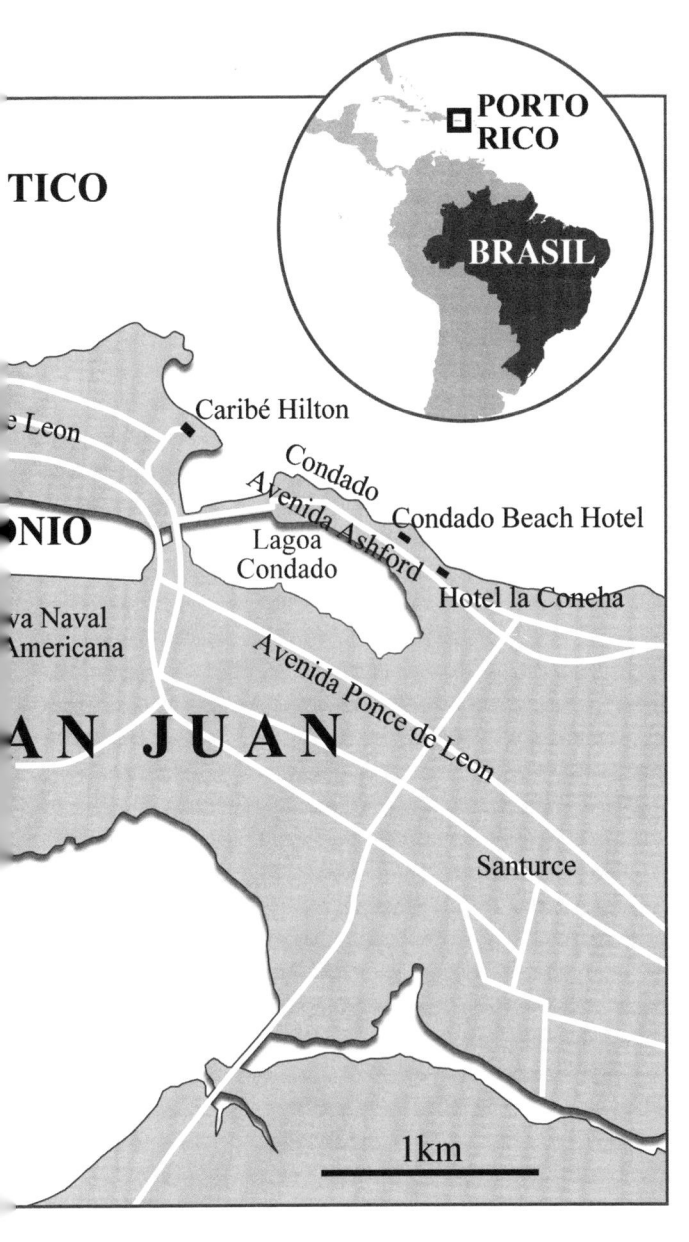

> *My rider of the bright eyes,*
> *What happened you yesterday?*
> *I thought you in my heart,*
> *When I bought you your fine clothes,*
> *A man the world could not slay.*[1]

> Dark Eileen O'Connell, 1773

---

1. Em tradução livre: *Meu cavaleiro de olhos brilhantes, / O que aconteceu com você ontem? / Em meu íntimo eu o enxergava, / Quando comprei suas belas roupas, / Um homem que o mundo não poderia destruir.* (N.T.)

San Juan, inverno de 1958

No início dos anos 1950, quando San Juan começou a se tornar uma cidade turística, um ex-jóquei chamado Al Arbonito construiu um bar no pátio de sua casa na Calle O'Leary. Batizou o lugar de Quintal do Al e pendurou uma placa na frente da casa, com uma flecha indicando o caminho do pátio entre dois prédios caindo aos pedaços. De início vendia apenas cerveja, por vinte centavos a garrafa, e rum, por dez centavos a dose (com gelo, quinze). Depois de vários meses, começou a vender hambúrgueres que ele mesmo preparava.

Era um lugar agradável para beber, especialmente naquelas manhãs em que o sol ainda não estava muito forte, e a brisa salgada que vinha do oceano emprestava ao ar um odor revigorante e saudável, que por algumas horas conseguia vencer o calor úmido e abafado que toma conta de San Juan por volta do meio-dia e permanece na atmosfera por muito tempo depois que o sol se põe.

Também era bom durante a noite, mas não muito arejado. Às vezes soprava uma brisa leve no bar do Al, graças à sua localização privilegiada – no topo do morro da Calle O'Leary, tão alto que se o pátio tivesse janelas você poderia enxergar a cidade toda. Mas o pátio era cercado por um muro maciço, e tudo o que você conseguia ver era o céu e algumas bananeiras.

Com o passar do tempo, o Al comprou uma nova caixa registradora e em seguida mesas com guarda-sol para o pátio. Acabou tirando sua família da casa na Calle O'Leary, e foram *morar em uma nova urbanización próxima ao aeroporto. Então contratou um negro enorme chamado Sweep, que lavava os pratos, servia os hambúrgueres e acabou aprendendo a cozinhar.*

Sua antiga sala de estar foi transformada em um pequeno piano-bar. Ele contratou um pianista de Miami, um sujeito magro e de rosto triste chamado Nelson Otto. O piano ficava a meio caminho entre o lounge *e o pátio. Era um velho baby grand, pintado de cinza-claro e coberto com um verniz especial para evitar que o ar salgado arruinasse seu acabamento – e sete noites por semana, por todos os doze meses do interminável verão caribenho, Nelson Otto sentava ao piano para misturar seu suor aos acordes cansados de sua música.*

O pessoal do Departamento de Turismo costuma falar do frescor dos ventos alísios que afagam as praias de Porto Rico dia e noite, o ano todo – mas Nelson Otto era um homem a quem os ventos alísios nunca pareciam atingir. Hora após hora, em meio ao calor sufocante e a um repertório exaustivo de blues e baladas sentimentais, o suor pingava de seu queixo e encharcava as axilas de suas camisas floridas de algodão. Ele amaldiçoava aquela merda de calor desgraçado com tanta violência e tanto ódio, que às vezes chegava a arruinar a atmosfera do lugar. Quando isso acontecia, as pessoas se levantavam e desciam a rua até o Flamboyant Lounge, onde a garrafa de cerveja custava sessenta centavos, e um filé, três dólares e meio.

Quando um ex-comunista chamado Lotterman chegou da Flórida para dar início ao San Juan Daily News, *o Quintal do Al tornou-se o ponto de encontro da imprensa de língua inglesa. Nenhum dos vagabundos e idealistas que tinham vindo trabalhar para o novo jornal de Lotterman tinha condições financeiras de frequentar os caríssimos bares em estilo nova-iorquino que pipocavam por toda a cidade como uma epidemia de cogumelos fluorescentes. Os repórteres que trabalhavam de dia iam chegando a partir das sete, e os que trabalhavam à noite – o pessoal dos esportes, os revisores e os diagramadores – chegavam em massa por volta da meia-noite. Às vezes alguém aparecia acompanhado, mas em noites normais uma garota no Quintal do Al era uma visão rara e erótica. Não havia muitas garotas brancas em San Juan, e a maioria delas era composta por turistas, trambiqueiras ou aeromoças. Não era de surpreender que preferissem os cassinos ou o bar no terraço do Hilton.*

Homens de todos os tipos vieram trabalhar no News: *de jovens turcos ensandecidos que queriam partir o mundo ao meio e começar tudo de novo até velhos repórteres medíocres e cansados, com panças de cerveja, que queriam apenas uma chance de terminar seus dias em paz, antes que algum bando de lunáticos partisse o mundo ao meio.*

Havia de tudo: de homens honestos e verdadeiramente talentosos a degenerados e perdedores irremediáveis que mal conseguiam escrever um cartão-postal – malucos, fugitivos e bêbados perigosos, um cubano ladrão que carregava uma arma embaixo do sovaco, um mexicano retardado que molestava criancinhas, vigaristas, pederastas e todo tipo de cancros venéreos em forma humana, e a maior parte deles trabalhava por tempo suficiente apenas para conseguir dinheiro para alguns drinques e uma passagem de avião.

Por outro lado, havia gente como Tom Vanderwitz, que mais tarde trabalhou para o Washington Post *e ganhou um prêmio Pulitzer. E um homem chamado Tyrrell, agora editor do* Times *de Londres, que trabalhava quinze horas por dia apenas para impedir que o jornal fosse por água abaixo.*

Quando cheguei, o News *já existia fazia três anos, e Ed Lotterman estava à beira de um colapso nervoso. Ouvindo-o falar, você imaginaria que Lotterman tinha andado por todos os cantos do planeta, enxergando a si mesmo como uma mistura de Deus, Pulitzer e o Exército de Salvação. Costumava jurar que se todas as pessoas que tinham trabalhado para o jornal naqueles três anos pudessem aparecer de uma só vez diante do trono do Todo-Poderoso – se todos ficassem ali, contando suas histórias e loucuras, seus crimes e delírios – não haveria dúvida nenhuma de que até mesmo Deus cairia de joelhos e começaria a arrancar os cabelos.*

É claro que Lotterman exagerava. Em seu discurso, esquecia de todos os bons sujeitos e falava apenas sobre aqueles que chamava de pinguços. Mas havia vários desses, e o melhor que se poderia dizer daquela equipe é que era bem estranha e descontrolada. Na melhor das hipóteses, não era possível confiar neles e, quando estavam nos dias ruins, não passavam de bêbados imundos. Seria mais fácil confiar em bodes. Mas ainda assim conseguiam produzir um jornal, e quando não estava trabalhando boa parte deles passava o tempo bebendo no Quintal do Al.

Reclamaram e resmungaram quando – no que alguns deles chamaram de acesso de ganância – Al aumentou o preço da cerveja para 25 centavos. Continuaram reclamando até que ele pendurou um cartaz com os preços da cerveja e de outros drinques no Caribé Hilton. Escrito com giz de cera preto, foi colocado atrás do balcão, à vista de todos.

Como o jornal servia de órgão centralizador a todos os repórteres, fotógrafos e trambiqueiros recentemente alfabetizados que iam parar em Porto Rico, Al também ficava com o duvidoso benefício desse negócio. A gaveta de sua máquina registradora vivia cheia de contas não pagas e cartas enviadas de todas as partes do mundo, todas prometendo "acertar aquelas contas num futuro próximo". Jornalistas errantes são caloteiros notórios, e para aqueles que viajam por este mundo sem raízes, uma conta de bar não paga pode até ser um fardo elegante.

Companhia para beber era o que não faltava naqueles tempos. Os personagens nunca duravam muito tempo, mas sempre apareciam outros. Chamo esses sujeitos de jornalistas errantes porque nenhum outro termo seria igualmente adequado. Nenhum deles era igual ao outro. Eram profissional-

mente aberrantes, mas tinham pouca coisa em comum. Por puro hábito, dependiam principalmente de jornais e revistas como principal fonte de renda. A vida deles estava atrelada a grandes riscos e movimentos súbitos. Não tinham fidelidade a nenhuma bandeira nem valorizavam nada além da sorte e dos bons contatos.

Alguns deles eram mais jornalistas que errantes e outros eram mais errantes que jornalistas, mas, com poucas exceções, eram supostos correspondentes internacionais freelancers de meio período que, por algum motivo, viviam a uma boa distância do establishment jornalístico. Não eram escravos eficientes ou papagaios nacionalistas como aqueles que integravam as equipes dos jornais e revistas conservadores do império Luce[2]. Pertenciam a outra raça.

Porto Rico era um fim de mundo, e a equipe do Daily News *era formada principalmente por uma ralé itinerante de temperamento imprevisível. Navegando nas ondas dos boatos e das oportunidades, vagavam pela Europa, pela América Latina e pelo Extremo Oriente. Onde quer que houvesse jornais de língua inglesa, lá estariam eles, pulando de galho em galho, sempre atrás da próxima grande oportunidade, da matéria perfeita, da herdeira milionária ou do trabalho regiamente pago que estava à sua espera no destino indicado em sua passagem de avião.*

Em certo sentido, eu era um deles – mais competente que alguns e mais estável que outros – e nos anos em que carreguei essa bandeira esfarrapada raramente fiquei desempregado. Cheguei a trabalhar para três jornais ao mesmo tempo. Redigi anúncios para novos cassinos e casas de boliche. Fui consultor dos organizadores das rinhas de galo, um crítico gastronômico terrivelmente corrupto, fotografei regatas e me tornei uma vítima rotineira da brutalidade policial. Era uma

---

2. Henry Luce (1898-1967), fundador da revista *Time* e do império de comunicações Time-Life, que incluía revistas como *Life*, *Fortune* e *Sports Illustrated* e hoje integra o conglomerado AOL/Time Warner. (N.T.)

vida baseada em ganância, e eu era bom nisso. Fiz algumas amizades interessantes, ganhei dinheiro suficiente para me virar e aprendi muitas coisas sobre o mundo que nunca poderia ter aprendido de outra forma.

Como a maioria dos outros, eu procurava alguma coisa, vivia em movimento, nunca estava satisfeito e às vezes me metia nas mais imbecis enrascadas. Nunca ficava parado por tempo suficiente para me dar ao luxo de pensar, mas de algum modo sentia que meus instintos estavam certos. Compartilhava uma espécie difusa de otimismo que dizia que alguns de nós estavam realmente progredindo, que estávamos num caminho honesto, e que os melhores dentre nós inevitavelmente chegariam ao topo.

Ao mesmo tempo, nutria suspeitas melancólicas de que a vida que levávamos era uma causa perdida, que não passávamos de atores, enganando a nós mesmos numa odisseia sem sentido. Era a tensão entre esses dois polos – um idealismo incansável e uma sensação de catástrofe iminente – que me dava forças para seguir adiante.

Um

Meu apartamento em Nova York ficava na Perry Street, a uma distância de cinco minutos a pé do White Horse. Eu costumava beber por lá, mas nunca conseguia ser aceito porque não usava gravata. As pessoas importantes não queriam saber de mim.

Bebi um pouco por lá na noite em que fui embora para San Juan. Phil Rollins, que trabalhara comigo, bancava a cerveja. Eu bebia tudo com sofreguidão, tentando ficar suficientemente bêbado para conseguir dormir no avião. Art Millick, o pior motorista de táxi de Nova York, estava lá. Assim como Duke Peterson, que acabara de voltar das Ilhas Virgens Americanas. Lembro que Peterson me deu uma lista de pessoas que deveria procurar quando fosse a São Tomás, mas perdi a lista e nunca cheguei a me encontrar com nenhuma delas.

Era uma noite gelada no meio de janeiro, mas eu usava só um casaco leve. Todo mundo estava com casacos pesados e paletós de flanela. Minha última lembrança é estar de pé sobre as pedras sujas da Hudson Street, apertando a mão de Rollins e amaldiçoando o vento congelante que soprava do rio. Em seguida entrei no táxi de Millick e dormi durante todo o caminho até o aeroporto.

Estava atrasado, e havia uma fila no guichê de reservas. Fiquei atrás de uns quinze porto-riquenhos e de uma loirinha. Tinha certeza de que ela era turista, uma jovem secretária ensandecida indo até o Caribe para passar duas semanas botando pra quebrar. Tinha um belo corpo mignon, e seu jeito impaciente de esperar indicava uma enorme quantidade de energia acumulada. Comecei a encará-la atentamente, sorrindo, sentindo a cerveja em minhas veias, esperando que ela se virasse e fizéssemos um ligeiro contato visual.

Ela pegou a passagem e começou a caminhar na direção do avião. Ainda restavam três porto-riquenhos na minha frente. Dois deles resolveram sua situação e seguiram adiante, mas o terceiro empacou quando o balconista se recusou a deixar que ele levasse uma enorme caixa de papelão para dentro da aeronave como bagagem de mão. Enquanto discutiam, eu rangia os dentes.

Acabei me metendo. "Ei!", gritei. "Que diabo é isso? Preciso entrar naquele avião!"

O balconista me olhou, ignorando os gritos do homenzinho à minha frente. "Qual é o seu nome?"

Respondi, ganhei minha passagem e corri até o portão. Quando entrei na aeronave, precisei empurrar cinco ou seis pessoas que aguardavam o embarque. Mostrei minha passagem à aeromoça, que fez cara feia, entrei na aeronave e passei os olhos nas duas fileiras de poltronas.

Não enxerguei nenhuma cabeça loira. Avancei correndo, imaginando que a garota podia ser tão pequena que sua cabeça nem apareceria por cima da poltrona. Mas ela não estava no avião, e àquela altura só restavam duas poltronas duplas. Sentei em uma poltrona do corredor e coloquei minha máquina de escrever na poltrona da janela. Os motores estavam dando a partida quando olhei para fora do avião e avistei a garota na pista de decolagem, acenando para a aeromoça que estava prestes a fechar a porta.

"Espere um pouco!", gritei. "Falta uma passageira!"

Fiquei olhando até a garota chegar ao pé da escada. Nesse ponto, me virei para sorrir assim que ela entrasse. Estendi a mão na direção da minha máquina de escrever, pensando em colocá-la no chão, quando um velho se meteu na minha frente e sentou na poltrona que eu estava reservando.

"Este lugar está ocupado", eu disse rapidamente, agarrando o velho pelo braço.

Ele se desvencilhou, rosnou alguma coisa em espanhol e virou a cabeça para a janela.

Agarrei-o novamente. "Levanta", ordenei, irritado.

O sujeito começou a gritar no instante exato em que a garota entrou e ficou procurando uma poltrona vaga. "Aqui tem uma", anunciei, dando uma cotovelada no velho. Antes que a garota me visse, a aeromoça apareceu e puxou meu braço.

"Ele sentou na minha máquina de escrever", expliquei. Impotente, vi a garota encontrar uma poltrona bem longe de mim, na parte da frente do avião.

A aeromoça acariciou o ombro do velho, tranquilizou-o e o fez sentar novamente. "Que tipo de valentão é você?", ela me perguntou. "Deveria colocar você pra fora!"

Resmunguei, despencando de volta na poltrona. O velho ficou olhando para a frente, sem piscar, até a decolagem. "Seu velho desgraçado", murmurei.

Ele nem pestanejou. Fechei os olhos e tentei dormir. De vez em quando dava uma olhada naquela cabeça loira na parte da frente do avião, até que desligaram as luzes e não consegui enxergar mais nada.

Quando acordei, já estava amanhecendo. O velho ainda dormia, e me recurvei por cima dele para olhar pela janela. Milhares de metros abaixo de nós estava o oceano, azul-escuro e tranquilo como um lago. Um pouco mais além avistei uma ilha, com seu verde brilhando ao sol da manhã. Era margeada de praias, e seu interior parecia tomado pelo marrom dos manguezais. O avião começou a descer, e a aeromoça anunciou que precisávamos apertar os cintos.

Momentos depois, sobrevoamos incontáveis palmeiras e taxiamos até parar em frente ao maior dos terminais. Decidi ficar na minha poltrona até que a garota passasse, para só então me levantar e caminhar ao seu lado pela pista. Como éramos os únicos brancos do avião, pareceria bem natural.

Enquanto esperavam a aeromoça abrir a porta, os outros se levantavam, davam risadas e falavam bobagens. De repente, o velho levantou de um salto e tentou passar por cima de mim como se fosse um cachorro. Sem pensar, empurrei-o contra a janela, fazendo soar uma pancada que silenciou a multidão. O homem parecia enjoado e tentou novamente passar por cima de mim, gritando histericamente em espanhol.

"Seu velho maluco!", gritei, empurrando-o novamente com uma das mãos enquanto usava a outra para tentar pegar minha máquina de escrever. A porta já estava aberta, e todos começavam a sair. Quando a garota passou por mim, tentei sorrir para ela, mantendo o velho preso contra a janela até conseguir passar ao corredor. Fazia um escândalo tão grande, gritando e sacudindo os braços, que senti vontade de enforcá-lo com o cinto para ver se conseguia acalmá-lo.

De repente, a aeromoça se aproximou, acompanhada do copiloto, e exigiu que eu explicasse o que pensava estar fazendo.

"Ele está batendo nesse senhor desde que saímos de Nova York", informou a aeromoça. "Deve ser um sádico."

Os dois me mantiveram ali por dez minutos, e de início achei que queriam me prender. Tentei me explicar, mas estava tão cansado e confuso que não conseguia controlar nada do que dizia. Quando finalmente me liberaram, deixei o avião de mansinho, como se fosse um criminoso, apertando os olhos e suando sem parar enquanto cruzava a pista rumo à sala de bagagens.

Havia porto-riquenhos por todo lado, mas nenhum sinal da garota. Não tinha mais muita esperança de encontrá-la e não estava muito otimista quanto ao que poderia acontecer caso a encontrasse. Poucas garotas veriam com bons olhos um sujeito como eu, um espancador de velhos. Lembrei da expressão em seu rosto quando me viu segurando o velho contra a janela. Era algo difícil de engolir. Decidi tomar café antes de pegar minha bagagem.

O aeroporto de San Juan é um lugar agradável e moderno, cheio de cores brilhantes, gente bronzeada e ritmos latinos retumbando de alto-falantes pendendo das vigas acima do saguão. Subi uma longa rampa, carregando meu sobretudo e minha máquina de escrever em uma das mãos e uma pequena sacola de couro na outra. As placas me levaram a outra rampa e, de lá, para a lanchonete. Enquanto entrava, avistei meu reflexo no espelho. Eu parecia sujo e sem classe, um vagabundo branquelo com olhos vermelhos.

Não só minha aparência era desleixada como eu também fedia a cerveja. Ela permanecia em meu estômago, como um caroço de leite rançoso. Tentei não respirar perto de ninguém ao sentar ao balcão para pedir algumas fatias de abacaxi.

Do lado de fora, a pista de decolagem resplandecia sob o sol da manhã. Mais além, uma densa floresta de palmeiras me separava do oceano. Bem distante, em alto-mar, um veleiro deslizava lentamente pelo horizonte. Fiquei olhando aquilo por tanto tempo que entrei em transe. Tudo parecia muito tranquilo lá fora, tranquilo e quente. Senti vontade de caminhar até as palmeiras e dormir um pouco, comer uns pedaços de abacaxi e ir até o mato para apagar por um tempo.

Em vez disso, pedi mais café e dei outra olhada no telegrama que acompanhava minha passagem de avião. Informava que eu tinha uma reserva em meu nome no Condado Beach Hotel.

Ainda não eram nem sete da manhã, mas a lanchonete estava lotada. Homens sentavam em grupo às mesas que ladeavam as amplas janelas, bebericando algo com aparência leitosa e conversando vigorosamente. Alguns poucos usavam ternos, mas a maioria estava vestindo o que parecia ser o uniforme daquele dia – óculos escuros de armação grossa, calças escuras e reluzentes, camisas brancas de manga curta e gravatas.

Escutei pedaços das conversas: "... não existe mais nada barato em frente ao mar... sim, cavalheiros, mas isto aqui não é Montego... não se preocupem, ele tem bastante, e tudo que precisamos é... arranjado, mas precisamos ser rápidos antes que Castro e aquela turma comecem...".

Depois de dez minutos escutando aquelas conversas com certa indiferença, comecei a suspeitar que estava em um covil de vigaristas, de vendedores desonestos. A maioria deles parecia estar esperando pelo voo 730 vindo de Miami, que – pelo que entendi ao escutar as conversas – estaria abarrotado de arquitetos, empreiteiros, consultores e sicilianos, todos fugindo de Cuba.

Aquelas vozes me deixaram furioso. Nunca tive nenhum problema com vigaristas, não tenho nenhuma queixa racional contra eles, mas considero repulsivo o simples ato de vender. Cultivo uma vontade secreta de esmurrar o rosto de um vendedor qualquer, quebrar seus dentes e deixar seus olhos roxos e inchados.

Depois daquelas conversas, não consegui prestar atenção em mais nada. Aquilo destruiu minha sensação de paz e acabou me incomodando tanto, que engoli de uma só vez o resto do meu café e saí dali às pressas.

A sala de bagagens estava vazia. Encontrei minhas duas bolsas de lona e contratei um carregador para levá-las até o táxi. Muito simpático, não parou de sorrir para mim enquanto cruzávamos o saguão, dizendo: "*Sí*, Puerto Rico está *bueno*... ah, *sí, muy bueno*... *mucho* ha, ha, *sí*...".

Dentro do táxi, relaxei e acendi um pequeno charuto comprado na lanchonete. Estava me sentindo melhor, sonolento, aquecido e completamente livre. Vendo as palmeiras passarem e olhando para o sol imenso queimando a estrada, tive um vislumbre de algo que não sentira desde meus primeiros meses na Europa – uma mistura de ignorância com uma certa confiança incerta e despreocupada, do tipo que costuma surgir em um homem quando o vento volta a soprar e ele começa a se mover em linha reta na direção de um horizonte desconhecido.

Acelerávamos por uma autoestrada de quatro pistas. As duas margens da estrada eram ocupadas por um enorme complexo residencial amarelo, rodeado por cercas altas de alambrado. Alguns momentos depois, passamos pelo que parecia ser uma nova região do complexo, cheia de casas idênticas, mas azuis e cor-de-rosa. Havia uma enorme placa na entrada, informando aos viajantes que estavam passando pela *urbanización* El Jippo. A alguns metros da placa havia uma barraquinha feita de folhagem de palmeira e pedaços de lata, com uma placa ao lado, escrita à mão, anunciando *Coco Frío*. Dentro da barraquinha, apoiado no balcão, um garoto de uns treze anos olhava os carros passarem.

Chegar meio bêbado em território estrangeiro é um problema para os nervos. Você tem a sensação de que algo está errado, de que está perdendo o controle. Eu me sentia assim e, quando cheguei ao hotel, fui direto para a cama.

Já eram quatro e meia da tarde quando acordei, faminto, imundo e sem muita certeza de onde estava. Fui até a sacada e olhei para a praia. Lá embaixo, uma multidão de mulheres, crianças e homens barrigudos se divertia dentro d'água. À minha direita, outro hotel e depois outro, cada um com sua própria praia lotada.

Tomei um banho e desci até o saguão aberto. Como o restaurante estava fechado, tentei a sorte no bar. Tudo indicava que fora trazido diretamente de uma estância nas Montanhas Catskills. Fiquei sentado ali por duas horas, bebendo, comendo amendoins e olhando para o mar. Não havia nem doze pessoas naquele lugar. Os homens pareciam mexicanos doentes, com bigodinhos ralos e ternos de seda que brilhavam como se fossem feitos de plástico. A maior parte das mulheres era composta por americanas de aparência frágil, e nenhuma era jovem. Todas usavam vestidos de festa sem mangas, que lhes caíam tão bem quanto sacos de borracha.

Eu me sentia como algo trazido pela maré. Já fazia cinco anos que tinha aquele casaco amassado e puído na gola, minhas calças não tinham vincos e, embora nunca tivesse pensado em usar gravata, estava obviamente deslocado sem uma delas. Para não continuar parecendo um impostor, desisti do rum e pedi uma cerveja. O garçom me olhou de um jeito estranho, e na mesma hora entendi o porquê – nada do que eu vestia brilhava. Aquilo era, sem dúvida, a marca de uma ovelha negra. Para me dar bem por lá, precisaria conseguir algumas roupas cintilantes.

Às seis e meia, deixei o bar e saí do hotel. Já escurecera, e a grande avenida parecia arejada e graciosa. Do lado oposto da rua havia casas que antigamente ficavam de frente para o mar. Agora ficavam de frente para hotéis, e a maioria delas tinha se enfurnado entre cercas vivas e muros que as separavam da rua. Aqui e ali era possível enxergar um pátio ou uma varanda cercada de tela cheia de pessoas sentadas debaixo de ventiladores, bebendo rum. De repente, escutei sinos em algum ponto da rua. Era o badalar sonolento do "Acalanto" de Brahms.

Caminhei mais ou menos um quarteirão, tentando sentir o clima daquele lugar, e os sinos ficaram mais próximos. De repente avistei um furgão de sorvetes avançando lentamente pelo meio da rua. Sobre o furgão havia um picolé gigante, piscando sem parar. A explosão de néon vermelho iluminava tudo ao seu redor. De algum lugar de suas entranhas saía a canção do senhor Brahms. Ao passar por mim, o motorista sorriu alegremente e tocou sua buzina.

Chamei um táxi na mesma hora e pedi ao motorista que me levasse ao coração da cidade. A velha San Juan é uma ilhota, ligada à ilha principal por diversas estradas construídas sobre diques. Cruzamos pela estrada que sai de Condado. Dezenas de porto-riquenhos apinhavam as margens da estrada, pescando nas lagoas rasas, e à minha direita havia um enorme vulto com um néon em cima que anunciava o Caribé Hilton. Esta, eu sabia, era a pedra fundamental do grande boom. Conrad surgira como uma espécie de Jesus e foi seguido por todos os peixes. Antes do Hilton não havia nada, mas agora o céu era o limite. Passamos por um estádio deserto e logo chegamos a uma avenida larga e arborizada, ao lado de um despenhadeiro. De um lado ficava a escuridão do Atlântico, e do outro, mais além da cidade estreita, brilhavam as milhares de luzes coloridas dos navios de cruzeiro ancorados na zona portuária. Deixamos a avenida e paramos em um lugar anunciado pelo motorista como Plaza Colón. Como a corrida custou um dólar e trinta centavos, estendi duas notas.

O motorista olhou para o dinheiro e sacudiu a cabeça.

"O que houve?", perguntei.

Encolheu os ombros. "Sem troco, *señor*."

Enfiei a mão no bolso – nem um centavo. Sabia que ele estava mentindo, mas não estava disposto a me aborrecer apenas para conseguir trocar um dólar. "Ladrão desgraçado", falei, atirando as notas em seu colo. Ele encolheu os ombros novamente e partiu.

A Plaza Colón servia de eixo para diversas ruazinhas estreitas. Os prédios pareciam amontoados. Tinham dois ou três andares e sacadas que avançavam sobre a rua. O ar estava quente, e a brisa trazia um cheiro sutil de suor e lixo. Das janelas abertas escapava uma cantoria de música e vozes. As calçadas eram tão estreitas que era quase impossível deixar de pisar na sarjeta. Vendedores de frutas bloqueavam as ruas com suas carrocinhas de madeira, vendendo laranjas descascadas por cinco centavos.

Caminhei por trinta minutos, olhando vitrines de lojas que vendiam roupas da "Ivy League", bisbilhotando bares cheios de putas e marinheiros, desviando de pessoas nas calçadas e temendo desmaiar a qualquer momento se não encontrasse um restaurante.

Acabei desistindo. Parecia não haver restaurantes na Cidade Velha. A única coisa que encontrei se chamava New York Diner e estava fechada. Desesperado, fiz sinal para um táxi e pedi ao motorista que me levasse ao *Daily News*.

O motorista ficou me olhando, sem reação.

"O jornal!", gritei, batendo a porta depois de entrar.

"*Ah, sí*", murmurou. "*El Diario, sí.*"

"Não, diabos", insisti. "O *Daily News*... o jornal americano... *el News*."

Como o motorista nunca tinha ouvido falar do *News*, voltamos à Plaza Colón. Coloquei o corpo para fora da janela e perguntei o endereço a um policial. Ele também não sabia, mas acabamos encontrando um homem em um ponto de ônibus que nos disse onde ficava o jornal.

Descemos uma ladeira de paralelepípedos até chegar à zona portuária. Não havia sinal do jornal, e suspeitei que o motorista estivesse me levando até lá para se livrar de mim. Quando viramos uma esquina, ele pisou no freio de repente. Bem à nossa frente, em meio ao que parecia uma briga generalizada, uma multidão aos gritos tentava invadir um prédio velho e esverdeado com jeito de ser um armazém.

"Continue", pedi ao motorista. "A gente consegue passar."

Ele resmungou e sacudiu a cabeça.

Esmurrei as costas de seu assento. "Anda logo! Se não se mexer, não vou pagar."

O motorista resmungou novamente, mas engatou a primeira e avançou até o início da rua, abrindo a maior distância possível entre nós e o tumulto. Parou quando estávamos ao lado do prédio. Percebi que a gangue, de uns vinte porto-riquenhos, estava atacando um americano alto vestido com um terno escuro. Ele estava parado nos degraus, sacudindo uma enorme placa de madeira como se fosse um taco de beisebol.

"Seus marginaizinhos desgraçados!", gritou. Uma confusão se seguiu, e escutei pancadas e gritos. Um dos agressores desabou na rua, com o rosto ensanguentado. O sujeito grandalhão recuou na direção da porta, sacudindo a placa à sua frente. Quando dois homens tentaram agarrá-lo, golpeou um deles no peito e derrubou-o pelos degraus. Os outros recuaram, gritando e sacudindo os punhos fechados. O homem rosnou: "Estou aqui, seus marginais... venham me pegar!".

Ninguém se mexeu. O homem esperou por alguns momentos, ergueu a placa por sobre seu ombro e atirou-a no meio da multidão. Atingiu um dos agressores direto na barriga, derrubando-o por cima dos outros. Escutei gargalhadas, e o homem desapareceu dentro do prédio.

"Certo", falei, olhando novamente para o motorista. "Podemos continuar."

O motorista sacudiu a cabeça, apontou para o prédio e depois para mim. "*Sí*, aqui *News*." Assentiu com a cabeça e apontou novamente para o prédio. "*Sí*", repetiu, sério.

Percebi então que estávamos bem na frente do *Daily News* – meu novo lar. Dei uma olhada na turba furiosa entre mim e a porta e decidi voltar ao hotel. Só que, nesse momento, começou outra confusão. Um Fusca estacionou atrás de nós, e dele saíram três policiais, sacudindo cassetetes e berrando em espanhol. Parte da multidão correu, mas outros decidiram ficar para discutir. Assisti à cena por alguns instantes, estendi um dólar para o motorista e corri para dentro do prédio.

Uma placa indicava que a redação do *News* ficava no segundo andar. Peguei um elevador e fiquei me preparando para mergulhar em outra cena de violência. Mas a porta se abriu em um corredor escuro, e um pouco à minha esquerda escutei o barulho da redação.

Assim que entrei, me senti melhor. Havia uma desordem amistosa no lugar, um ruído constante de máquinas de escrever e teletipos. Até o cheiro era familiar. A sala era tão ampla que parecia vazia, embora eu enxergasse pelo menos dez pessoas. A única pessoa que não estava trabalhando era um homem baixinho, de cabelos pretos, sentado a uma mesa ao lado da porta. Estava reclinado na cadeira, olhando para o teto.

Cheguei mais perto e, assim que comecei a falar, ele se sacudiu na cadeira. "Certo!", interrompeu. "O que você quer, porra?"

Encarei-o, um pouco irritado. "Amanhã começo a trabalhar aqui", expliquei. "Meu nome é Kemp. Paul Kemp."

O homem abriu um sorriso tênue. "Desculpe... achei que você queria pegar meus filmes."

"O quê?", perguntei.

Ele resmungou alguma coisa sobre ter sido roubado e precisar tomar cuidado com os outros.

Dei uma olhada ao redor. Todos pareciam bem normais.

O sujeito bufou. "Ladrões... malandros." Levantou-se e estendeu a mão. "Bob Sala, fotógrafo", apresentou-se. "O que o traz aqui esta noite?"

"Estou atrás de um lugar pra comer."

Ele sorriu. "Está sem dinheiro?"

"Não, estou rico... só não consigo achar um restaurante."

Sala desabou de novo sobre a cadeira. "Você teve sorte. A primeira coisa que se aprende por aqui é evitar restaurantes."

"Por quê?", perguntei. "Disenteria?"

Ele riu. "Disenteria, chatos, gota, sarcoidose... você pode pegar qualquer coisa por aqui, qualquer coisa mesmo." Olhou para seu relógio. "Espera só uns dez minutos que levo você até o bar do Al."

Afastei uma câmera e sentei sobre sua mesa. Ele se reclinou novamente e voltou a olhar para o teto, coçando sua cabeça magra de vez em quando e aparentemente viajando até uma terra mais feliz, onde havia bons restaurantes e nenhum ladrão. Parecia deslocado – estaria mais à vontade como bilheteiro em algum parque de diversões em Indiana. Seus dentes estavam em mau estado, precisava se barbear, sua camisa estava imunda, e seus sapatos pareciam ter sido doados por uma instituição de caridade.

Ficamos ali, sentados e em silêncio, até que dois homens saíram de uma sala no outro lado da redação. Um deles era o americano alto que eu vira brigar na rua. O outro era baixo e careca, e gesticulava com ambas as mãos enquanto falava, muito empolgado.

"Quem é aquele ali?", perguntei, apontando para o mais alto.

Sala deu uma olhada. "O cara ao lado do Lotterman?"

Assenti com a cabeça, supondo que o mais baixo fosse o Lotterman.

"O nome dele é Yeamon", Sala informou, voltando a olhar para mim. "Ele é novo... chegou há algumas semanas."

"Vi ele brigar lá fora", contei. "Um monte de portoriquenhos partiu pra cima dele na frente do prédio."

Sala sacudiu a cabeça. "Faz sentido... ele é maluco. Deve ter xingado aqueles capangas do sindicato. É algum tipo de greve ilegal. Ninguém sabe direito que diabo é isso."

Foi quando Lotterman o chamou, do outro lado da sala. "O que você está fazendo, Sala?"

Sala não desviou o olhar. "Nada... vou sair em três minutos."

"Quem é esse aí?", perguntou Lotterman, me olhando desconfiado.

"É o juiz Crater", Sala respondeu. "Acho que rende uma bela matéria."

"Juiz quem?", insistiu Lotterman, se aproximando da mesa.

"Esquece", disse Sala. "O nome dele é Kemp, e diz que foi contratado por você."

Lotterman parecia confuso. "Juiz Kemp?", resmungou, até que abriu um largo sorriso e estendeu as mãos. "Ah, sim... Kemp! Bom ver você, meu rapaz. Quando chegou?"

"Hoje de manhã", falei, saindo de cima da mesa para apertar sua mão. "Dormi quase o dia todo."

"Ótimo", disse. "Isso foi muito inteligente." Sacudiu a cabeça. "Bem, espero que você esteja pronto para a ação."

"Não agora", falei. "Preciso comer."

Lotterman riu. "Ah, não... amanhã. Não mandaria você trabalhar hoje à noite." Riu novamente. "É claro que não. Quero que vocês comam, rapazes." Sorriu para Sala. "Acho que o Bob vai mostrar a cidade pra você, né?"

"Claro que sim", Sala respondeu. "Vou colocar tudo na boa e velha conta do jornal, né?"

Lotterman gargalhou, nervoso. "Você entendeu o que eu quis, dizer, Bob... vamos tentar ser educados." Virou-se e acenou para Yeamon, que estava parado no meio da sala examinando um rasgo no casaco, na altura do sovaco.

Yeamon aproximou-se de nós a passos largos de pernas tortas, sorrindo educadamente quando Lotterman me apresentou. Era mesmo alto, com um rosto que tinha algo de arrogante ou de qualquer outra coisa que naquele momento não consegui identificar.

Lotterman esfregou as mãos. "É isso aí, Bob", disse, com um sorriso malicioso. "Estamos formando um belo time, né?" Deu um tapa nas costas de Yeamon. "O velho Yeamon acabou de ter uns probleminhas com aqueles comunistas desgraçados lá fora", falou. "São animais selvagens... precisam ser trancafiados."

Sala concordou. "Não vai demorar para que matem um de nós."

"Não diga isso, Bob", pediu Lotterman. "Ninguém vai ser morto."

Sala deu de ombros.

"Hoje cedo telefonei para o comissário Rogan e conversamos sobre o assunto", Lotterman explicou. "Não podemos tolerar esse tipo de coisa. É uma ameaça."

"Pode apostar que é", respondeu Sala. "Que se dane o comissário Rogan... precisamos é de umas Lugers." Levantou e pegou seu casaco, que estava pendurado na cadeira. "Bem, hora de ir." Olhou para Yeamon. "Vamos para o bar do Al. Você está com fome?"

"Apareço por lá mais tarde", respondeu Yeamon. "Antes quero passar no apartamento e ver se Chenault ainda está dormindo."

"Certo", disse Sala, e me indicou a porta. "Então vamos. Melhor sair pelos fundos. Não estou com muita vontade de brigar."

"Cuidado, rapazes", pediu Lotterman, às nossas costas. Assenti com a cabeça e acompanhei Sala até o corredor. Nos fundos do prédio, uma escadaria levava até uma porta de metal. Sala usou um canivete para abri-la. "Não tem como abrir do lado de fora", explicou, enquanto eu o seguia pelo beco.

Sala tinha um Fiat conversível, minúsculo e quase completamente carcomido pela ferrugem. Como o carro não queria pegar, precisei sair e empurrar. Quando o motor finalmente funcionou, pulei para dentro do carro. Assim que começamos a subir a ladeira, o motor rugiu como se estivesse sofrendo. Achei que não conseguiríamos, mas o carrinho se sacudiu corajosamente até o topo e começou a subir outra ladeira. Sala não parecia preocupado e castigava a embreagem sempre que o carro ameaçava morrer.

Estacionamos na frente do bar do Al e fomos até o pátio. "Vou pedir três hambúrgueres", Sala anunciou. "É só o que tem pra comer."

Assenti com a cabeça. "Aceito qualquer coisa. Preciso encher a barriga."

Sala chamou o cozinheiro e disse que queríamos seis hambúrgueres. "E duas cervejas", completou. "Bem rápido."

"Vou tomar rum", falei.

"Duas cervejas e duas doses de rum", gritou Sala. Depois se reclinou na cadeira e acendeu um cigarro. "Você é repórter?"

"Isso", respondi.

"O que veio fazer aqui?"

"Bem, por que não?", falei. "Existem destinos piores que o Caribe."

Sala grunhiu. "Aqui não é o Caribe... você deveria ter ido um pouco mais pro sul."

O cozinheiro atravessou o pátio trazendo nossos drinques. "Onde você estava antes de vir para cá?", perguntou Sala, pegando suas cervejas.

"Nova York", falei. "Antes disso, na Europa."

"Em que lugar da Europa?"

"Por todo canto... mas principalmente em Roma e Londres."

"*Daily American*?", perguntou.

"Isso", confirmei. "Trabalhei como substituto por seis meses."

"Conhece um cara chamado Fred Ballinger?"

Confirmei com a cabeça.

"Ele está aqui", disse Sala. "Está enriquecendo."

Resmunguei. "Esse cara é um otário."

"Você vai se encontrar com ele", avisou Sala, sorrindo. "Ele vive aparecendo lá na redação."

"Mas pra quê?"

"Pra puxar o saco do Donovan." Sala gargalhou. "Fica dizendo que era editor de esportes do *Daily American*."

"Ele era um picareta!", gritei.

Sala riu. "Donovan atirou o sujeito escada abaixo uma noite dessas... agora faz algum tempo que ele não aparece por lá."

"Ótimo", eu disse. "Quem é Donovan? O editor de esportes?"

Sala assentiu com a cabeça. "É um bêbado... está quase pedindo demissão."

"Por quê?"

Sala riu. "Todo mundo pede demissão... você também vai pedir. Ninguém que preste consegue trabalhar por aqui." Sacudiu a cabeça. "Todo mundo acaba tombando que nem mosca. Estou aqui há mais tempo do que qualquer outro... com exceção do Tyrrell, que cuida da editoria local, e ele também está de saída. Lotterman ainda não sabe... vai ficar maluco. Tyrrell é o único sujeito decente que restou." Deu outra risada. "Espere só até você conhecer o editor-chefe. Esse não consegue escrever nem uma manchete."

"Quem é ele?", perguntei.

"Segarra... Nick Seboso. Está escrevendo a biografia do governador. A qualquer hora do dia ou da noite. Ele não pode ser interrompido."

Tomei um gole do rum. "Há quanto tempo você está aqui?", perguntei.

"Muito tempo. Mais de um ano."

"Não pode ser assim tão ruim."

Sala sorriu. "Ora, não deixe que eu tire o seu ânimo. Talvez você acabe gostando. Tem gente que gosta."

"Que tipo de gente?", perguntei.

"Trambiqueiros", respondeu. "Vigaristas e vendedores desonestos. Eles adoram este lugar."

"Ah, sim", falei. "Percebi isso lá no aeroporto." Encarei-o. "O que faz você continuar aqui? Custa só 45 dólares para voltar a Nova York."

Sala bufou. "Diabos, ganho isso em uma hora... e só preciso apertar um botão."

"Você parece ganancioso", eu disse.

Ele sorriu. "Eu sou. Ninguém nesta ilha é mais ganancioso do que eu. Às vezes tenho vontade de dar um chute no meu próprio saco."

Sweep chegou com nossos hambúrgueres. Sala tirou os seus da bandeja e abriu-os sobre a mesa, jogando a alface e os tomates no cinzeiro. "Seu monstro descerebrado", suspirou, com ar cansado. "Quantas vezes preciso repetir para você manter essas porcarias longe da minha carne?"

O garçom ficou olhando para as porcarias.

"Mais de mil vezes!", gritou. "Repito isso todos os dias!"

"Cara", falei, sorrindo. "Você *precisa* ir embora. Este lugar está deixando você maluco."

Sala engoliu um dos hambúrgueres. "Você vai ver só", resmungou. "Você e o Yeamon... esse cara é louco. Não vai durar nada. Nenhum de nós vai durar." Esmurrou a mesa. "Sweep... mais cerveja!"

O garçom deixou a cozinha e ficou olhando para nós. "Duas cervejas!", gritou Sala. "Rápido!"

Sorri e me recostei na cadeira. "Qual o problema do Yeamon?"

Sala me encarou como se achasse incrível eu precisar fazer tal pergunta. "Você não o conheceu?", perguntou. "Aquele filho da puta tem cara de demente! O Lotterman morre de medo dele... não deu pra perceber?"

Sacudi a cabeça. "Yeamon me pareceu bem normal."

"Normal?", Sala gritou. "Ah, se você estivesse aqui há alguns dias! Ele virou esta mesa sem motivo algum. Exatamente esta mesa." Deu um tapa na mesa. "Sem motivo algum", repetiu. "Derramou todas as nossas bebidas no chão e virou a mesa em cima de um coitado que não entendia o que ele estava falando... e depois ameaçou pisar nele!" Sacudiu a cabeça. "Nem sei de onde o Lotterman tirou esse cara. Ele tem tanto medo do Yeamon que chegou a emprestar cem dólares para que o sujeito comprasse uma lambreta!" Sala riu, amargo. "Agora trouxe uma garota para morar com ele."

O garçom apareceu com as cervejas, e Sala tirou-as da bandeja. "Nenhuma garota boa da cabeça viria para cá", disse. "Só virgens... virgens histéricas." Sacudiu o dedo na minha frente. "Você vai acabar virando veado se ficar por aqui, Kemp, ouça bem o que estou falando. Este lugar transforma qualquer um em veado e maluco."

"Não sei não", respondi. "Uma coisinha linda veio no avião comigo." Sorri. "Acho que amanhã vou procurá-la. Aposto que ela vai estar em alguma das praias."

"Deve ser lésbica!", gritou Sala. "Este lugar está cheio delas." Sacudiu a cabeça. "É o mal dos trópicos... essa bebedeira constante movida por falta de sexo!" Recostou-se na cadeira. "Isso está me deixando louco! Estou perdendo o controle!"

Sweep veio correndo com mais duas cervejas, e Sala tirou-as da bandeja. Yeamon surgiu na entrada. Quando nos viu, veio até a mesa.

Sala gemeu, como se estivesse sofrendo. "Ah, meu Deus, falando no diabo", resmungou. "Não pise em mim, Yeamon. Eu não estava falando sério."

Yeamon sorriu e sentou. "Ainda está reclamando por causa do Moberg?" Sorriu e virou para mim. "O Robert acha que tratei mal o Moberg."

Sala resmungou alguma coisa que terminava em "doido".

Yeamon riu de novo. "Sala é o homem mais velho de San Juan. Que idade você tem, Robert? Uns noventa?"

"Não começa com essa merda!", gritou Sala, pulando da cadeira.

Yeamon sacudiu a cabeça. "Robert está precisando de mulher", falou, tranquilo. "O pênis dele está fazendo tanta pressão sobre o cérebro que ele não consegue mais pensar."

Sala resmungou e fechou os olhos.

Yeamon tamborilou na mesa. "Robert, as ruas estão lotadas de putas. Você devia prestar mais atenção. Vi tantas putas no caminho até aqui que tive vontade de pegar umas seis, tirar minha roupa, deitar no chão e deixá-las fazer festinha em mim, como se fossem cadelinhas." Riu e chamou o garçom.

"Seu desgraçado", Sala murmurou. "Não faz nem um dia que a garota chegou, e você já está falando em sair com vagabundas." Sacudiu a cabeça, pesaroso. "Você vai pegar sífilis. Continue se metendo com essas putas e logo, logo vai estar na maior merda."

Yeamon sorriu. "Certo, Robert. Você me avisou."

Sala olhou para cima. "Ela ainda está dormindo? Falta muito para eu poder voltar ao meu próprio apartamento?"

"Assim que a gente sair daqui", Yeamon respondeu. "Depois vou levá-la para casa. Claro que vou precisar do seu carro emprestado... não tenho como carregar tanta bagagem na lambreta."

"Santo Deus", Sala resmungou. "Você é uma praga, Yeamon. Vai acabar comigo."

Yeamon riu. "Você é um bom cristão, Robert. Será recompensado." Ignorou os resmungos de Sala e olhou para mim. "Você chegou no voo de hoje cedo?"

"Isso", respondi.

Yeamon sorriu. "Chenault me disse que um rapaz ficou espancando um velho dentro do avião. Era você?"

Grunhi, sentindo a teia de pecado e contingência se abater sobre a mesa. Sala me encarou, desconfiado.

Expliquei que viera sentado ao lado de um velho senil e totalmente maluco que insistia em tentar passar por cima de mim.

Yeamon riu. "Chenault achava que *você* era o maluco. Disse que ficava olhando fixamente para ela e em seguida descia o cacete no velho... você ainda estava batendo nele quando ela desceu do avião."

"Meu Deus do Céu!", exclamou Sala, me olhando com desprezo.

Sacudi a cabeça e tentei disfarçar com uma risada. Aquilo teria implicações terríveis. Um tarado que gosta de espancar velhinhos – essa não é bem a imagem que um sujeito gostaria de levar para um novo trabalho.

Yeamon parecia se divertir com aquilo, mas Sala estava cismado. Pedi mais bebidas e mudei de assunto sem demora.

Ficamos sentados ali por horas, conversando, bebendo sem pressa e matando tempo. No lado de dentro, soavam as notas tristes de um piano. A música flutuava até o pátio, emprestando à noite um tom melancólico e desesperado que chegava a ser quase agradável.

Sala tinha certeza de que o jornal estava prestes a fechar. "Vou ficar até o fim", garantiu. "Falta só um mês." Faria mais duas pautas fotográficas e depois iria embora, provavelmente para a Cidade do México. "É isso aí", insistiu. "Daqui a um mês todo mundo vai embora."

Yeamon sacudiu a cabeça. "Robert quer que o jornal feche, porque só assim vai ter uma desculpa para ir embora." Sorriu. "Mas o jornal ainda vai durar mais algum tempo. Só preciso de uns três meses... dinheiro suficiente para sair explorando as ilhas."

"Para onde?", perguntei.

Yeamon deu de ombros. "Qualquer lugar. Vou encontrar alguma ilha decente, um lugar barato."

Sala chiou. "Você fala como um homem das cavernas, Yeamon. Precisa mesmo é de um bom emprego em Chicago."

Yeamon deu risada. "Você vai se sentir melhor quando der uma trepada, Robert."

Sala resmungou e bebeu sua cerveja. Gostei dele, apesar de todas as suas lamúrias. Acho que era alguns anos mais velho do que eu. Talvez tivesse uns 32 ou 33, mas algo nele me fazia sentir como se já o conhecesse havia muito tempo.

Yeamon também me era familiar, mas nem tanto. Parecia mais com a lembrança de alguém que tinha conhecido em outro lugar e depois acabei perdendo o contato. Devia ter uns 24 ou 25 anos e lembrava vagamente eu mesmo com essa idade – não exatamente do jeito que eu era, mas do jeito que teria me visto se tivesse parado para pensar a respeito. Escutando Yeamon falar, percebi que fazia tempo que não tinha mais a sensação de ter o mundo nas mãos, que muitos aniversários tinham se passado rapidamente desde meu primeiro ano na Europa, quando era tão ignorante e tão confiante, que cada mínimo golpe de sorte fazia com que me sentisse um campeão invencível.

Não me sentia daquele jeito havia muito tempo. Talvez, em meio a toda a confusão do passado, a ideia de que era um campeão tenha sido roubada de mim. Mas naquele momento lembrei dela, e isso fez com que me sentisse velho e levemente irritado por ter feito tão pouco em tanto tempo.

Recostei-me na cadeira e beberiquei o rum. O cozinheiro estava fazendo barulho na cozinha, e por algum motivo o piano havia parado. Lá de dentro saía uma balbúrdia em espanhol, servindo como pano de fundo incoerente para meus pensamentos confusos. Pela primeira vez, senti a qualidade estrangeira daquele lugar, a distância genuína que eu colocara entre mim e minha última posição segura. Não havia razão nenhuma para me sentir pressionado, mas era assim que me sentia – pressionado pelo ar quente e pelo passar do tempo, pela tensão inerte que se acumula nos lugares onde os homens suam 24 horas por dia.

Dois

Na manhã seguinte, acordei cedo e fui dar um mergulho. O sol estava escaldante. Passei horas na praia, torcendo para que ninguém percebesse minha pouco saudável palidez nova-iorquina.

Às onze e meia, peguei um ônibus na frente do hotel. Estava lotado, e precisei ficar em pé. Dentro do ônibus, o ar mais parecia vapor, mas ninguém mais dava sinal de se importar com isso. Todas as janelas estavam fechadas. O cheiro era insuportável, e quando chegamos à Plaza Colón eu estava tonto e encharcado de suor.

Enquanto descia a ladeira rumo ao prédio do *News*, avistei a multidão. Alguns dos manifestantes carregavam cartazes imensos, enquanto os outros se recostavam em carros estacionados. Começavam a gritar sempre que alguém saía ou entrava do prédio. Tentei ignorá-los, mas um homem se aproximou berrando em espanhol e sacudindo o punho fechado em frente ao meu rosto. Corri para o elevador e tentei prendê-lo na porta, mas ele recuou de supetão enquanto ela se fechava.

Enquanto atravessava o corredor na direção da redação, escutei alguém gritando lá dentro. Quando abri a porta, vi Lotterman em pé no meio da sala, sacudindo um exemplar do *El Diario*. Apontava o dedo para um loiro baixinho. "Moberg! Seu bêbado maldito! Seus dias estão contados! Se alguma coisa errada acontecer com o teletipo, vou pagar o conserto com o dinheiro da sua indenização!"

Moberg não disse nada. Parecia doente o bastante para estar internado em um hospital. Mais tarde fiquei sabendo que ele tinha chegado à meia-noite na redação, totalmente embriagado, e mijado no teletipo. Além disso, levamos um furo sobre um assassinato a facadas na zona portuária, e Moberg acabou se metendo em problemas com a polícia. Lotterman não parava de xingá-lo, até que se virou para Sala, que acabara de entrar. "Onde você estava ontem à noite, Sala? Por que não temos nenhuma fotografia desse assassinato?"

Sala parecia surpreso. "Mas que história é essa? Saí daqui às oito. Você espera que eu trabalhe 24 horas por dia?"

Resmungando, Lotterman se afastou. Quando me viu, acenou para que eu entrasse em seu escritório.

"Deus do céu!", exclamou ao sentar. "O que há de errado com esses vagabundos? Invadem a redação, mijam num equipamento caríssimo, estão sempre bêbados... é incrível eu ainda não ter ficado louco!"

Sorri e acendi um cigarro.

Lotterman me olhou com um ar curioso. "Espero que você seja um ser humano normal. Se mais um pervertido aparecer por aqui, minha paciência vai terminar."

"Pervertido?", perguntei.

"Ah, você sabe do que estou falando", disse, com um aceno. "Pervertidos em geral – bêbados, vagabundos, ladrões – só Deus sabe de onde eles aparecem."

"Não valem porra nenhuma!", continuou. "Entram aqui se fazendo de inocentes, ficam sorrindo pra mim e depois somem sem se despedir de ninguém." Sacudiu a cabeça, entristecido. "Como vou produzir um jornal contando apenas com esses pinguços?"

"Parece difícil", comentei.

"E é", resmungou. "Acredite em mim, é mesmo difícil." Revirou os olhos. "Quero que você se aclimate o mais rápido que puder. Quando sair daqui, vá até a biblioteca e dê uma boa lida nas edições antigas. Faça algumas anotações, descubra o que está acontecendo." Meneou a cabeça. "Mais tarde você pode se reunir com o Segarra, nosso editor-chefe. Pedi a ele que lhe desse um plano geral da situação."

Conversamos por mais algum tempo. Mencionei ter ouvido um boato de que o jornal estaria prestes a fechar.

Lotterman pareceu alarmado. "Isso é coisa do Sala, não é? Olha, não dê a atenção a ele. O sujeito é maluco!"

Sorri. "Tudo bem... só achei bom perguntar."

"Temos malucos demais por aqui", estourou. "Precisamos de um pouco de sanidade."

A caminho da biblioteca, tentei imaginar quanto tempo duraria em San Juan, quanto tempo levaria para ser chamado de "espertalhão" ou "pervertido", para que começasse a chutar meu próprio saco ou virasse picadinho nas mãos de brutamontes nacionalistas. Lembrei da voz do Lotterman quando recebi seu telefonema em Nova York: sua estranha hesitação, as frases desconexas. Eu tinha desconfiado, mas agora tinha certeza. Quase conseguia enxergá-lo – agarrando o telefone com tanta força que o sangue sumia de seus dedos, tentando manter a voz tranquila enquanto multidões se aglomeravam à sua porta e repórteres bêbados mijavam por toda a redação – falando, tenso: "Mas é claro, Kemp, você me parece bem normal, é só aparecer por aqui e...".

E ali estava eu, um rosto novo no ninho das cobras, um pervertido ainda não classificado, usando uma gravata de *paisley* e uma camisa abotoada. Não era mais um jovem, mas estava longe de ser um veterano – um homem em transição, por assim dizer, indo até a biblioteca para descobrir o que estava acontecendo.

Estava dentro da biblioteca havia uns vinte minutos quando um porto-riquenho esbelto e de boa aparência entrou e me cutucou o ombro. "Kemp?", perguntou. "Sou Nick Segarra. Você tem um minuto?"

Levantei e apertamos as mãos. Seus olhos eram minúsculos, e seu cabelo havia sido penteado com tanta perfeição que desconfiei ser uma peruca. Segarra realmente parecia um homem capaz de escrever a biografia do governador. Parecia também um homem que seria convidado para os coquetéis do governador.

Atravessamos a redação rumo à sua mesa, que ficava em um canto da sala. Um sujeito que parecia recém-saído de uma propaganda de rum entrou e acenou para Segarra. Chegou mais perto – elegante e sorridente, com um rosto tipicamente americano, muito adequado ao trabalho diplomático, com seu bronzeado profundo e seu terno de linho cinzento.

Cumprimentou Segarra efusivamente, apertando sua mão. "Tem uma turma encantadora lá fora", comentou. "Um deles cuspiu em mim enquanto eu entrava."

Segarra sacudiu a cabeça. "É terrível, terrível... Ed não desiste de provocá-los..." Olhou para mim. "Paul Kemp", apresentou, "Hal Sanderson."

Apertamos as mãos. O aperto de mão de Sanderson era firme e experiente. Tive a impressão de que em algum ponto de sua juventude alguém lhe dissera que um homem pode ser julgado pela firmeza de seu aperto de mão. Ele sorriu e olhou para Segarra. "Tem um tempinho pra tomar um drinque? Sei de algo que pode interessar."

Segarra olhou no relógio. "Pode apostar que sim. Já estava mesmo de saída." Olhou para mim. "Amanhã a gente conversa, certo?"

Quando me virei, Sanderson me chamou. "É bom ter você conosco, Paul. Vamos almoçar qualquer dia desses."

"Claro", falei.

Passei o resto do dia na biblioteca e, às oito, fui embora. Saindo do prédio, encontrei Sala, que entrava. "O que você vai fazer hoje à noite?", perguntou.

"Nada", respondi.

Sala pareceu satisfeito. "Ótimo. Preciso tirar umas fotos nos cassinos. Quer vir comigo?"

"Acho que sim", falei. "Posso ir desse jeito?"

"Claro que sim", respondeu, sorrindo. "Você só precisa estar de gravata."

"Certo", confirmei. "Estou indo para o bar do Al. Apareça por lá quando sair."

Ele assentiu. "Vou levar uma meia hora. Preciso revelar um filme."

Era uma noite quente, e a zona portuária estava cheia de ratos. Muitos quarteirões adiante, um enorme navio de cruzeiro estava ancorado. Milhares de luzes brilhavam no convés, e música jorrava de seu interior. Ao pé da prancha de embarque, havia um grupo que parecia composto de empresários americanos acompanhados de suas esposas. Passei pelo outro lado da rua, mas o ar estava tão parado que consegui escutá-los perfeitamente – vozes alegres e quase contidas de algum lugar na região central dos Estados Unidos, de alguma cidadezinha monótona onde eles passavam cinquenta semanas por ano. Parei e fiquei escutando, oculto nas sombras de um antigo armazém, sentindo-me como um homem sem pátria. Como eles não podiam me ver, fiquei observando por vários minutos, escutando aquelas vozes de Illinois, Missouri ou Kansas e olhando todos em detalhes. Então segui meu caminho, ainda nas sombras, começando a subir a ladeira na direção da Calle O'Leary.

O quarteirão em que ficava o bar do Al estava cheio de gente: velhos sentados em degraus, mulheres entrando e saindo de portas, crianças perseguindo umas às outras nas calçadas estreitas, música saindo das janelas abertas, vozes cochichando em espanhol, o badalar tranquilo do

"Acalanto" de Brahms saindo de um furgão de sorvete e uma luz mortiça sobre a porta do bar.

Fui direto ao pátio, parando no caminho para pedir hambúrgueres e cerveja. Yeamon estava lá, sentado sozinho a uma mesa no fundo, olhando fixamente para alguma coisa que escrevera em um caderno.

"O que é isso?", perguntei, sentando à sua frente.

Yeamon olhou para mim e colocou o caderno de lado. "Ah, é aquela maldita matéria sobre os emigrantes", explicou, cansado. "É para segunda-feira, mas ainda nem comecei."

"É uma matéria importante?", perguntei.

Yeamon olhou para o caderno. "Bem... talvez seja importante demais para um jornal." Olhou para mim. "É aquela história... por que os porto-riquenhos saem de Porto Rico?" Sacudiu a cabeça. "Fui deixando isso de lado a semana inteira e, agora que a Chenault está aqui, não consigo fazer nada lá em casa... estou me sentindo meio pressionado."

"Onde você mora?"

Yeamon abriu um enorme sorriso. "Cara, você precisa ver, fica bem na praia, a uns trinta quilômetros da cidade. É demais. Você precisa mesmo ver."

"Parece ótimo", comentei. "Queria conseguir algo assim."

"Você vai precisar de um carro", explicou. "Ou de uma lambreta, como eu."

Concordei. "É, na segunda-feira começo a procurar."

Sala chegou assim que Sweep apareceu com meus hambúrgueres. "Quero três desses", pediu Sala. "O mais rápido que você puder. Estou com muita pressa."

"Ainda trabalhando?", perguntou Yeamon.

Sala assentiu com a cabeça. "Não para o Lotterman. Desta vez é para o velho Bob." Acendeu um cigarro. "Meu agente quer umas fotografias de cassinos. Não são fáceis de conseguir."

"Por quê?", eu quis saber.

"É ilegal", explicou. "Logo que cheguei aqui, me pegaram tirando fotos no Caribé. Precisei falar com o comissário Rogan." Riu. "Ele me perguntou como me sentiria se fotografasse um pobre coitado jogando na roleta, e a foto acabasse publicada no jornal de sua cidade no mesmo dia em que o sujeito fosse pedir um empréstimo no banco." Sala deu outra risada. "Falei que isso não me incomodava nem um pouco. Sou um fotógrafo, não um maldito assistente social."

"Você é terrível", disse Yeamon, sorrindo.

"Isso aí", Sala concordou. "Agora eles já me conhecem... então preciso usar isso aqui." Mostrou-nos uma câmera minúscula, do tamanho de um isqueiro. "Só eu e o Dick Tracy temos uma dessas", contou, sorrindo. "Vou pegar todo mundo."

Olhou para mim. "Bem, você sobreviveu ao primeiro dia. Alguma proposta?"

"Proposta?"

"Foi seu primeiro dia de trabalho", falou. "Duvido que alguém não tenha feito uma proposta."

"Ninguém", eu disse. "Falei com o Segarra... e com um cara chamado Sanderson. O que ele faz?"

"É um relações-públicas. Trabalha na Adelante."

"Para o governo?"

"De certo modo", disse Sala. "O povo de Porto Rico paga Sanderson para que ele melhore sua imagem nos Estados Unidos. A Adelante é uma grande organização de relações públicas."

"E quando ele trabalhou para o Lotterman?", perguntei. "Vi alguns textos assinados pelo Sanderson em edições antigas do *News*."

"Ele já estava aqui quando o jornal começou, trabalhou por lá durante um ano e depois foi para a Adelante. Lotterman diz que eles roubaram Sanderson, mas na verdade ninguém perdeu nada. O sujeito é um charlatão, um verdadeiro cretino."

"Aquele parceiro do Segarra?", Yeamon quis saber.

"Isso", Sala respondeu, distraidamente tirando a alface e os tomates de seus hambúrgueres. Comeu apressado e levantou. "Vamos", disse, olhando para Yeamon. "Vem com a gente. Pode acontecer alguma coisa interessante."

Yeamon sacudiu a cabeça. "Preciso escrever essa matéria desgraçada e depois pegar a lambreta e ir pra casa." Sorriu. "Agora sou um homem de família."

Pagamos nossa conta e fomos até o carro de Sala. A capota estava baixada, e o trajeto da avenida até Condado foi um passeio rápido e agradável. O vento arejava a noite, e o rugido do motorzinho do carro ecoava nas palmeiras enquanto desviávamos do tráfego.

O cassino Caribé ficava no segundo andar. Era um lugar amplo e enfumaçado, com as paredes forradas de cortinas escuras. Como Sala queria trabalhar sozinho, nos separamos na entrada.

Dei uma olhada na mesa de vinte e um, mas como todos pareciam tomados pelo tédio caminhei até a mesa dos dados, que era mais barulhenta. Reunido em torno da mesa, um grupo de marinheiros gritava enquanto os dados quicavam no tecido verde, e os crupiês recolhiam fichas sem parar, como faxineiros ensandecidos. Perdidos entre os marinheiros, havia alguns homens de smoking e ternos de seda. A maioria fumava charutos, e quando falavam se percebia na hora o sotaque de Nova York. Eu estava imerso numa nuvem de fumaça. Às minhas costas, ouvi um sujeito ser apresentado como "o maior trapaceiro de Nova Jersey". Um tanto curioso, me virei a tempo de enxergar o trapaceiro abrindo um sorriso educado, enquanto a mulher que o acompanhava caía na gargalhada.

A roleta estava cercada de pequenos apostadores, a maioria bem mais velha do que gostaria de aparentar. A iluminação de salões de jogo não é benéfica para as mulheres que estão envelhecendo. Expõe cada ruga do rosto e cada verruga do pescoço. Gotas de suor escorrem por entre seios negligenciados. Pelos em mamilos são expostos de relance, na companhia de braços flácidos e olhos tomados de pés de galinha. Fiquei observando aqueles rostos, quase todos vermelhos de sol, enquanto fitavam as cambalhotas dos dados e acariciavam nervosamente suas fichas.

Caminhei até uma mesa onde um jovem porto-riquenho trajado com um paletó branco distribuía sanduíches grátis. "Encrenca à vista", falei.

"*Sí*", ele respondeu, sombrio.

Estava voltando para a roleta quando alguém agarrou meu braço.

Era Sala. "Pronto?", perguntou. "Vamos embora."

Pegamos o carro e fomos até o Condado Beach Hotel, mas o cassino estava quase vazio. "Não tem nada por aqui", Sala desdenhou. "Vamos ali do lado."

Ao lado ficava o La Concha. O cassino estava mais lotado, mas a atmosfera era idêntica às outras – uma espécie de frenesi monótono, como se você tivesse tomado um estimulante quando o que realmente queria era dormir.

De algum modo, acabei envolvido com uma mulher que dizia ser de Trinidad. Tinha seios enormes, sotaque britânico e usava um vestido verde e justo. Parou ao meu lado na roleta. Antes que eu percebesse o que estava acontecendo, estávamos juntos no estacionamento, à espera de Sala, que, de um modo não menos estranho, apareceu na companhia de uma garota que era amiga da mulher de Trinidad.

Depois de muito esforço, conseguimos nos encaixar dentro do carro. Sala parecia agitado. "Que se dane o resto das fotos", disse. "Amanhã faço isso". Fez uma pausa. "Bem... e agora?"

Como só conhecia o bar do Al, sugeri que fôssemos para lá.

Sala discordou. "Aqueles vagabundos do jornal vão estar por lá", desdenhou. "Já devem estar chegando."

Depois de um momento de silêncio, Lorraine se inclinou sobre o assento e sugeriu que fôssemos até a praia. "A noite está tão bonita", sugeriu. "Vamos passear de carro pelas dunas."

Não consegui deixar de rir. "É isso aí", concordei. "Vamos comprar rum e passear de carro pelas dunas."

Sala resmungou e deu partida no carro. Paramos em uma bodega a alguns quarteirões do hotel. "Vou comprar uma garrafa", ele disse, saindo do carro. "Duvido que eles tenham gelo."

"Não se preocupe com isso", falei. "Mas traga uns copos de papel."

Em vez de ir ao aeroporto, onde disse que as praias estariam desertas, Sala seguiu até os limites de Condado. Paramos em uma praia bem na frente da zona residencial.

"Não podemos entrar com o carro na praia", falou. "Por que não damos um mergulho?"

Lorraine concordou, mas a outra garota não pareceu interessada.

"O que diabos há de errado com você?", Sala exigiu saber.

A garota o encarou friamente e não disse nada. Lorraine e eu saímos do carro, deixando Sala a sós com seu problema. Depois de caminharmos vários metros pela praia, fiquei curioso. "Você quer mesmo entrar na água?", perguntei.

"Sem dúvida", ela respondeu, tirando o vestido. "Passei a semana toda querendo fazer isso. Este lugar é uma chatice sem fim... ficamos sentadas o tempo todo."

Tirei minhas roupas e vi Lorraine insinuar tirar as roupas de baixo.

"Acho que é melhor garantir que fiquem secas", sugeri.

Lorraine sorriu, reconhecendo o valor do meu conselho. Abriu o sutiã e se livrou da calcinha. Caminhamos até a água e entramos lentamente. Estava morna e estimulante, mas as ondas estavam tão altas que nenhum de nós conseguia ficar em pé. Por um momento, considerei a ideia de nadar até depois da arrebentação, mas uma boa olhada para a escuridão do oceano me fez mudar de ideia. Ficamos brincando no raso por um tempo, deixando que as ondas nos derrubassem, até que Lorraine disse estar exausta e acabou voltando para a praia. Fui atrás dela e lhe ofereci um cigarro quando sentamos na areia.

Conversamos por algum tempo, fazendo o possível para ficarmos secos, até que de repente Lorraine me puxou para cima de si. "Faça amor comigo", pediu, em um tom de urgência.

Rindo, me inclinei para morder um de seus seios. Lorraine começou a gemer e puxar meu cabelo. Depois de alguns minutos, coloquei-a por cima das roupas, para que não ficássemos cheios de areia. O cheiro de seu corpo me excitou terrivelmente. Agarrei suas nádegas com força, metendo sem parar. De repente ela começou a uivar: de início pensei que talvez a estivesse machucando, mas logo entendi que aquilo era algum tipo radical de orgasmo. Lorraine teve vários deles, sempre uivando, antes que eu pudesse sentir a lenta explosão do meu próprio gozo.

Ficamos deitados ali por horas a fio, repetindo a dose sempre que descansávamos. No fim das contas, acho que não trocamos nem cinquenta palavras. Lorraine parecia não querer nada mais além da força e dos uivos do orgasmo, da energia de dois corpos rolando pela areia.

Fui picado pelo menos mil vezes pelos *mimis* – pequenos insetos que parecem ter um ferrão de abelha. Quando finalmente nos vestimos, percebi que estava coberto de inchaços horrendos. Com as pernas bambas, caminhamos pela praia até o ponto em que tínhamos deixado Sala e sua garota.

Não fiquei surpreso ao ver que tinham ido embora. Caminhamos até a rua e esperamos um táxi. Deixei Lorraine no Caribé e prometi que ligaria no dia seguinte.

Três

Ao chegar ao trabalho, perguntei ao Sala o que tinha acontecido com sua garota.

"Nem me fale nessa vadia", resmungou. "Ela ficou histérica. Precisei ir embora." Fez uma pausa. "E a sua?"

"Tudo ótimo", falei. "Caminhamos quase um quilômetro e meio e depois corremos de volta."

Sala me encarou com um ar curioso, então me deu as costas e entrou no laboratório fotográfico.

Passei o resto do dia reescrevendo matérias. Bem quando estava indo embora, Tyrrell me chamou e avisou que eu tinha uma pauta para cobrir na manhã seguinte, bem cedinho. O prefeito de Miami iria chegar no voo das sete e meia, e eu precisaria estar lá para fazer uma entrevista. Em vez de tomar um táxi, resolvi pegar emprestado o carro de Sala.

No aeroporto, encontrei os mesmos homenzinhos com rostos suspeitos sentados à janela, esperando pelo voo de Miami.

Comprei um *Times* por quarenta centavos e li sobre uma nevasca em Nova York: "Alameda Merritt interditada... BMT com engarrafamento de quatro horas... tratores tirando a neve das ruas... o Homem do Dia era um motorista de trator com Staten Island de pano de fundo... o prefeito Wagner ficou enfurecido... todos se atrasaram para o trabalho...".

Olhei pela janela. Ao enxergar a claridade daquela manhã caribenha, verde, preguiçosa e ensolarada, deixei o *Times* de lado.

O voo de Miami chegou, mas o prefeito não estava a bordo. Depois de alguma investigação, descobri que sua visita fora cancelada por motivos de saúde.

Fui até um telefone público e liguei para a redação. Moberg atendeu. "Nada do prefeito", informei.

"O quê?!", respondeu Moberg.

"Mandou dizer que está doente. Não tenho muito o que escrever. O que devo fazer?", perguntei.

"Fique longe daqui", avisou. "Estamos no meio de um tumulto. Ontem à noite quebraram os braços de dois dos nossos fura-greves." Riu. "Eles vão matar todos nós. Venha para cá depois do almoço. As coisas já deverão estar melhores."

Voltei à lanchonete e tomei meu café da manhã: bacon, ovos, abacaxi e quatro xícaras de café. Depois, relaxado, de barriga cheia e realmente sem dar a mínima se o prefeito de Miami estava vivo ou morto, dei uma volta pelo estacionamento e resolvi visitar Yeamon. Ele me dera um mapa que mostrava como chegar até sua casa de praia, mas eu não estava preparado para a estrada de areia. Parecia algo transposto de alguma selva filipina. Segui o tempo todo em marcha lenta, com o mar à minha esquerda e um mangue imenso à minha direita. Atravessei quilômetros de coqueiros e barracos de madeira cheios de nativos silenciosos e mal-encarados, desviando das galinhas e das vacas na estrada, passando por cima de guaiamus, me arrastando em primeira pelo meio de charcos de água parada, dando solavancos e cabeçadas a cada vez que passava por um buraco enorme e, pela primeira vez desde que deixara Nova York, finalmente sentindo que estava no Caribe.

O sol da manhã emprestava um tom verde-dourado às folhas dos coqueiros. A claridade ofuscante das dunas me fazia apertar os olhos enquanto desviava dos buracos. Uma névoa cinzenta se erguia do mangue, e na frente dos barracos algumas negras penduravam roupas em cercas de madeira. De repente avistei um caminhão vermelho entregando cervejas em um lugar chamado El Colmado de Jesús Lopo, um mercadinho com telhado de palha erguido em uma clareira paralela à estrada. Depois de quatro minutos dirigindo por essa trilha infernal e primitiva, avistei enfim o que parecia um agregado de armações de concreto à beira da praia. De acordo com o mapa de Yeamon, era ali mesmo. Fiz a curva e dirigi uns vinte metros pelos coqueiros até estacionar ao lado da casa.

Fiquei sentado no carro, esperando que ele aparecesse. Como sua lambreta estava estacionada no pátio, sabia que estava em casa. Como nada aconteceu depois de vários minutos, saí do carro para dar uma olhada. A porta estava aberta, mas a casa estava vazia. Na verdade, não era bem uma casa. Mais parecia uma cela. Havia uma cama encostada em uma das paredes, coberta por um mosquiteiro. A casa toda era uma única sala de no máximo dezesseis metros quadrados, com janelas minúsculas e piso de concreto. Seu interior era úmido e escuro, e não quis nem imaginar como seria aquilo com a porta fechada.

Tudo isso enxerguei de relance. Estava constrangido com minha aparição repentina e não queria ser pego bisbilhotando, como se fosse um espião. Cruzei o pátio e caminhei até uma duna que descia subitamente até a praia. Não havia nada além de areia branca e palmeiras ao meu redor. À minha frente, o oceano. A uma distância de cinquenta metros, uma barreira de recifes cortava a arrebentação.

Avistei dois vultos abraçados perto do recife. Reconheci Yeamon e a garota que viera comigo no avião. Estavam nus, com água pela cintura. Ela envolvia as pernas nos quadris de Yeamon e abraçava seu pescoço. Sua cabeça estava jogada para trás, e seu cabelo deixava rastros às suas costas, flutuando sobre a água como uma juba loira.

De início achei que estava vendo coisas. Era uma cena tão idílica que minha mente se recusou a aceitá-la. Fiquei ali parado, olhando. Yeamon abraçava a garota pela cintura, girando em círculos lentos. Escutei um ruído, um grito delicado e alegre, enquanto ela estendia os braços como se fossem asas.

Nesse ponto me afastei, entrei no carro e voltei até o tal Jesús Lopo. Comprei uma garrafinha de cerveja por quinze centavos e sentei num banco da clareira, me sentindo um velho. Testemunhar aquela cena que me trouxera diversas lembranças – não de coisas que tinha feito, mas de coisas que fracassara em fazer, de horas desperdiçadas, momentos frustrados e oportunidades perdidas para sempre. O tempo tinha devorado uma porção enorme da minha vida, uma porção que eu nunca mais conseguiria recuperar.

Sentado naquele banco, com o *señor* Lopo me encarando por trás de seu balcão como um feiticeiro maligno, começei a me sentir solitário. Naquele país, um homem branco vestido com um paletó não tinha motivos ou nem mesmo desculpas para ficar à toa. Fiquei sentado ali por uns vinte minutos, aguentando aquele olhar. Depois peguei o carro de volta para a casa do Yeamon, torcendo para que eles já estivessem de volta.

Cauteloso, me aproximei da casa, mas Yeamon começou a gritar para mim antes mesmo que eu fizesse a última curva. "Vai embora!", gritou. "Não traga suas preocupações proletárias para cá!"

Sorri, acanhado, e estacionei ao lado do pátio. "Pra você aparecer aqui tão cedo, Kemp, só pode ter acontecido algum problema", disse Yeamon, com um sorriso enorme no rosto. "O que houve? O jornal fechou?"

Sacudi a cabeça e saí do carro. "Precisei cobrir uma pauta bem cedo."

"Ótimo", ele respondeu. "Chegou bem na hora." Indicou a casa com a cabeça. "Chenault está fazendo o café. Acabamos de dar nosso mergulho matinal."

Caminhei até bem perto da praia e dei uma olhada ao meu redor. De repente, senti uma vontade terrível de ficar nu e correr para dentro d'água. O sol estava forte. Olhei com inveja para Yeamon, que vestia apenas um calção preto. Parado ali, de terno e gravata, com suor escorrendo pelo rosto e uma camisa encharcada grudando nas costas, me sentia um cobrador.

Chenault saiu da casa. Por seu sorriso, percebi que ela me reconheceu como o sujeito que tinha perdido o controle no avião. Sorri, nervoso, e disse olá.

"Lembro de você", falou, e Yeamon caiu na gargalhada enquanto eu tentava encontrar alguma coisa para dizer.

Chenault estava usando um biquíni branco, e seu cabelo ia até a cintura. Naquele momento, não se parecia nem de longe com uma secretária. Era como uma criança selvagem e sensual que nunca tinha vestido nada além de duas faixas de tecido branco e um sorriso acolhedor. Era toda pequenina, mas suas formas a faziam parecer maior. Não tinha o corpo magro e pouco desenvolvido da maioria das baixinhas, mas formas arredondadas e carnudas que davam a impressão de serem apenas quadris, coxas, mamilos e simpatia de cabelos compridos.

"Estou morrendo de fome", disse Yeamon. "E o café?"

"Quase pronto", respondeu Chenault. "Quer uma toranja?"

"Pode apostar", falou. "Senta aí, Kemp. Larga mão de ser enjoado. Quer toranja?"

Sacudi a cabeça.

"Não precisa ser educado", insistiu. "Sei que você quer."

"Certo", cedi. "Me dá uma toranja."

Chenault apareceu com dois pratos. Deu um deles para Yeamon e colocou o outro na minha frente. Era um enorme omelete coberto de bacon picado.

Sacudi a cabeça, dizendo que já tinha comido.

Chenault sorriu. "Não se preocupe. A gente tem de sobra."

"É sério", continuei. "Comi no aeroporto."

"Coma de novo", disse Yeamon. "Depois a gente pega umas lagostas... você tem a manhã toda."

"Você não está ocupado?", perguntei. "Achei que precisasse entregar hoje aquela matéria dos emigrantes."

Yeamon abriu um sorriso e sacudiu a cabeça. "Me mandaram cobrir aquela história do tesouro naufragado. Hoje à tarde vou me encontrar com uns mergulhadores. Eles dizem que acharam os destroços de um antigo galeão espanhol, não muito longe do porto."

"Cancelaram a matéria dos emigrantes?", perguntei.

"Não... quando terminar essa história do tesouro, volto a trabalhar nela."

Encolhi os ombros e comecei a comer, Chenault apareceu com outro prato e sentou aos pés da cadeira de Yeamon.

"Sente aqui", falei, começando a me levantar.

Chenault sorriu e sacudiu a cabeça. "Não, aqui está ótimo."

"Senta, Kemp", disse Yeamon. "Você está esquisito. Esse negócio de levantar cedo não faz muito bem pra você."

Resmunguei alguma coisa sobre boa educação e voltei a comer. Conseguia enxergar as pernas de Chenault pouco acima de meu prato, pequenas, firmes e bronzeadas. Ela estava quase nua, mas parecia não perceber. Aquilo me desarmou.

Depois do omelete e de um garrafão de rum, Yeamon sugeriu que pegássemos o arpão e fôssemos até os recifes atrás de umas lagostas. Concordei na hora, imaginando que qualquer coisa seria preferível a ficar sentado ali, cozinhando na minha luxúria.

Yeamon tinha um equipamento completo de mergulho, que incluía um enorme arpão duplo. Usei uma máscara e um respirador que ele tinha comprado para Chenault. Demos algumas braçadas até o recife e fiquei observando

Yeamon mergulhar até o fundo em busca de lagostas. Depois de um tempo, ele veio à tona e me deu o arpão. Como não conseguia me movimentar direito sem pés de pato, acabei desistindo e deixando que ele mergulhasse. De qualquer modo, eu gostava mais de ficar na superfície, flutuando na tranquilidade que há depois da arrebentação, olhando para a praia branca e suas palmeiras e mergulhando de vez em quando para observar Yeamon lá embaixo, em outro mundo, deslizando pelo fundo do mar como se fosse algum tipo monstruoso de peixe.

Exploramos o recife por uns cem metros, e depois Yeamon anunciou que deveríamos dar uma olhada no outro lado. "Precisa tomar cuidado por lá", avisou, remando por uma abertura estreita no recife, "podem aparecer tubarões... fique de olho enquanto eu mergulho."

De repente, ele mergulhou e foi direto para o fundo. Segundos mais tarde, veio à tona com uma lagosta enorme e verde se contorcendo na ponta do arpão.

Quando apareceu com mais uma, resolvemos voltar. Chenault nos esperava no pátio.

"Um belo almoço", anunciou Yeamon, atirando as lagostas em um balde ao lado da porta.

"E agora?", perguntei.

"É só arrancar as patas dos bichos e depois ferver", respondeu Yeamon.

"Que saco", resmunguei. "Queria poder ficar."

"A que horas você precisa chegar ao trabalho?", perguntou.

"Daqui a pouco", respondi. "Estão esperando meu relatório sobre o prefeito de Miami."

"Que se foda o prefeito", Yeamon desdenhou. "Fique por aqui, a gente enche a cara e mata umas galinhas."

"Galinhas?", perguntei.

"É, todos os meus vizinhos têm galinhas. Ficam soltas por aí. Matei uma delas na semana passada, quando a gente não tinha mais carne." Yeamon riu. "É um belo esporte, correr atrás de galinhas com um arpão."

"Santo Deus", murmurei. "Essa gente vai correr atrás de *você* com um arpão, se o pegarem matando as suas galinhas."

Quando voltei à redação, procurei Sala no laboratório e avisei que seu carro estava de volta.

"Ótimo", falou. "Precisamos ir até a Universidade. Lotterman quer que você conheça os mandachuvas."

Conversamos por alguns minutos. Sala me perguntou por quanto tempo pretendia ficar no hotel.

"Preciso sair de lá logo", falei. "Lotterman disse que posso continuar lá até encontrar um lugar para ficar, mas depois comentou que uma semana seria suficiente."

Sala assentiu com a cabeça. "É, ele vai tirar você de lá em breve... ou vai parar de pagar a conta." Olhou para mim. "Pode ficar lá em casa se quiser, pelo menos até encontrar alguma coisa do seu agrado."

Refleti por um instante. Sala morava numa espécie de enorme catacumba na Cidade Velha. Era um apartamento térreo com pé-direito alto, janelas com persianas e um fogareiro elétrico.

"Pode ser", eu disse. "Quanto custa o aluguel?"

"Sessenta."

"Nada mal", falei. "Não acha que vai se incomodar com a minha presença?"

"Ora, claro que não", respondeu. "Nunca fico por lá... é deprimente demais."

Sorri. "Certo, quando posso me mudar?"

Sala deu de ombros. "Quando você quiser. Mas fique no hotel pelo máximo de tempo que conseguir. Quando Lotterman tocar no assunto, diga que vai se mudar no dia seguinte."

Sala pegou seu equipamento, e saímos pela porta dos fundos, para evitar o tumulto na frente do jornal. O dia estava tão quente que eu começava a suar sempre que parávamos em um sinal vermelho. Quando começávamos a nos mover de novo, o vento me refrescava. Sala costurava o trânsito da Avenida Ponce de León, rumo aos subúrbios.

Em algum ponto de Santurce, paramos para deixar umas crianças atravessarem a rua. Começaram a rir de nós. "*La cucaracha!*", gritavam. "*Cucaracha! Cucaracha!*"

Sala parecia constrangido.

"O que está acontecendo?", perguntei.

"Esses escrotinhos estão chamando meu carro de barata", resmungou. "Acho que vou passar por cima de alguns deles."

Abri um sorriso e me recostei no assento enquanto seguimos viagem. Havia algo de estranho e irreal em toda a atmosfera daquele mundo onde eu acabara indo parar. Era divertido e ao mesmo tempo vagamente depressivo. Ali estava eu, vivendo em um hotel de luxo, correndo por uma cidade semilatina a bordo de um carrinho de brinquedo que parecia uma barata e fazia mais barulho do que um avião de caça, me esgueirando por becos e trepando na praia, catando comida em águas infestadas de tubarões, sendo perseguido por multidões que gritavam em um idioma que não era o meu... e tudo isso acontecia na velha e fascinante ilha de Porto Rico, onde todos gastavam dólares americanos, dirigiam carros americanos e ficavam sentados ao redor de roletas, fingindo estar em Casablanca. Parte da Cidade parecia Tampa, e a outra, um manicômio medieval. Todas as pessoas que conhecia agiam como se tivessem acabado de voltar de um teste de elenco importantíssimo. E eu recebia um salário ridiculamente alto para zanzar pela ilha e absorver tudo aquilo, tentando descobrir "o que estava acontecendo" por lá.

Senti vontade de escrever para todos os meus amigos e convidá-los para ir até lá. Lembrei de Phil Rollins dando duro em Nova York, cobrindo problemas do metrô e brigas de gangues no Brooklyn. Duke Peterson sentado no White Horse tentando imaginar que diabos faria a seguir. Carl Browne em Londres, reclamando do clima e se humilhando atrás de trabalho. Bill Minnish bebendo até morrer em Roma. Senti vontade de mandar telegramas para todos eles: "Venha logo pt o barril de rum é espaçoso pt pouco trabalho pt muito dinheiro pt bebo o dia todo pt trepo a noite toda pt venha logo pode durar pouco".

Estava pensando nisso, olhando as palmeiras passarem por mim e sentindo o sol em meu rosto, quando de repente uma freada barulhenta me atirou contra o para-brisa. Na mesma hora, um táxi cor-de-rosa passou voando pelo cruzamento, a menos de dois metros de nós.

Os olhos de Sala se arregalaram, e as veias de seu pescoço ficaram nítidas. "Santa Mãe de Deus!", gritou. "Viu aquele desgraçado? Passou direto pelo sinal vermelho!"

Engatou a marcha novamente, e saímos fazendo barulho. "Deus do céu!", resmungou. "Essas pessoas não têm noção! Preciso sair deste lugar antes que ele me mate."

Como Sala estava tremendo, me ofereci para dirigir. Fui ignorado. "Estou falando sério, cara", insistiu. "Preciso sair daqui... minha sorte está acabando."

Ele já tinha dito aquilo antes, e acho que era sincero. Vivia falando de sorte, mas estava realmente se referindo a um tipo muito criterioso de destino. Sala tinha uma percepção aguçada disso – uma crença de que coisas enormes e incontroláveis trabalhavam ao mesmo tempo contra ele e a seu favor, coisas que se moviam e aconteciam a cada minuto em todos os cantos do mundo. A ascensão do comunismo o preocupou, porque indicava que as pessoas estavam ficando cegas à sua sensibilidade como ser humano. Os apuros dos judeus o deprimiam, porque indicavam que as pessoas precisavam de bodes expiatórios, e que mais cedo ou mais tarde ele seria um deles. Outras coisas o incomodavam com frequência: a brutalidade do capitalismo, porque seus talentos estavam sendo explorados, a vulgaridade imbeciloide dos turistas americanos, porque acabavam com sua reputação, a estupidez descuidada dos porto-riquenhos, porque viviam tornando sua vida mais difícil e perigosa, e até mesmo, por algum motivo que nunca entendi, as centenas de vira-latas que ele encontrava pelas ruas de San Juan.

Quase nada do que ele dizia era original. O que o tornava único era o fato de não ter o mínimo senso de distanciamento. Sala era como o torcedor fanático que invade o campo para agredir um jogador. Enxergava a vida como um Grande Jogo, e a humanidade inteira se dividia em dois times – A Turma do Sala e Os Outros. Os riscos eram tremendos, e toda jogada era vital – e, embora ele assistisse a tudo com interesse quase obsessivo, não passava de um torcedor, berrando orientações que ninguém ouvia, acompanhado de uma multidão de treinadores ignorados, o tempo todo consciente de que ninguém lhe dava nenhuma atenção, porque ele não estava no comando do time e nunca estaria. E, como todos os torcedores, sentia-se frustrado pela consciência de que o máximo que poderia fazer, na melhor das hipóteses, seria entrar correndo no campo, causar algum tipo de transtorno ilegal e em seguida ser arrastado para fora pelos guardas, ao som das risadas da multidão.

Não chegamos à universidade. Sala teve um ataque epilético e precisamos voltar. Fiquei abalado, mas ele me garantiu que não havia com o que se preocupar e se recusou a me deixar dirigir.

No caminho de volta ao jornal, perguntei como tinha conseguido se manter naquele trabalho por um ano.

Ele riu. "Quem colocariam no meu lugar? Sou o único profissional desta ilha."

Ficamos nos arrastando por um engarrafamento enorme, até que Sala ficou tão nervoso que finalmente me deixou dirigir. Quando chegamos ao jornal, a multidão havia desaparecido, mas a redação estava em polvorosa. Tyrrell, o pau pra toda obra, tinha acabado de pedir demissão, e Moberg fora espancado por capangas do sindicato até ficar à beira da morte. Pegaram o fulano de jeito do lado de fora do jornal, como uma forma de vingar sua derrota para Yeamon.

Lotterman estava sentado em uma cadeira no meio da redação, grunhindo e praguejando, enquanto dois policiais tentavam conversar com ele. A pouco mais de um metro, Tyrrell estava calmamente sentado à sua mesa, cuidando de sua vida. Tinha dado aviso prévio de uma semana.

Quatro

Como esperava, minha conversa com Segarra foi uma perda de tempo. Ficamos em sua mesa por mais de uma hora, trocando futilidades e rindo de nossas próprias piadas. Embora ele falasse um inglês perfeito, ainda havia uma barreira linguística. Percebi de imediato que nunca conseguiríamos comunicar um ao outro alguma coisa que tivesse um significado real. Fiquei com a impressão de que ele sabia de tudo o que acontecia em Porto Rico, mas não entendia nada de jornalismo. Quando falava como um político, até fazia algum sentido, mas era difícil vê-lo como editor de um jornal. Parecia achar que era suficiente ter uma boa noção das coisas. A noção de que ele deveria passar adiante o que sabia, especialmente para o grande público, soaria como uma heresia perigosa. Levei um susto quando mencionou que ele e Sanderson haviam sido colegas na Universidade de Columbia.

Levei muito tempo para compreender a função de Segarra no *News*. Era chamado de O Editor, mas na verdade não passava de um picareta. Deixei de levá-lo a sério.

Talvez tenha sido por isso que não fiz muitos amigos em Porto Rico – pelo menos o tipo de amigos que poderia ter feito. Como Sanderson me explicou muito gentilmente certa vez, Segarra vinha de uma das famílias mais abastadas e influentes da ilha, e seu pai tinha sido ministro da Justiça.

Quando Nick se tornou editor do *Daily News*, o jornal ganhou muitas amizades valiosas.

De início, não julguei que Lotterman fosse tão malandro, mas com o passar do tempo percebi que ele usava Segarra apenas como uma espécie de garoto-propaganda, uma figura simbólica astuta e bem-relacionada para convencer os leitores esclarecidos de que o *News* não era uma marionete *yanqui*, mas uma instituição local tão respeitável como o rum e o *sugarball*[3].

Depois de nossa primeira conversa, Segarra e eu trocamos em média trinta palavras por semana. De vez em quando ele deixava um recado na minha máquina de escrever, mas cuidava para falar o mínimo possível. No início isso me pareceu muito conveniente, mesmo que Sanderson afirmasse que, enquanto Segarra continuasse me boicotando, estava condenado ao ostracismo social.

Mas naquele tempo eu não tinha ambições sociais. Era livre para circular. Como jornalista, tinha fácil acesso a qualquer coisa que desejasse, incluindo as festas mais refinadas, a casa do governador e enseadas secretas onde debutantes nuas nadavam à noite.

Depois de algum tempo, porém, Segarra começou a me incomodar. Senti que estava sendo excluído, e que ele era o motivo. Quando deixei de ser convidado para festas às quais não tinha intenção de comparecer, quando ligava para alguma autoridade e era dispensado pela secretária, comecei a me sentir um leproso social. Isso não me incomodaria nem um pouco se percebesse que a responsabilidade era minha, mas o fato de Segarra exercer algum tipo sinistro de controle sobre mim começou a me dar nos nervos. O que me era negado não tinha importância. O problema era o fato de Segarra poder me negar qualquer coisa, mesmo aquilo que eu nem queria.

---

3. Variação caribenha do beisebol. (N.T.)

De início fiquei tentado a lidar com a situação usando de bom humor, incomodando Segarra de todas as formas possíveis e deixando que ele caprichasse em suas retaliações. Mas não fiz isso. Ainda não estava pronto para fazer as malas e me mudar novamente. Já estava ficando um pouco velho demais para cultivar inimigos poderosos sem ter nenhuma carta na manga. Também perdera um pouco daquele velho ardor que no passado tinha permitido que fizesse apenas o que sentia vontade, com a certeza de que sempre conseguiria escapar das consequências. Estava cansado de fugir, cansado de não ter cartas na manga. Certa noite, sentado no pátio do bar do Al, entendi que um homem não pode passar a vida toda contando apenas com sua esperteza e sua coragem. Já fazia aquilo havia dez anos, e sentia que minhas reservas estavam acabando.

Segarra e Sanderson eram muito amigos. Estranhamente, mesmo que Segarra me considerasse um bronco, Sanderson fazia de tudo para ser decente comigo. Algumas semanas depois de conhecê-lo, precisei ligar para a Adelante por causa de uma matéria que estava fazendo e imaginei que Sanderson poderia ser uma boa fonte.

Ele me cumprimentou como se eu fosse um velho camarada. Depois de fornecer todas as informações que eu precisava, me convidou para ir jantar em sua casa. Fiquei tão surpreso que aceitei sem pensar duas vezes. O tom de sua voz tornara a ideia de um jantar em sua casa parecer muito natural, e só depois de desligar o telefone me dei conta de que de natural não tinha nada.

Depois do trabalho, peguei um táxi até a casa de Sanderson. Chegando lá, encontrei-o na varanda, acompanhado de um casal recém-chegado de Nova York. Estavam a caminho de Santa Lúcia para buscar seu iate, com a tripulação que tinha trazido o barco desde Lisboa. Um amigo em comum tinha sugerido que se encontrassem com Sanderson quando passassem por San Juan. Pegaram-no de surpresa.

"Mandei buscar umas lagostas", Sanderson avisou. "Até elas chegarem, tudo o que temos para fazer é beber."

Foi uma noite excelente. O casal nova-iorquino fez com que me lembrasse de algo que não encontrava havia muito tempo. Conversamos sobre iates. Era um assunto que eu dominava por ter trabalhado com isso na Europa, e que eles dominavam porque faziam parte de um mundo em que todas as pessoas pareciam ter um iate. Bebemos rum branco, que Sanderson afirmou ser muito superior ao gim, e à meia-noite já estávamos bêbados o suficiente para ir até a praia dar um mergulho sem roupa.

Depois daquela noite, comecei a dividir meu tempo entre a casa do Sanderson e o bar do Al. Seu apartamento parecia ter sido projetado em Hollywood para integrar o cenário de um filme sobre o Caribe. Era o andar inferior de uma antiga casa de estuque, perto dos limites da cidade e de frente para o mar. A sala de estar tinha um teto abaulado, com um ventilador que pendia do teto e uma porta ampla que dava para uma varanda cercada de telas. Em frente à varanda, havia um jardim cheio de palmeiras, com um portão que levava até a praia. A varanda era mais alta do que o jardim, e à noite dava para sentar lá com um drinque e enxergar a cidade toda. De vez em quando, um navio de cruzeiro passava pelo mar, todo iluminado, a caminho de São Tomás ou das Bahamas.

Quando a noite estava muito quente ou você ficava muito bêbado, era só pegar uma toalha e descer até a praia para dar um mergulho. Depois podia beber um conhaque excelente e, se continuasse bêbado, era só dormir na cama extra.

Só três coisas me incomodavam na casa do Sanderson: uma delas era o Sanderson, um anfitrião tão bom que fazia com que eu desconfiasse que havia algo de errado com ele.

Outra era o Segarra, que costumava estar quase sempre por lá quando eu aparecia. A terceira era um sujeito chamado Zimburger, que morava no andar superior da casa.

Zimburger era mais animal do que humano – alto, barrigudo e careca, com rosto de vilão de história em quadrinhos. Dizia ser investidor e vivia falando em abrir hotéis aqui e ali, mas tudo o que o via fazer era ir a reuniões dos fuzileiros navais reservistas nas noites de quarta-feira. Zimburger nunca se conformou com o fato de eu ter sido capitão dos marines. Todo início de tarde de quarta-feira, vestia seu uniforme e aparecia na varanda do Sanderson para beber até a hora da reunião. Às vezes, vestia o uniforme nas segundas ou sextas – geralmente usando alguma desculpa furada.

"Hoje tem treino extra", dizia. "O comandante Fulano quer que eu dê uma ajuda nas aulas de tiro."

Aí ele ria e pegava outro drinque. Nunca tirava seu quepe de serviço, nem mesmo quando já estava dentro de casa por mais de cinco ou seis horas. Vivia bebendo. Depois do pôr do sol, já estava podre de bêbado, gritando sem parar. Zanzava pela varanda ou pela sala de estar, resmungando e denunciando os "covardes e cagões de Washington" por não terem mandado os marines para Cuba.

"Eu vou!", gritava. "Pode apostar que vou! Alguém precisa acabar com a raça desses desgraçados, e nada impede que esse alguém seja eu!"

Costumava usar seu cinturão com coldre – precisava deixar a arma na base – e de vez em quando batia no cinturão e começava a gritar para algum inimigo imaginário do lado de fora. Era constrangedor vê-lo procurar a arma, porque parecia imaginar que ela estava mesmo ali, pendurada em seus quadris cheios de pneus, como em Iwo Jima. Era uma cena lamentável. Eu sempre ficava feliz quando ele ia embora.

Evitava Zimburger sempre que podia, mas às vezes ele nos pegava de surpresa. Às vezes eu aparecia na casa do Sanderson com uma garota que tinha conhecido em algum lugar. Jantávamos e depois ficávamos conversando... até que, de repente, alguém começava a esmurrar a porta. Então Zimburger adentrava a casa com a cara vermelha, a camisa cáqui molhada de suor, o quepe amassado sobre o crânio em forma de bala e ficava sentado conosco por só Deus sabe quanto tempo, berrando a respeito de algum desastre internacional que poderia ter sido facilmente evitado "se deixassem os benditos marines cumprirem seu dever em vez de nos trancafiarem como se a gente fosse um bando de vira-latas".

Na minha opinião, Zimburger precisava não apenas ser trancafiado como um vira-lata, mas sacrificado como um cão raivoso. Não conseguia entender como Sanderson o tolerava. Era sempre muito educado com Zimburger, mesmo quando ficava muito claro para todos os presentes que aquele sujeito precisava ser amarrado e atirado ao mar como um saco de lixo. Acho que a tolerância de Sanderson demonstrava que ele era um verdadeiro relações-públicas. Nunca o vi perder a calma, e seu trabalho o forçava a lidar com mais imbecis, canalhas e charlatões do que qualquer outro em toda a ilha.

Sanderson via Porto Rico de uma maneira bem diferente daquela exposta pelos comentários que eu costumava escutar na redação do *News*. Dizia nunca ter visto um lugar com tanto potencial. Em dez anos aquilo seria o *paraíso*, uma nova costa dourada para os Estados Unidos. As oportunidades eram tantas que desafiavam sua imaginação.

Ficava muito empolgado ao falar de tudo que estava acontecendo em Porto Rico, mas eu nunca conseguia perceber em quanto dessa conversa Sanderson realmente acreditava. Nunca quis contradizê-lo, mas ele sabia que não o levava muito a sério.

"Nem me venha com esse sorrisinho", dizia. "Trabalhei para o jornal, sei bem o que aqueles idiotas dizem."

Então ficava ainda mais empolgado. "De onde você tira esse ar de superioridade?", perguntava. "Aqui ninguém se importa se você estudou em Yale. Para essa gente, você não passa de um reles repórter, apenas mais um inútil do *Daily News.*"

Essa história de Yale era uma piada sem a mínima graça. Nunca estivera a menos de oitenta quilômetros de New Haven, mas na Europa acabei descobrindo que era muito mais fácil dizer que tinha me formado em Yale do que explicar por que larguei a faculdade depois de dois anos em Vanderbilt e em seguida me alistei voluntariamente. Nunca disse ao Sanderson que estudara em Yale. Aquilo devia ser coisa do Segarra, que certamente lera a carta que mandei para Lotterman.

Sanderson estudara na Universidade do Kansas e depois na Faculdade de Jornalismo de Columbia. Dizia sentir orgulho de suas origens rurais, mas isso claramente o envergonhava tanto que eu chegava a sentir pena. Certa vez, quando estava bêbado, me disse que o Hal Sanderson do Kansas estava morto – tinha morrido no trem para Nova York – e o Hal Sanderson que eu conhecia nascera no momento em que o trem parou na Penn Station.

Estava mentindo, é claro. Mesmo com todo o seu guarda-roupa caribenho e seus maneirismos da Madison Avenue, havia tanto do Kansas em Sanderson que vê-lo tentando negar esse fato era constrangedor. E não era só Kansas. Havia muito de Nova York, um pouco de Europa e mais alguma coisa que não pertence a país nenhum e era provavelmente a coisa mais importante em toda a sua vida. Quando ele me contou que estava devendo 2.500 dólares para um psiquiatra de Nova York e que gastava cinquenta dólares por semana com outro em San Juan, fiquei sem palavras. Daquele dia em diante, passei a vê-lo com outros olhos.

Não que achasse Sanderson maluco. Sem dúvida era um charlatão, mas por muito tempo imaginei que fosse um charlatão que podia tirar a máscara sempre que sentisse vontade. Comigo parecia ser sempre honesto o bastante, e nos raros momentos em que se permitia relaxar eu o achava terrivelmente agradável. Mas não era sempre que ele baixava a guarda, e geralmente o culpado era o rum. Sanderson relaxava tão raramente que seus momentos de naturalidade tinham certa qualidade desajeitada e infantil, quase patética. Vivia tão longe de si mesmo que imagino que não soubesse mais quem era.

Apesar de todos os seus defeitos, eu respeitava Sanderson. Viera para San Juan como repórter de um novo jornal que pouquíssimos respeitavam e, três anos mais tarde, era vice-presidente da maior empresa de relações públicas do Caribe. Esforçara-se bastante – e, se isso não fosse uma daquelas coisas que considero inúteis, precisaria admitir que se dera muito bem.

Sanderson tinha bons motivos para ser otimista em relação a Porto Rico. De sua posição vantajosa na Adelante, estava envolvido em incontáveis transações e ganhava mais dinheiro do que conseguia gastar. Eu não tinha dúvidas de que ele não levaria mais de dez anos para ficar milionário, a menos que os preços das consultas com psicanalistas aumentassem muito. Sanderson falou em cinco anos, mas dobrei essa previsão porque parecia quase indecente que um homem fazendo o tipo de trabalho que ele fazia acumulasse um milhão de dólares antes dos quarenta anos de idade.

Sanderson estava tão por cima que parecia ter perdido a noção da diferença entre negócios e tramoias. Quando alguém queria um terreno para um novo hotel, quando alguma briga no escalão superior abalava o governo ou quando qualquer coisa de alguma importância estava prestes a acontecer, Sanderson geralmente estava mais a par dos detalhes que o governador.

Isso me fascinava. Eu sempre tinha sido um observador, um sujeito que chegava a algum lugar e recebia uma pequena quantia em dinheiro para contar o que tinha visto e tudo que conseguira descobrir fazendo algumas perguntas apressadas. Agora, escutando as conversas de Sanderson, me senti à beira de um colapso generalizado. Considerando a confusão do boom e a moralidade oportunista que o sustentava, senti pela primeira vez na vida que poderia ter alguma chance de alterar o rumo das coisas em vez de apenas observá-las. Poderia até ficar rico. Deus é testemunha de que parecia relativamente fácil. Pensei muito sobre isso e, apesar de tomar cuidado para nunca tocar no assunto, comecei a perceber uma nova dimensão em tudo que acontecia.

Cinco

O apartamento de Sala na Calle Tetuán era tão acolhedor quanto uma caverna, uma gruta úmida bem no meio das entranhas da Cidade Velha. Não era uma vizinhança elegante. Sanderson mantinha-se longe dela, e Zimburger a chamava de esgoto. O lugar me parecia uma imensa quadra de handebol em algum clube fedorento. O pé-direito tinha seis metros, não havia nem sinal de ar fresco, a única mobília consistia de duas camas de campanha e uma mesa de piquenique improvisada e, como ficava no térreo, o lugar seria rapidamente saqueado por ladrões se um de nós resolvesse abrir as janelas. Uma semana depois de se mudar, Sala deixou uma das janelas destrancadas. Roubaram tudo o que ele tinha, incluindo seus sapatos e suas meias sujas.

Como não tínhamos geladeira, também não tínhamos gelo. Sendo assim, bebíamos rum em temperatura ambiente em copos sujos e fazíamos de tudo para ficar o maior tempo possível longe daquele lugar. Era fácil entender por que Sala não se importava em dividir o apartamento comigo. Nenhum de nós aparecia por lá, exceto para trocar de roupa ou dormir. Noite após noite eu ficava sentado no bar do Al, sem nenhum propósito específico, bebendo até ficar anestesiado porque não conseguia nem cogitar a ideia de voltar àquele lugar.

Bastou morar lá por uma semana para que estabelecesse uma rotina relativamente estrita. Dormia até mais ou menos dez da manhã, dependendo do nível de barulho na rua. Depois tomava uma ducha e caminhava até o bar do Al para o café da manhã. Com raras exceções, um dia de trabalho normal na redação começava ao meio-dia e terminava às oito da noite. Às vezes um pouco mais, outras um pouco menos. Depois voltávamos ao bar do Al para jantar. Depois disso íamos até os cassinos, a uma festa qualquer ou simplesmente ficávamos sentados no bar do Al ouvindo os outros contarem histórias, até que todos estivéssemos bêbados e nos arrastássemos até a cama. Às vezes eu ia até a casa do Sanderson, onde geralmente havia companhia para beber. Com exceção do Segarra e do infeliz escroto do Zimburger, quase todo mundo que aparecia no Sanderson era de Nova York, Miami ou das Ilhas Virgens. Eram sempre compradores, empreiteiros ou vendedores, e hoje não consigo lembrar do nome ou do rosto de nenhuma das mais de cem pessoas que conheci por lá. Nenhum deles chamava a atenção, mas era uma atmosfera agradável de socialização, uma bem-vinda folga daquelas noites terríveis no bar do Al.

Numa segunda-feira de manhã, fui acordado por algo que parecia crianças sendo destripadas do outro lado da janela. Olhei por uma fresta da veneziana e vi uns quinze porto-riquenhos em miniatura dançando na calçada e atormentando um cachorro com três pernas. Xinguei-os furiosamente e corri até o bar do Al para tomar café.

Chenault estava por lá, sozinha, sentada no pátio e lendo um exemplar usado de *O amante de Lady Chatterley*. Parecia muito jovem e atraente. Usava um vestido branco e sandálias, com seu cabelo solto escorrendo pelas costas. Sorriu quando me aproximei da mesa e sentei em sua companhia.

"O que você faz por aqui tão cedo?", eu quis saber.

Ela fechou o livro. "Ah, o Fritz precisou ir não sei aonde para terminar aquela matéria em que está trabalhando. Tenho que descontar uns cheques de viagem e estou esperando o banco abrir."

"Quem é Fritz?", perguntei.

Chenault me encarou como se eu ainda não tivesse acordado direito.

"O Yeamon?", perguntei de imediato.

Ela riu. "Eu o chamo de Fritz. É o nome do meio: Addison Fritz Yeamon. Não é ótimo?"

Tive que concordar. Nunca tinha pensado nele como alguém que não se chamasse Yeamon. Na verdade, não sabia quase nada sobre ele. Em todas aquelas noites no bar do Al, escutei as histórias de vida de quase todos os caras do jornal, mas Yeamon costumava ir direto para casa depois do trabalho. Comecei a considerá-lo um sujeito solitário, sem nenhum passado digno de nota e com um futuro tão vago que não fazia nenhum sentido comentar. Ainda assim, achava que o conhecia bem o suficiente, a ponto de nem precisarmos conversar muito. Desde o início, senti uma ligação com Yeamon, um tipo de compreensão tênue de que neste ramo toda conversa é fiada e de que um homem certo do que quer tem pouco tempo para atingir seu objetivo e não pode se dar ao luxo de ficar sentado se explicando.

Tampouco sabia alguma coisa sobre Chenault, exceto que ela tinha passado por uma mudança incrível desde que a avistei pela primeira vez no aeroporto. Tinha ficado bronzeada e alegre, sem nenhum traço daquela tensão, daquela energia nervosa que me parecera tão óbvia quando estava vestida com as roupas de secretária. Mas ainda restava um pouco. Em algum lugar entre aqueles cabelos loiros soltos e aquele sorriso amistoso de garotinha, eu percebia alguma coisa se movendo rápida e decididamente na direção de alguma brecha há muito esperada. Isso me deixava um pouco nervoso. Além disso, ficava relembrando o desejo que senti ao vê-la pela primeira vez e aquela manhã em que a vi dentro d'água, abraçada com Yeamon. Também lembrava daquelas duas tiras sumárias de tecido branco cobrindo seu corpo sinuoso no pátio. Tudo isso surgia em minha mente enquanto estava sentado ao seu lado no bar do Al.

Tomava meu café: hambúrguer com ovos. Quando cheguei a San Juan, o cardápio do bar do Al era apenas cerveja, rum e hambúrgueres. Era um café da manhã bem explosivo, e muitas vezes acontecia de eu chegar bêbado no trabalho. Certo dia, pedi que ele me fizesse alguns ovos e trouxesse café. De início recusou, mas quando pedi novamente ele disse que tudo bem. Depois disso, no café, você podia comer um ovo com seu hambúrguer e tomar café em vez de rum.

"Você veio pra ficar?", perguntei, encarando Chenault.

Ela sorriu. "Não sei. Larguei meu trabalho em Nova York." Olhou para o céu. "Só quero ser feliz. Sou feliz com Fritz... logo, aqui estou eu."

Consenti, pensativo. "É, isso parece bem razoável."

Ela riu. "Não vai durar. Nada dura. Mas por enquanto estou feliz."

"Feliz", murmurei, tentando definir aquela palavra. Mas essa é uma daquelas palavras que nunca consegui entender direito, assim como Amor. Muitas pessoas que trabalham com palavras não confiam muito nelas, e não sou exceção – especialmente quando se trata de palavras grandiosas, como Feliz, Amor, Honesto e Forte. São palavras fugidias, relativas demais quando comparadas a palavrinhas afiadas e maldosas como Marginal, Vagabundo e Charlatão. Com essas me sentia em casa, porque são miradas e fáceis de definir, mas as grandiosas são difíceis. Você precisa ser um sacerdote ou um tolo para usá-las com alguma segurança.

Como não estava pronto para colocar um rótulo em Chenault, tentei mudar de assunto.

"Que matéria é essa em que ele está trabalhando?", perguntei, oferecendo um cigarro.

Ela sacudiu a cabeça. "A mesma de sempre", respondeu. "Está tendo problemas com ela... é aquela história dos porto-riquenhos que vão para Nova York."

"Credo", falei. "Pensei que ele já tinha terminado essa matéria há muito tempo."

"Não", ela disse. "Eles não param de enchê-lo com outras pautas. Mas essa matéria precisa ser entregue hoje, por isso ele está cuidando do assunto agora mesmo."

Dei de ombros. "Ora, ele nem deveria se preocupar com isso. Uma matéria a mais ou a menos não faz muita diferença num jornal vagabundo como esse."

Umas seis horas depois fiquei sabendo que sim, fazia muita diferença, embora não da maneira que eu imaginava. Depois do café, acompanhei Chenault até o banco e em seguida fui trabalhar. Já eram quase seis horas quando Yeamon voltou sabe-se lá de onde estivera a tarde toda. Cumprimentei-o com a cabeça e depois fiquei observando com alguma curiosidade quando Lotterman o chamou até sua mesa. "Quero falar com você sobre aquela matéria dos emigrantes", falou. "Que diabos você acha que está fazendo comigo?"

Yeamon pareceu surpreso. "Como assim?"

Lotterman começou a berrar de repente. "Estou dizendo que você não vai se safar dessa! Você passou três semanas escrevendo essa matéria, e agora o Segarra me diz que ela não serve pra nada, é inútil!"

O rosto de Yeamon ficou vermelho. Curvou-se na direção de Lotterman como se estivesse pronto a esganá-lo. "Inútil?", repetiu, em voz baixa. "Como assim... inútil?"

Lotterman parecia mais furioso do que nunca, mas Yeamon soava tão ameaçador, que ele mudou rapidamente de tom – uma mudança leve, mas perceptível. "Olhe aqui", prosseguiu. "Não estou pagando você pra escrever artigos de revista. Que diabos você estava pensando ao entregar 26 páginas de material?"

Yeamon se curvou ainda mais. "Divida em várias partes", respondeu. "Não precisa publicar tudo de uma vez."

Lotterman deu risada. "Ah, então é isso! Você quer que eu publique uma série... está de olho no prêmio Pulitzer, não é?" Deu um passo à frente e voltou a elevar a voz. "Yeamon, quando eu quiser uma série peço uma série. Você por acaso é burro demais pra entender isso?"

Toda a redação assistia àquela cena. Eu já estava quase esperando que Yeamon espalhasse os dentes de Lotterman pelo piso. Quando ele finalmente começou a falar, sua calma me surpreendeu. "Olha só", disse, decidido, "você pediu uma matéria sobre os motivos que levam os porto-riquenhos a sair de Porto Rico, certo?"

Lotterman não desviou o olhar.

"Muito bem. Trabalhei nessa matéria por uma semana inteira. Não foram três semanas, a menos que você não lembre daquelas bobagens que me mandou fazer. Agora você fica gritando porque ela tem 26 páginas! Ora, que diabos, ela deveria ter umas sessenta! Se tivesse escrito a matéria que eu queria, você seria expulso da cidade por publicá-la!"

Lotterman parecia indeciso. "Bem", disse, depois de uma pausa, "se você quer escrever uma matéria de sessenta páginas, o problema é seu. Mas, se você quer trabalhar para mim, quero essa matéria resumida a mil palavras para a edição de amanhã de manhã."

Yeamon esboçou um leve sorriso. "Esse tipo de coisa é a especialidade do Segarra. Por que você não pede para *ele* fazer esse resumo?"

Lotterman inchou como um sapo. "O que você está dizendo?", berrou. "Está querendo me dizer que não vai fazer o que mandei?"

Yeamon sorriu novamente. "Só estava pensando com meus botões", disse, "se alguém já torceu o seu pescoço."

"O que é isso?", Lotterman retrucou. "Você está ameaçando torcer o meu pescoço?"

Yeamon sorriu. "Um homem nunca sabe quando pode ter seu pescoço torcido."

"Meu bom Deus!", exclamou Lotterman. "Você parece maluco, Yeamon. Pessoas vão para a cadeia por falar coisas desse tipo!"

"Sem dúvida", respondeu Yeamon. "Pescoços são TORCIDOS!" Disse isso com um tom de voz muito alto, acompanhado por um gesto violento de torção, sem tirar os olhos de Lotterman.

Lotterman parecia realmente alarmado. "Você *é* maluco", disse, nervoso. "Talvez seja melhor pedir demissão, Yeamon. Agora mesmo."

"Ah, não", respondeu Yeamon, sem perder tempo. "Não tem como. Estou muito ocupado."

Lotterman estava começando a tremer. Eu sabia que ele não tinha intenção de demitir Yeamon, porque seria forçado a lhe pagar um mês de indenização. Depois de uma pausa, repetiu: "Sim, Yeamon, acho que é melhor você pedir demissão. Você não parece feliz por aqui. Que tal cair fora?".

Yeamon riu. "Estou bem feliz. Por que você não me demite?"

Um silêncio tenso tomou conta do ambiente. Todos ficamos esperando pela cartada seguinte de Lotterman, entretidos e um pouco desnorteados com tudo aquilo. De início, parecia só mais um de seus chiliques, mas as respostas enlouquecidas de Yeamon deram a tudo um sabor estranho e violento.

Lotterman encarou Yeamon por um momento, parecendo mais nervoso do que nunca, e então lhe deu as costas e entrou em sua sala.

Fiquei recostado na minha cadeira, sorrindo para Yeamon, até ouvir Lotterman gritar meu nome. Estendi as mãos, mostrando a todos minha indiferença. Levantei devagar e caminhei até a sala de Lotterman.

Ele estava com os cotovelos cravados na superfície de sua mesa, mexendo em uma bola de beisebol que usava como peso para papéis. "Dá uma olhada nisso", falou. "Diga se vale a pena resumir." Estendeu uma pilha de papel-jornal que eu sabia ser a matéria de Yeamon.

"E se valer?", perguntei. "Quer que eu resuma?"

"Isso mesmo", respondeu. "E não me encha o saco. Leia tudo e me diga o que pode fazer com isso."

Levei a matéria até minha mesa e a li duas vezes. Depois da primeira leitura, entendi por que Segarra dissera que não servia para nada. Grande parte eram diálogos, conversas com porto-riquenhos no aeroporto. Contavam por que estavam indo para Nova York, o que esperavam conseguir por lá e o que achavam da vida que deixavam para trás.

Superficialmente era tudo meio entediante. Quase todos pareciam meio ingênuos, até ignorantes – não tinham lido os folhetos das agências de viagem nem as propagandas de rum, não sabiam nada do boom porto-riquenho. Tudo o que queriam era ir a Nova York. Era um documento sombrio, mas quando terminei a leitura não me restavam dúvidas sobre o que levava aquelas pessoas a ir embora. Não que seus motivos fizessem algum sentido, mas ainda assim eram motivos – afirmações simples, nascidas de mentes que jamais conseguiria entender, já que nasci em St. Louis em uma casa com dois banheiros, assisti a jogos de futebol americano, frequentei festinhas e aulas de dança. Eu tinha feito muitas coisas, mas nunca tinha sido um porto-riquenho.

Percebi que o motivo real que levava essas pessoas a deixar a ilha era basicamente o mesmo que me fizera deixar St. Louis, largar a faculdade e mandar para o inferno tudo o que esperavam que eu desejasse – na verdade, todas as coisas que tinha o dever de desejar. Tentei imaginar como seria se alguém tivesse me entrevistado no aeroporto Lambert no dia em que fui para Nova York com duas malas, trezentos dólares e um envelope cheio de recortes de minhas matérias em um jornal do exército.

"Diga-me, senhor Kemp, por que o senhor está deixando St. Louis, onde sua família vive há muitas gerações? Onde o senhor poderia, se quisesse, ter um nicho escavado para o senhor e seus filhos, de modo a viver em paz e segurança até o fim de seus dias bem-nutridos?"

"Bem, olha só, eu... hã... bem, eu sinto uma coisa estranha. Eu... hã... eu fico aqui sentado, olhando para esse lugar, e sinto que preciso ir embora, sabe? Preciso fugir."

"Senhor Kemp, o senhor parece um homem razoável. O que exatamente faz o senhor querer fugir de St. Louis? Não estou querendo me intrometer, entenda, sou apenas um repórter e inclusive sou de Tallahassee, mas me mandaram aqui para..."

"Não tem problema. Eu queria conseguir... hã... sabe, eu queria conseguir explicar pra você... hã... talvez eu deva dizer que parece que um saco cheio de borracha vai desabar sobre minha cabeça... algo puramente simbólico, sabe... a ignorância venal dos pais surtindo efeito nos filhos... isso faz algum sentido pra você?"

"Bem, ha, ha, meio que entendo o que o senhor quer dizer, senhor Kemp. Lá em Tallahassee seria um saco cheio de algodão, mas imagino que era mais ou menos do mesmo tamanho e..."

"Sim, é o maldito saco. Então estou caindo fora e acho que vou... hã..."

"Senhor Kemp, gostaria de poder dizer o quanto compreendo sua situação, mas o senhor precisa entender que, se eu aparecer com uma matéria sobre um saco cheio de borracha, vão me dizer que ela não serve para nada e provavelmente acabarão me demitindo. Veja bem, não estou querendo pressionar, mas será que o senhor poderia me dar algum dado mais concreto? Algo do tipo, bem, talvez aqui não existam oportunidades suficientes para jovens de iniciativa, sabe? Será que St. Louis está cumprindo com suas responsabilidades para com a juventude? Será que nossa sociedade não é suficientemente flexível para com os jovens cheios de ideias? Pode se abrir comigo, senhor Kemp. Qual é o problema?"

"Olha, cara, gostaria mesmo de poder ajudar. Deus é testemunha de que não quero que você volte para a redação sem uma boa matéria e acabe demitido. Sei como essas coisas funcionam... também sou jornalista, sabe... mas... bem... tenho Medo... será que isso adianta pra você? St. Louis Deixa os Jovens com Medo – nada mal para uma manchete, hein?"

"Ora, Kemp, você sabe que não tenho como usar esse papo de Sacos Cheios de Borracha e Medo."

"Mas que diabo, cara. Estou dizendo que é medo do saco! Diga a eles que esse sujeito chamado Kemp está caindo fora de St. Louis porque suspeita que o saco está cheio de alguma coisa horrenda e não quer acabar indo parar lá dentro. Ele percebe isso de longe. Esse sujeito, esse Kemp, não é um jovem exemplar. Foi criado com dois banheiros e futebol americano, mas em algum ponto da história alguma coisa deu errado. Agora tudo o que ele quer é Fugir, Cair Fora. Não está nem aí para St. Louis nem para seus amigos, sua família ou qualquer outra coisa... tudo o que ele quer é encontrar algum lugar onde consiga respirar... assim fica bom pra você?"

"Bem, Kemp, hã... você parece meio histérico. Não sei se consigo incluir você na matéria."

"Bem, então vá se foder. Sai da minha frente. Estão anunciando meu voo. Está ouvindo essa voz? Está ouvindo?"

"Você é um demente, Kemp! Vai acabar se dando muito mal! Conheci gente do seu tipo lá em Tallahassee, e todos eles acabaram..."

"Sim, todos eles acabaram parecidos com porto-riquenhos. Fugiram sem conseguir explicar o porquê, mas queriam mesmo cair fora e não se importavam se os jornais conseguiriam entender isso. De algum modo, imaginaram que dando o fora de onde quer que estivessem conseguiriam encontrar um lugar melhor. Ouviram aquele boato, aquele boato pútrido e demoníaco que deixa as pessoas incoerentes e cheias de vontade de fugir. Nem todo mundo vive em barracos de lata sem banheiro, sem dinheiro e sem nenhuma comida além de arroz e feijão. Nem todo mundo corta cana-de-açúcar por um dólar ao dia ou arrasta um monte de cocos até a cidade, para vender por dois centavos cada um. O mundo faminto, quente e vagabundo de seus pais, de seus avós, de todos seus irmãos e irmãs não é o único que existe, porque se um homem tiver coragem ou até mesmo desespero suficiente para percorrer alguns milhares de quilômetros, existe uma boa chance de que consiga ter dinheiro no bolso, uma barriga cheia de carne e uma vida decente."

Quando acabei de reler a matéria, levei-a de volta ao Lotterman e disse que ela deveria ser publicada como uma série em cinco partes.

Lotterman golpeou a mesa com sua bola de beisebol. "Maldição, você é tão maluco quanto o Yeamon! Não vou publicar uma série que ninguém vai ler."

"Vão ler, sim", insisti, mesmo sabendo que ninguém leria.

"Não me venha com essa!", rugiu. "Li só duas páginas e quase morri de tédio. É uma maldita avalanche de queixas. De onde ele tirou essa audácia? Está aqui há menos de dois meses e tenta me forçar a publicar uma matéria que parece tirada do *Pravda*[4], e ainda por cima quer publicá-la em formato de série!"

---

4. "Verdade", em russo. Jornal oficial do Partido Comunista da antiga União Soviética, publicado até hoje na internet. (N.T.)

"Bem", suspirei. "Você perguntou o que eu achava da matéria."

Lotterman me encarou sem piscar. "Esse é o seu jeito de dizer que não vai fazer o resumo?"

Queria recusar aquilo de uma vez, e teria feito isso, acho, mas hesitei por tempo demais. Não foi mais do que um instante, mas foi suficiente para que considerasse as consequências: ser demitido, não ter mais um salário, precisar fazer as malas novamente e lutar para me estabelecer em algum outro lugar. Então, disse: "Você é que manda no jornal. Só estou dando minha opinião, já que foi isso que você pediu".

Lotterman continuou me encarando. Pude perceber que ruminava tudo aquilo em sua mente. De repente, arremessou a bola de beisebol com toda a força. Ela quicou num canto da sala. "Mas que diabos!", berrou. "Pago um belo salário para aquele sujeito, e o que ganho com isso? Um monte de merda que não posso publicar!" Desabou na cadeira. "Bem, ele já era. Assim que botei os olhos nele, sabia que me causaria problemas. Agora o Segarra me diz que ele fica cruzando a cidade em uma motocicleta sem silenciador, aterrorizando as pessoas. Você ouviu quando ele ameaçou torcer meu pescoço? Viu os olhos dele? O sujeito é doido! Precisa ser internado!"

"Não precisamos desse tipo de gente", continuou. "Quando eles prestam pra alguma coisa, tudo bem, mas esse aí não serve pra nada. É só um vagabundo incorrigível tentando causar problemas."

Dei de ombros e me virei para sair da sala. Estava irritado, confuso e um pouco envergonhado de mim mesmo.

Lotterman me chamou. "Diga a Yeamon para vir até aqui. Vamos pagar o que ele tem direito e colocá-lo pra fora do prédio."

Cruzei a redação e avisei Yeamon que Lotterman queria falar com ele. Logo em seguida, escutei Lotterman chamando Segarra para seu escritório. Estavam os dois lá dentro quando Yeamon entrou.

Dez minutos mais tarde, Yeamon reapareceu e caminhou até minha mesa. "Bem, acabou meu salário", falou calmamente. "De acordo com o Lotterman, também não tenho direito a nenhum tipo de indenização."

Sacudi a cabeça, entristecido. "Cara, que sacanagem. Não sei o que há de errado com ele."

Yeamon olhou ao seu redor, sem prestar atenção em nada. "Nada de mais", falou. "Acho que vou tomar uma cerveja no bar do Al."

"Encontrei a Chenault por lá hoje, mais cedo", contei.

Ele assentiu com a cabeça. "Ela descontou o último de seus cheques de viagem."

Sacudi a cabeça novamente, pensando em dizer algo rápido e animador, mas antes que conseguisse pensar em alguma coisa Yeamon já estava no meio da redação.

"Até mais tarde", falei. "Vamos encher a cara."

Sem se virar, Yeamon consentiu. Observei enquanto esvaziava sua mesa. Depois foi embora sem dizer nada a ninguém.

Matei o resto do expediente escrevendo cartas. Às oito me encontrei com Sala no laboratório, e fomos de carro até o bar do Al. Yeamon estava sozinho no pátio, sentado em uma mesa de canto com os pés sobre uma cadeira e uma expressão distante no rosto. Olhou para cima quando nos aproximamos. "Olha", disse, em voz baixa. "Os jornalistas."

Murmuramos alguma coisa e sentamos com as bebidas que trouxéramos do bar. Sala se recostou e acendeu um cigarro. "Quer dizer que o filho da puta demitiu você?", perguntou.

Yeamon meneou a cabeça. "Pois é."

"Bem, não deixe ele se livrar da indenização", disse Sala. "Se ele vier com alguma história, coloque a Secretaria do Trabalho atrás dele. Você vai receber."

"Acho bom", disse Yeamon. "Senão vou precisar pegar aquele desgraçado de jeito uma noite dessas e descer o cacete nele bem no meio da rua."

Sala balançou a cabeça. "Não se preocupe. Quando ele demitiu o Art Glinnin, ficou devendo cinco salários. Glinnin acabou levando o caso para o tribunal."

"Ele me pagou três dias", contou Yeamon. "Calculou até a última hora."

"Ora, diabos", disse Sala. "Denuncie amanhã mesmo. Pegue o Lotterman de jeito. Faça com que ele receba uma notificação. Assim ele vai pagar."

Yeamon refletiu por um instante. "Isso deve dar um pouco mais de quatrocentos. Serve para viver por algum tempo, enfim."

"Este é um péssimo lugar para ficar quando se está sem grana", falei. "Esses quatrocentos dólares não são muita coisa quando você lembra que precisa de cinquenta só para chegar a Nova York."

Yeamon sacudiu a cabeça. "É o último lugar aonde iria. Não me dou bem com Nova York." Tomou um gole de sua bebida. "Não, quando sair deste lugar, acho que vou para o sul, para as ilhas, e lá procuro um cargueiro barato que esteja indo para a Europa." Balançou a cabeça, pensativo. "O problema é a Chenault."

Ficamos a noite toda no bar do Al, conversando sobre os lugares aonde um sujeito poderia ir no México, no Caribe e na América do Sul. Sala tinha ficado tão ressentido com a demissão de Yeamon, que repetiu por diversas vezes que também pediria demissão. "Quem precisa deste lugar?", gritou. "Que se exploda, que suma da face da Terra. Quem precisa dele?"

Sabia que aquilo era a voz do rum, mas depois de algum tempo o rum também começou a falar por mim. Quando começamos a caminhar na direção do apartamento, eu também estava pronto para pedir demissão. Quanto mais falávamos da América do Sul, mais vontade eu sentia de ir para lá.

"É um lugar do caralho", Sala não parava de repetir. "Cheio de dinheiro e com jornais de língua inglesa em todas as grandes cidades. Santo Deus, esse pode ser o destino ideal!"

Nós três descemos a ladeira lado a lado, caminhando bêbados pela rua de paralelepípedos, gargalhando como homens conscientes de que iriam se separar ao amanhecer e rumar para os cantos mais distantes do planeta.

Seis

É desnecessário dizer que nem eu nem o Sala pedimos demissão. No jornal, a atmosfera estava mais tensa do que nunca. Lotterman recebeu uma intimação da Secretaria do Trabalho na quarta-feira, com ordens para comparecer a uma audiência a respeito da indenização de Yeamon. Ficou praguejando a esse respeito a tarde toda, dizendo que era mais fácil nevar no inferno do que aquele maluco ganhar algum centavo. Sala começou a recolher apostas sobre o resultado final, estabelecendo as chances de Yeamon ser pago em uma proporção de três para um.

Para piorar as coisas, a partida de Tyrrell tinha forçado Lotterman a assumir o cargo de editor local. Isso significava que ele fazia a maior parte do trabalho. Repetia que isso era temporário, mas até então seu anúncio no *Editor & Publisher* não tinha surtido efeito.

Não fiquei surpreso. "Editor", dizia o anúncio. "Para San Juan, jornal diário. Início imediato. Vagabundos e bêbados nem precisam aparecer."

Ele chegou a me oferecer o trabalho. Certo dia, ao chegar no jornal, encontrei um bilhete na minha máquina de escrever. Informava que Lotterman queria falar comigo. Quando abri a porta da sala, ele estava em silêncio, brincando com sua bola de beisebol. Sorriu, com um ar astuto, e começou a falar como quem não queria nada.

"Andei pensando", começou. "Você parece bem esperto... já cuidou de uma editoria local?"

"Não", respondi.

"Não quer ter esse gostinho?", perguntou, ainda brincando com a bola.

Eu não queria nem saber daquilo. Significava um belo aumento, mas também uma quantidade infernal de trabalho extra. "Não faz muito tempo que estou aqui", argumentei. "Não conheço a cidade."

Lotterman atirou a bola ao ar e deixou que ela caísse no chão. "Sei disso", falou. "Só estava pensando."

"Que tal o Sala?", sugeri, sabendo que ele recusaria. Sala fazia tantos frilas que eu não conseguia entender por que ainda mantinha o emprego.

"De jeito nenhum", Lotterman respondeu. "Sala não está nem aí para o jornal. Não está nem aí pra nada." Curvou-se para a frente e largou a bola de beisebol sobre a mesa. "Quem mais? Moberg é um bêbado, Vanderwitz é um doente mental, Noonan é um idiota, Benetiz não fala inglês... Santo Deus! De onde tirei essa gente?" Desabou de volta na cadeira, grunhindo. "Preciso de *alguém*!", berrou. "Vou ficar louco se precisar fazer este jornal sozinho!"

"E o anúncio?", perguntei. "Ninguém apareceu?"

Ele grunhiu novamente. "Claro que sim... pinguços! Um sujeito disse ser filho de Oliver Wendell Holmes[5], como se eu me importasse com isso!" Atirou a bola contra o chão, com toda a força. "Quem fica mandando esses pinguços para Porto Rico? De onde eles saem?"

Sacudiu o punho fechado na minha frente e falou como se estivesse pronunciando suas últimas palavras: "Alguém precisa lutar contra isso, Kemp, eles estão tomando conta.

---

5. Oliver Wendell Holmes Jr. (1841-1935): notório jurista americano. Em sua carreira de mais de três décadas na Suprema Corte, exerceu grande influência no sistema legal americano. (N.T.)

Esses pinguços estão dominando o mundo. Se a imprensa for para o brejo, estamos perdidos, está me entendendo?".

Assenti com a cabeça.

"Por Deus", continuou. "Temos uma responsabilidade! Uma imprensa livre é vital! Se um bando de aproveitadores tomar conta deste jornal, é o princípio do fim. Começam por este aqui, depois colocam as mãos em mais alguns, até que um dia tomam conta do *Times*, consegue imaginar uma coisa dessas?"

Respondi que não conseguia.

"Vão acabar com a gente!", exclamou. "São perigosos, traiçoeiros! Aquele sujeito que dizia ser filho do juiz Holmes, eu conseguiria encontrá-lo no meio de uma multidão. Um infeliz com pescoço cabeludo e olhar de demente!"

Nesse instante, como se tivesse combinado, Moberg entrou porta adentro, trazendo um clipping do *El Diario*.

Os olhos de Lotterman se encheram de fúria. "Moberg!", gritou. "Ah, meu Deus, de onde você tira a audácia de entrar aqui sem bater? Juro por Deus que vou colocar você num hospício! Fora daqui!"

Moberg recuou de imediato, revirando os olhos para mim enquanto saía.

Lotterman acompanhou sua saída com os olhos. "A audácia desse cachaceiro desgraçado", disse. "Deus do céu, um cachaceiro desses tinha que ser executado."

Moberg estava em San Juan havia poucos meses, mas Lotterman parecia odiá-lo com uma intensidade que a maioria das pessoas precisaria de anos para cultivar. Moberg era um degenerado. Era baixo, com cabelo loiro escorrido e um rosto pálido e flácido. Eu nunca tinha encontrado um homem tão dedicado à autodestruição – não apenas a ela, mas à destruição de tudo em que conseguisse encostar as mãos. Era um sem-vergonha, corrupto de todas as formas possíveis. Odiava o gosto do rum, mas ainda assim matava uma garrafa em dez minutos. Em seguida vomitava e caía no chão. Não comia nada além de pão doce e espaguete, que botava para fora no momento em que ficava bêbado. Gastava todo seu dinheiro com prostitutas e, quando ficava entediado, pegava algum veado, só para dar uma de esquisito. Faria qualquer coisa por dinheiro. Esse era o homem que comandava nossa editoria policial. Era normal que Moberg desaparecesse por dias a fio. Então alguém precisava ir atrás dele, procurando o sujeito nos bares mais imundos de La Perla, uma favela tão desprezível que aparecia como um espaço em branco nos mapas de San Juan. La Perla era o quartel-general de Moberg. Lá ele se sentia em casa, dizia, e no resto da cidade – com exceção de alguns bares horrendos – não passava de uma alma penada.

Moberg me dissera ter passado os primeiros vinte anos de sua vida na Suécia. Costumava tentar imaginá-lo em uma gélida paisagem escandinava. Tentava visualizá-lo usando esquis ou vivendo pacificamente com sua família em alguma aldeia fria de montanha. Do pouco que falara sobre a Suécia, consegui entender que ele morava em uma cidade pequena e que seus pais tinham dinheiro suficiente para mandá-lo estudar em uma universidade americana.

Moberg passou dois anos na NYU, vivendo em um daqueles hotéis do Village montados para estrangeiros. Isso aparentemente o deixou maluco. Certa vez, foi preso na Sexta Avenida, afirmou, por ter mijado em um hidrante como se fosse um cachorro. Isso lhe rendeu dez dias nas Tumbas[6], e quando foi liberado seguiu direto para Nova Orleans. Ficou lá por algum tempo e então conseguiu trabalho em um cargueiro rumo ao Oriente. Trabalhou

---

6. Penitenciária Masculina de Manhattan, localizada na ilha Rikers, entre o Bronx e o Queens. Usada como sede de complexos penitenciários desde o século XIX, a ilha tem atualmente a maior população carcerária de Nova York, com aproximadamente 15 mil detentos. (N.T.)

em navios por vários anos antes de ir parar no jornalismo. Agora, com 33 anos e aparência de 50, com a alma em farrapos e o corpo inchado de bebida, pulava de um país a outro, arranjando empregos de repórter e se mantendo firme até ser demitido.

Mesmo sendo tão asqueroso, em algumas raras ocasiões demonstrava indícios de uma inteligência estagnada. Mas seu cérebro estava tão corroído pela bebida e aquela vida desregrada que, quando era forçado a funcionar, sempre se comportava como um motor velho, danificado por ter sido mergulhado em banha de porco.

"Lotterman acha que sou um demogorgon", dizia. "Sabe o que isso quer dizer? Procure no dicionário. É por isso que ele não vai com a minha cara."

Certa noite, no bar do Al, Moberg me contou que estava escrevendo um livro, chamado *A inevitabilidade de um mundo estranho*. Levava isso muito a sério. "É o tipo de livro que só um demogorgon escreveria", dizia. "Cheio de merda e terror. Escolhi as coisas mais horrendas que consegui imaginar – o herói é um canibal disfarçado de padre. Sou fascinado pela antropofagia. Uma vez, na cadeia, espancaram um bêbado até quase matá-lo. Perguntei a um dos guardas se eu podia comer um pedaço da perna do bêbado antes que o matassem..." Riu. "O porco me jogou pra fora... me bateu com um porrete." Riu de novo. "Eu poderia ter comido um pedaço daquela perna, por que não? Não há nada de sagrado na carne humana, é só mais um tipo de carne. Você negaria uma coisa dessas?"

"Não", respondi. "Por que negaria?"

Foi uma das poucas vezes em que conversamos e consegui entender o que ele dizia. Na maior parte do tempo, Moberg não fazia sentido. Lotterman vivia ameaçando demiti-lo, mas estávamos com tão pouca gente na redação que ele não podia se dar a esse luxo. Quando Moberg passou alguns dias no hospital depois de ser espancado pelos grevistas, Lotterman nutriu esperanças de que isso poderia lhe servir de lição. Quando ele voltou ao trabalho, porém, estava mais demente do que nunca.

Às vezes eu ficava tentando adivinhar quem acabaria primeiro, Moberg ou o *News*. O jornal dava todos os sinais de estar nas últimas. A circulação não parava de cair, e perdíamos anunciantes com tanta frequência que não entendia como Lotterman conseguia manter as coisas funcionando. Tinha feito altos empréstimos para manter o jornal vivo e, de acordo com Sanderson, nunca tivera nem um centavo de lucro.

Continuei esperando por uma injeção de sangue novo, mas Lotterman ficou tão desconfiado dos "pinguços" que recusava toda e qualquer resposta ao seu anúncio. "Preciso tomar cuidado", explicava.

"Basta mais um desses pervertidos para acabar com a gente." Temi que Lotterman não tivesse mais condições de pagar nossos salários, mas certo dia um sujeito chamado Schwartz apareceu na redação dizendo que acabara de ser expulso da Venezuela. Lotterman o contratou na mesma hora. Para surpresa de todos, Schwartz se revelou competente. Dentro de poucas semanas, estava fazendo todo o trabalho que antes era de Tyrrell.

Isso diminuiu bastante a pressão sobre Lotterman, mas não foi de grande ajuda para o jornal. Passamos de 24 páginas para 16, e depois para 12. As perspectivas eram tão sombrias que as pessoas começaram a comentar que o *El Diario* já tinha o obituário do *News* prontinho para ser publicado.

Eu não tinha nenhum senso de lealdade para com o jornal, mas era ótimo ter um salário fixo enquanto procurava por coisa melhor. Comecei a ficar preocupado com a ideia de que o *News* poderia fechar. Fiquei tentando entender como San Juan, com toda sua prosperidade recente, não conseguia sustentar a existência de algo tão ínfimo quanto um jornal em língua inglesa. O *News* nunca conseguiria ganhar um prêmio, mas pelo menos era legível.

Lotterman era grande parte do problema. Era um sujeito suficientemente capaz, ainda que de forma puramente mecânica, mas tinha se colocado em uma posição indefensável. Ex-comunista confesso, vivia sob pressão para se provar totalmente regenerado. Naquela época, o Departamento de Estado dos EUA chamava Porto Rico de *Propaganda dos Estados Unidos no Caribe – a prova viva de que o capitalismo pode funcionar na América Latina*. Quem tinha se mudado para a ilha, a fim de confirmar essa prova, enxergava a si mesmo como uma espécie de herói, de missionário, levando a boa nova da Livre-Iniciativa para os jíbaros[7] oprimidos. Odiavam comunistas como quem odeia o pecado, e o fato de um ex-comuna estar publicando um jornal em sua cidade não os deixava nada felizes.

Lotterman simplesmente não conseguia lidar com isso. Fazia de tudo para atacar qualquer coisa que tivesse o menor cheiro de esquerdismo, porque sabia que seria crucificado se não o fizesse. Por outro lado, era um escravo do governo autônomo da ilha, cujos subsídios americanos não apenas bancavam metade da indústria local como pagavam também metade dos anúncios do *News*. Era uma relação incômoda – não apenas para Lotterman, mas para muitos outros. Para conseguir ganhar dinheiro, precisavam lidar com o governo, mas isso significava tolerar uma espécie rasteira de socialismo – coisa que não era exatamente compatível com sua obra missionária.

Era divertido observar como eles lidavam com isso, porque se pensassem a respeito perceberiam que só havia um jeito: glorificar os fins e ignorar os meios, um hábito consagrado através dos tempos que justifica quase qualquer coisa, exceto diminuir os lucros.

---

7. Uma espécie de caboclo porto-riquenho, em sua maioria camponeses pobres e analfabetos. (N.T.)

Ir a um coquetel em San Juan significava encontrar tudo o que há de mesquinho e ganancioso na natureza humana. Sua pretensa sociedade não passava de uma horda estonteante e barulhenta de ladrões e vigaristas pretensiosos, um show de horrores entediante repleto de fraudes, palhaços e filisteus com mentalidades mancas. Era uma nova leva de broncos, desta vez seguindo na direção sul em vez do oeste. Em San Juan, haviam se tornado reis. Tinham literalmente tomado conta do lugar.

Formavam clubes e promoviam enormes eventos sociais, até que um deles começou a publicar um impiedoso tabloide de escândalos, que aterrorizava e intimidava todos cujo passado não era politicamente puro. Isso englobava metade da gangue, incluindo o pobre Lotterman, que toda semana sofria algum ataque cruel.

Não faltava bebida de graça para a imprensa, porque todo vigarista adora publicidade. Nenhum acontecimento era insignificante. Tudo inspirava o que era chamado de festa de imprensa. Sempre que o Woolworth's ou o banco Chase Manhattan abria mais uma filial, isso era festejado com uma orgia de rum. Nenhum mês se passava sem a inauguração de uma nova casa de boliche. Eram construídas em todos os terrenos disponíveis. Havia tantas casas de boliche em San Juan que era assustador tentar imaginar o que isso realmente significava.

Da Câmara de Comércio de San Juan emanava uma sequência de declarações e decretos que fariam as Testemunhas de Jeová parecerem modestas e pessimistas – intermináveis ladainhas de apertar o coração, anunciando uma vitória após a outra na cruzada pelo Lucro Certo. Para completar o cenário, havia um ciclo interminável de festas particulares para as celebridades que visitavam a ilha. Nem o coadjuvante mais insignificante deixava de merecer uma festa de arromba em sua homenagem.

Para essas festas, eu geralmente tinha a companhia de Sala. Ao verem sua câmera, os convidados viravam geleia. Alguns deles se comportavam como porcos amestrados. Outros se agrupavam como ovelhas, todos aguardando o momento em que o "cara do jornal" apertaria seu botão mágico e faria sua opulenta hospitalidade valer a pena.

Tentávamos chegar cedo e, enquanto Sala reunia os convivas para uma série de fotografias inúteis que provavelmente nunca seriam reveladas, eu roubava o máximo de garrafas de rum que conseguia carregar. Se havia alguém cuidando do bar, dizia precisar de um pouco de bebida para a imprensa e levava as garrafas comigo mesmo sob protestos. Não importava o tamanho da afronta que cometesse, sabia que eles nunca reclamariam.

Depois íamos direto ao bar do Al, não sem antes deixar o rum no apartamento. Colocávamos todas as garrafas em uma estante de livros vazia e, às vezes, acumulávamos vinte ou trinta delas. Em uma boa semana, comparecíamos a três festas e conseguíamos em média três ou quatro garrafas para cada sofrida meia hora de socialização. Ter um estoque interminável de rum era uma sensação ótima, mas depois de algum tempo não conseguia permanecer nas festas por mais de alguns minutos. Acabei desistindo.

Sete

Em um sábado no fim de março, quando a temporada turística já estava quase acabando e os comerciantes se preparavam para os baixos lucros do verão úmido e abafado, Sala foi mandado a Fajardo, na extremidade oriental da ilha, para tirar algumas fotos de um novo hotel que estava sendo construído no alto de um morro, com vista para o porto. Lotterman imaginou que o *News* poderia animar as coisas ao indicar que a situação ficaria ainda melhor na temporada seguinte.

Decidi acompanhá-lo na viagem. Sentia vontade de explorar a ilha desde que chegara a San Juan, mas sem um carro isso era impossível. Nunca tinha ido além da casa de Yeamon, que ficava a uns trinta quilômetros do centro. Fajardo ficava duas vezes mais longe, na mesma direção. Decidimos pegar um pouco de rum e passar na casa de Yeamon na volta, esperando surpreendê-lo bem quando estivesse voltando dos recifes com um saco estufado de lagostas. "Ele deve estar ótimo nisso", falei. "Só Deus sabe como ele está se sustentando... eles devem ter uma dieta limitada a lagosta e galinha."

"Ora, que nada", comentou Sala. "Galinha é muito caro."

Dei risada. "Não por lá. Yeamon atira nelas com um arpão."

"Deus Todo-Poderoso!", exclamou Sala. "Aquilo lá é território de vodu. Vão matar o Yeamon, pode apostar!"

Dei de ombros. Desde o início, imaginei que Yeamon ia acabar sendo morto por alguém ou por alguma multidão sem rosto, por um motivo qualquer. Parecia inevitável. Eu também tinha sido desse jeito. Queria tudo, tinha pressa, e nenhum obstáculo era grande o suficiente para me fazer desistir. Desde então tinha aprendido que algumas coisas eram bem maiores do que pareciam ser quando vistas de longe, e não tinha mais tanta certeza do que conseguiria ou mesmo do que merecia conseguir. Não me orgulhava do que tinha aprendido, mas nunca duvidei do valor dessa lição. Se Yeamon não aprendesse as mesmas coisas, certamente seria morto.

Era isso que eu repetia a mim mesmo naquelas tardes quentes de San Juan, quando estava com trinta anos, e minha camisa molhada de suor grudava nas costas. Me sentia no topo de uma espécie de auge solitário, com meus tempos de irresponsável encerrados e nada além de decadência à minha espera. Era uma época lúgubre. Minha visão fatalista de Yeamon não era exatamente uma convicção, mas uma necessidade. Se concedesse a ele um mínimo de otimismo, precisaria admitir diversas coisas infelizes a meu respeito.

Chegamos a Fajardo depois de uma viagem de uma hora debaixo de um sol escaldante, e paramos imediatamente para beber alguma coisa no primeiro bar que encontramos. Depois voltamos para o carro e subimos um morro nos arredores da cidade, onde Sala zanzou como um golfista indeciso por quase uma hora, escolhendo os ângulos de sua câmera. Por mais que desprezasse aquela pauta, era um perfeccionista irremediável. Na condição de único profissional da ilha, sentia ter certa reputação a zelar.

Quando terminou, compramos duas garrafas de rum e um saco de gelo. Dirigimos de volta até o atalho que nos levaria à casa de praia de Yeamon. Até o Rio Grande de

Loíza, onde dois nativos operavam uma balsa, a estrada era asfaltada. Cobraram um dólar pelo carro e nos levaram até o outro lado impulsionando a balsa com varas, sem dizer uma só palavra. Me senti como um peregrino cruzando o Ganges, de pé sob o sol, ao lado do carro, olhando para a água enquanto os balseiros se esforçavam com suas varas e nos levavam até as palmeiras no outro lado. Quando esbarramos na doca, eles ataram a chata a um toco de madeira, enquanto Sala guiava o carro até a terra firme.

Ainda faltavam oito quilômetros de estrada de terra até a casa de Yeamon. Sala praguejou durante todo o caminho, jurando que daria meia-volta se isso não significasse pagar mais um dólar para cruzar o rio. O carrinho sacolejava e tremia em cada desnível da estrada, e parecia que a qualquer momento poderia se desfazer em pedaços. Passamos por um bando de crianças nuas que apedrejavam um cachorro na beira da estrada. Sala parou o carro e tirou várias fotos.

"Santo Deus", murmurou, "olha como esses escrotinhos são cruéis! Se a gente tiver sorte, consegue sair daqui com vida."

Quando finalmente chegamos, encontramos Yeamon no pátio de casa, usando os mesmos calções negros imundos e fazendo uma estante de livros com madeira que tinha tirado do mar. O lugar parecia mais agradável. Parte do pátio estava coberta por um toldo feito de folhagem de palmeira, e sob ele havia duas espreguiçadeiras de lona que pareciam ter pertencido a algum dos melhores clubes de praia da cidade.

"Cara", perguntei, "*onde* você conseguiu essas coisas?"

"Ciganos", Yeamon respondeu. "Cinco dólares cada. Acho que roubaram as duas."

"E a Chenault?", Sala perguntou.

Yeamon apontou para a praia. "Deve estar se bronzeando perto daquele tronco, dando um show para os nativos. Eles amam a Chenault."

Sala foi até o carro e pegou o rum e o saco de gelo. Yeamon deu uma risadinha alegre e despejou o gelo em uma banheira ao lado da porta. "Obrigado", disse. "Essa pobreza está me deixando louco. Não temos dinheiro nem para comprar gelo."

"Cara", falei. "Você chegou ao fundo do poço. Precisa conseguir algum trabalho."

Yeamon riu e encheu três copos com gelo. "Ainda estou atrás do Lotterman", afirmou. "Parece que vou conseguir minha grana."

Nesse instante Chenault chegou da praia, usando o mesmo biquíni branco e carregando uma enorme toalha de praia. Sorriu para Yeamon: "Apareceram de novo. Ouvi eles conversando".

"Maldição", disse Yeamon, irritado. "Por que você continua indo lá? Que diabos há de errado com você?"

Chenault sorriu e sentou em cima da toalha. "É meu lugar favorito. Por que deveria deixar de ir até lá por causa deles?"

Yeamon olhou para mim. "Ela vai até a praia e tira a roupa. Os nativos se escondem nas palmeiras e ficam olhando."

"Não é sempre", disse Chenault, apressada. "Geralmente é só nos fins de semana."

Yeamon se aproximou dela e começou a gritar. "Olha, vá se ferrar! Não apareça mais por lá! De agora em diante, se quiser ficar deitada sem roupas, fique por aqui mesmo! Até parece que vou passar o tempo todo preocupado com a possibilidade de você ser estuprada." Sacudiu a cabeça, cansado. "Qualquer dia desses eles pegam você de jeito e, se continuar provocando esses pobres coitados, pode apostar que vou deixar que façam o que quiserem com você!"

Chenault ficou olhando fixamente para o concreto. Fiquei com pena e me levantei para lhe preparar um drinque. Quando lhe estendi o copo, ela me olhou com um ar agradecido e tomou um longo gole.

"Isso, bebe tudo", disse Yeamon. "Depois a gente convida alguns de seus amigos e faz uma festa de arromba!" Depois desabou na espreguiçadeira. "Ah, a boa vida", resmungou.

Ficamos sentados e bebendo por algum tempo. Chenault não disse nada. Yeamon falou sem parar, até que se levantou para pegar um coco na areia ao lado do pátio. "Venham aqui", disse, "vamos jogar um pouco de futebol."

Agradeci a chance de melhorar o clima. Larguei meu drinque e corri desajeitado, esperando um passe. Yeamon arremessou o coco com perfeição, mas ele desabou nos meus dedos como se fosse feito de chumbo. Deixei cair.

"Vamos descer até a praia", disse Yeamon. "Lá tem bastante espaço pra correr."

Consenti e acenei para Sala, que sacudiu a cabeça. "Vão jogar", resmungou. "Eu e Chenault temos assuntos sérios para discutir."

Chenault sorriu, um pouco tímida, e acenou na direção da praia. "Podem ir", falou.

Deslizei pela duna até a areia firme da praia. Yeamon ergueu um dos braços e correu em diagonal até a arrebentação. Atirei o coco o mais alto e mais longe que consegui. Caiu um pouco além de Yeamon, espirrando água do mar. Yeamon se lançou sobre o coco e mergulhou, voltando à tona com ele nas mãos.

Virei e comecei a correr, olhando o coco flutuar na minha direção em meio ao calor do céu azul. Mais uma vez ele machucou minhas mãos, mas dessa vez consegui segurá-lo. Agarrar um passe daqueles me dava uma sensação boa, mesmo que a bola fosse um coco. Minhas mãos ficaram vermelhas e sensíveis, mas a sensação era tão boa e saudável que não me importei. Trocamos todos os tipos de passes, e depois de algum tempo não consegui deixar de pensar que estávamos envolvidos em alguma espécie de ritual sagrado, reencenando todos os sábados de nossas juventudes – agora exilados, perdidos e afastados daqueles jogos e daqueles estádios embriagados, longe do ruído e cegos às cores falsas daqueles espetáculos alegres. Depois de passar anos ridicularizando o futebol americano e tudo aquilo que ele significava, lá estava eu, numa praia deserta no Caribe, trocando passes idiotas com todo o cuidado de um fanático jogador de futebol de areia.

Enquanto corríamos de um lado para o outro, caindo e mergulhando nas ondas, lembrei dos meus sábados na Vanderbilt e da belíssima precisão de um jogador da Georgia Tech, nos empurrando cada vez mais com suas incríveis jogadas. Uma figura esbelta em um uniforme dourado, abrindo caminho por uma brecha que nem deveria estar lá, depois correndo solto por nosso gramado ao som horrendo da gritaria das arquibancadas. Faltava apenas encostar a bola no chão, escapando daqueles defensores que se aproximavam como projéteis, para depois voltar à formação e encarar aquelas terríveis engrenagens. Era um negócio torturante, mas tinha sua beleza. Ali estavam homens que nunca mais funcionariam – ou nem ao menos entenderiam como deveriam funcionar – tão bem como naquele momento. Em sua maioria, não passavam de retardados e brutamontes, enormes pedaços de carne adestrados à perfeição, mas de algum modo conseguiam dominar aquelas jogadas complexas, cheias de padrões, e nesses raros momentos tornavam-se artistas.

Acabei ficando cansado de tanto correr e voltamos ao pátio, onde Sala e Chenault continuavam conversando. Ambos pareciam meio bêbados. Depois de alguns minutos de conversa, percebi que Chenault estava completamente embriagada. Não parava de rir sozinha e de imitar o sotaque sulista de Yeamon.

Continuamos bebendo por pouco mais de uma hora, rindo pacientemente de Chenault e vendo o sol tomar o rumo da Jamaica e do Golfo do México. Ainda é dia na

Cidade do México, pensei. Nunca estivera lá, e de repente fui tomado por uma curiosidade tremenda a respeito do lugar. Horas a fio bebendo rum, combinadas com minha crescente aversão por Porto Rico, me deixaram prestes a voltar para a cidade, fazer as malas e ir embora no primeiro avião rumo ao oeste. Por que não?, pensei. Ainda não tinha descontado o contracheque daquela semana. Algumas centenas de dólares no banco, nada para me prender... Por que não, afinal de contas? Certamente seria melhor do que aquele lugar, onde meu único apoio era um emprego de merda que parecia prestes a ir por água abaixo.

Olhei para Sala. "Quanto custa uma passagem daqui para a Cidade do México?"

Ele encolheu os ombros e bebericou seu drinque. "Caro", respondeu. "Por quê? Está caindo fora?"

Assenti com a cabeça. "Estou pensando nisso."

Chenault me encarou, ficando séria de repente. "Você adoraria a Cidade do México, Paul."

"Que diabos você sabe sobre a Cidade do México?", cortou Yeamon, mal-humorado.

Chenault o encarou sem piscar e tomou um longo gole de rum.

"É isso aí", disse Yeamon. "Continue mamando... você ainda não está bêbada o bastante."

"Cala a boca!", ela gritou, pulando em pé. "Me deixa em paz, seu maldito idiota empolado!"

O braço de Yeamon se estendeu com tanta rapidez que eu mal consegui enxergar o movimento. Escutei o ruído de uma pancada, assim que as costas de sua mão atingiram o rosto de Chenault. Foi um gesto quase casual, sem raiva, sem esforço. Quando me dei conta do que tinha acontecido, Yeamon já estava se recostando novamente na espreguiçadeira, observando impassível enquanto Chenault recuava alguns metros e caía no choro. Ninguém falou nada por um instante, até que Yeamon mandou Chenault entrar em casa. "Vai, entra", ordenou. "Vai dormir."

Ela parou de chorar e afastou a mão do rosto. "Vai se danar", soluçou.

"Entra logo", Yeamon insistiu.

Chenault o encarou por mais alguns instantes, depois virou as costas e entrou na casa. Escutamos o rangido das molas quando ela desabou na cama. Os soluços continuaram.

Yeamon ficou em pé. "Bem", falou, com a voz calma, "me desculpem por submetê-los a esse tipo de coisa." Meneou a cabeça, pensativo, olhando para a cabana. "Acho que vou até a cidade com vocês. Tem alguma coisa boa pra fazer hoje à noite?"

Sala deu de ombros. Estava nitidamente perturbado. "Nada", falou. "Quero mesmo é comer."

Yeamon tomou a direção da porta. "Só um minuto", pediu. "Vou me vestir."

Depois que Yeamon entrou em casa, Sala olhou para mim e sacudiu a cabeça, triste. "Ele a trata como se fosse uma escrava", sussurrou. "Desse jeito, logo ela vai ter um colapso."

Olhei para o mar, assistindo ao desaparecimento do sol.

Escutamos Yeamon caminhando dentro de casa, mas não houve nenhuma conversa. Quando saiu, Yeamon vestia seu terno escuro, com uma gravata enrolada no pescoço de modo desajeitado. Puxou a porta e trancou-a pelo lado de fora. "Assim a Chenault não fica andando por aí", explicou. "Ela vai acabar caindo no sono daqui a pouco, mesmo."

Um súbito acesso de soluços escapou da casa. Yeamon encolheu os ombros, com um ar perdido, e atirou o casaco dentro do carro de Sala. "Vou de lambreta", explicou, "para não precisar ficar na cidade."

Voltamos para a estrada e deixamos Yeamon ir na frente. Sua lambreta parecia uma daquelas coisas que eram atiradas de paraquedas nas retaguardas durante a Segunda Guerra Mundial – um esqueleto de chassis, mostrando sinais de uma pintura vermelha há muito apagada pela ferrugem, e debaixo do assento havia um motorzinho que soava como uma arcaica metralhadora Gatling. Não havia silenciador, e os pneus estavam completamente carecas.

Seguimos Yeamon pela estrada, quase batendo nele sempre que a lambreta derrapava na areia. Quando acelerou, precisamos tomar cuidado para acompanhá-lo sem deixar que o carro se despedaçasse. Quando passávamos por barracos de nativos, criancinhas corriam até a estrada e acenavam para nós. Yeamon acenava de volta, abrindo um sorriso e fazendo uma saudação rígida, de braço esticado. Acelerava cada vez mais, deixando um rastro de poeira e barulho.

Paramos assim que começou a estrada asfaltada, e Yeamon sugeriu que fôssemos a um lugar que ficava a menos de dois quilômetros adiante. "A comida é muito boa, e a bebida é barata", disse, "e além disso eles me vendem fiado."

Acompanhamos Yeamon pela estrada até chegarmos a uma placa que dizia CASA CABRONES. Uma flecha indicava uma estrada de terra que fazia um desvio na direção da praia, passava por algumas palmeiras e terminava em um pequeno estacionamento, ao lado de um restaurante caindo aos pedaços com mesas no pátio e uma jukebox ao lado do balcão. Com exceção das palmeiras e da clientela porto-riquenha, o lugar me lembrava um boteco de terceira categoria do Meio-Oeste americano. Lâmpadas azuis pendiam de dois postes, um em cada lado do pátio, e a cada trinta segundos o céu era cortado pelo facho amarelo da torre do aeroporto, que ficava a mais ou menos um quilômetro e meio de distância.

Quando sentamos e pedimos as bebidas, percebi que éramos os únicos gringos no lugar. Todos os outros eram nativos. Faziam muito barulho, cantando e gritando com a jukebox, mas todos pareciam cansados e deprimidos. Não era a tristeza ritmada da música mexicana, mas o vazio ululante de um som que eu nunca escutara em outro lugar além de Porto Rico – uma combinação de gemidos e lamentos, acompanhados por batidas sombrias e pelo som de vozes atoladas em desespero.

Era incrivelmente triste. Não falo da música em si, mas de aquilo ser o melhor que conseguiam fazer. Quase todas as canções eram versões traduzidas de rocks americanos, desprovidos de toda a energia. Reconheci uma delas como "Maybellene". A versão original tinha feito grande sucesso quando eu estava no colégio. Lembrava dela como uma canção enlouquecida e veloz, mas os porto-riquenhos a haviam transformado em um canto fúnebre e repetitivo, tão vazio e desesperado quanto o rosto dos homens que o entoavam naquelas ruínas lamentáveis que serviam de restaurante de beira de estrada. Não eram músicos contratados, mas senti que de algum modo estavam se apresentando e que a qualquer momento poderiam ficar quietos e começar a passar um chapéu. Terminariam seus drinques e seguiriam em fila noite adentro, como uma trupe de palhaços ao final de um dia de poucas risadas.

De repente a música parou, e vários dos homens correram até a jukebox. Começou uma discussão, uma balbúrdia cheia de insultos, e então, de algum lugar distante, como se fosse um hino nacional tocado para acalmar uma multidão ensandecida, surgiu o tilintar suave do "Acalanto" de Brahms. A discussão acabou, houve um momento de silêncio, diversas moedas caíram nas entranhas da jukebox, e ela começou a gemer e gritar. Os homens voltaram ao balcão, rindo e trocando tapinhas nas costas.

Pedimos mais três doses de rum, que foram trazidas pelo garçom. Decidimos beber mais um pouco, deixando o jantar para depois. Quando chegou a hora de pedir a comida, o garçom nos informou que a cozinha tinha fechado.

"De jeito nenhum!", exclamou Yeamon. "A placa diz até a meia-noite." Apontou para uma placa acima do balcão.

O garçom sacudiu a cabeça.

Sala olhou para ele. "Por favor", disse, "você é meu amigo. Não aguento mais. Estou com fome."

O garçom sacudiu a cabeça novamente, olhando fixamente para o bloquinho verde em sua mão.

De repente, Yeamon esmurrou a mesa. O garçom pareceu se assustar e correu para trás do balcão. Todos os outros clientes se viraram para nos olhar.

"Queremos carne!", gritou Yeamon. "E mais rum!"

Um baixinho gordo, vestindo uma camisa branca de mangas curtas, apareceu correndo de dentro da cozinha. Cutucou o ombro de Yeamon. "Boas pessoas", disse, com um sorriso nervoso. "Bons clientes. Sem confusão, ok?"

Yeamon o encarou. "Só queremos carne", disse, amistoso, "e mais uma rodada de rum."

O homenzinho balançou a cabeça. "Sem jantar depois das dez", falou. "Olha." Apontou o dedo para o relógio. Eram 22h20.

"Aquela placa diz meia-noite", Yeamon respondeu.

O homem sacudiu a cabeça.

"Qual é o problema?", perguntou Sala. "Não vai demorar nem cinco minutos para fritar os bifes. Ora, diabos, nem precisa das batatas."

Yeamon ergueu seu copo. "Queremos três doses", pediu, acenando com três dedos para o balconista.

O balconista olhou para o homenzinho ao nosso lado, que parecia ser o gerente. Ele consentiu rapidamente e se afastou. Achei que a crise tinha terminado.

Sem demora ele estava de volta, trazendo um papelzinho verde que indicava um valor de onze dólares e cinquenta centavos. Depositou a conta na mesa diante de Yeamon.

"Não se preocupe com isso", disse ele.

O gerente bateu palmas. "Ok", disse, irritado. "Pague." Estendeu a mão.

Yeamon atirou a conta longe. "Já disse que não precisa se preocupar com isso."

O gerente apanhou a conta no chão. "Pague!", gritou. "Pague agora!"

O rosto de Yeamon ficou vermelho, e ele quase se levantou. "Vou pagar, como paguei todas as outras", berrou. "Agora cai fora daqui e traz nossa carne de uma vez."

O gerente hesitou. Logo deu um passo à frente e bateu a conta sobre o tampo da mesa. "Pague agora!", gritou. "Pague agora e saia... ou chamo polícia."

Essas palavras mal tinham saído de sua boca quando Yeamon o agarrou pelo colarinho da camisa. "Seu tampinha desgraçado!", rosnou. "Se continuar gritando desse jeito, não vou pagar."

Olhei para os homens no balcão. Seus olhos estavam arregalados. Estavam tensos como cães. O balconista estava imóvel na porta, pronto para fugir ou correr para dentro e buscar um facão – eu não tinha certeza.

O gerente, já totalmente fora de controle, sacudiu o punho fechado para nós e se esgoelou. "Paguem, ianques desgraçados! Paguem e vão embora!" Depois de nos encarar por algum tempo, correu até o balconista e cochichou alguma coisa em seu ouvido.

Yeamon levantou e vestiu o casaco. "Vamos embora", disse. "Mais tarde resolvo tudo com esse desgraçado."

O gerente pareceu se apavorar com a ideia de caloteiros indo embora na sua frente. Seguiu-nos até o estacionamento, xingando e implorando. "Pague agora!", uivava. "Quando vai pagar?... você vai ver, a polícia vai vir... sem polícia, só pagar!"

Achei que o sujeito estava louco, e meu único desejo era ficar livre dele. "Santo Deus", suspirei. "Vamos pagar o cara."

"É", disse Sala, tirando a carteira. "Este lugar não presta."

"Não se preocupem", disse Yeamon. "Ele sabe que vou pagar." Atirou o casaco dentro do carro e se virou para o gerente. "Seu canalha maldito, controle-se!"

Entramos no carro. Assim que Yeamon deu a partida em sua lambreta, o gerente correu de volta pra o restaurante e começou a gritar para os homens no balcão. Seus gritos preenchiam o ar enquanto nos afastávamos, seguindo Yeamon pela longa entrada. Ele se recusava a ter pressa, seguindo em marcha lenta como um sujeito intrigado pela paisagem. Em questão de segundos, dois carros cheios de porto-riquenhos gritando sem parar surgiram atrás de nós. Pensei que iriam passar por cima de nós. Com os enormes carros americanos que dirigiam, seriam capazes de esmagar o Fiat como se fosse uma barata.

"Puta merda", Sala repetia sem parar, "vão matar a gente."

Quando chegamos à estrada asfaltada, Yeamon parou a lambreta e nos deixou passar. Paramos alguns metros adiante e começamos a gritar. "Para com isso, diabos! Vamos cair fora daqui."

Os outros carros passaram ao seu lado, e vi Yeamon levantando os braços, como se tivesse sido atingido. Pulou para fora da lambreta, deixando que ela caísse, e agarrou a cabeça de um sujeito que estava com o corpo para fora da janela. Quase ao mesmo tempo, avistei o carro da polícia se aproximando. Quatro policiais saltaram de um fusquinha azul, sacudindo seus cassetetes. Os porto-riquenhos começaram a comemorar e saíram apressados dos carros. Fiquei tentado a correr, mas fomos cercados quase instantaneamente. Um dos policiais correu na direção de Yeamon e o empurrou. "Ladrão!", gritou. "Acha que gringos bebem de graça em Porto Rico?"

Ao mesmo tempo, as duas portas do Fiat foram escancaradas. Sala e eu fomos puxados para fora. Tentei me libertar, mas diversas pessoas agarravam meus braços. Em algum lugar às minhas costas, pude escutar Yeamon repetindo sem parar: "Olha, o cara cuspiu em mim, o cara cuspiu em mim...".

De repente todos pararam de gritar, e a confusão se concentrou em uma discussão entre Yeamon, o gerente e um sujeito que parecia ser o policial encarregado. Como ninguém mais estava me segurando, cheguei mais perto para escutar o que estava acontecendo.

"Olha só", dizia Yeamon. "Paguei as outras contas. Por que ele achou que não pagaria essa?"

O gerente falou alguma coisa sobre ianques bêbados e arrogantes.

Antes que Yeamon conseguisse responder, um dos policiais parou ao seu lado e lhe deu uma pancada no ombro com o cassetete. Yeamon gritou e desabou para o lado, sobre um dos homens que nos perseguira num dos carros. O homem o golpeou sem dó com uma garrafa de cerveja, atingindo Yeamon nas costelas. A última coisa que vi antes de ser derrubado foi o ataque selvagem de Yeamon contra o homem com a garrafa na mão. Escutei diversos entrechoques de ossos contra ossos e então, de canto de olho, vi alguma coisa se aproximando de minha cabeça. Desviei bem a tempo de receber o impacto da pancada em minhas costas. Minha coluna se retorceu, e desabei no chão.

Sala gritava em algum ponto acima de minha cabeça. Eu me arrastava de costas, tentando evitar os pés que me atingiam como martelos. Cobri a cabeça com os braços e comecei a distribuir pontapés, mas as terríveis marteladas continuavam. Não sentia muita dor, mas mesmo entorpecido sabia que estavam me machucando. De repente, tive certeza de que iria morrer. Permanecia consciente, e a noção de que estava sendo morto a pontapés no meio de uma selva porto-riquenha por causa de onze dólares e cinquenta centavos me encheu de horror de tal forma que comecei a gritar como um animal. Por fim, bem quando pensava estar perdendo os sentidos, senti meu corpo sendo atirado para dentro de um carro.

Oito

Permaneci semiconsciente durante quase todo o trajeto. Quando o carro finalmente parou, olhei para fora e vi uma multidão furiosa uivando na calçada. Sabia que não conseguiria suportar outra surra. Quando tentaram me jogar para fora, me agarrei desesperado ao assento até um dos policiais golpear meu braço com seu cassetete.

Para minha surpresa, a multidão não tentou nos atacar. Fomos empurrados escada acima, passamos por um grupo de policiais mal-encarados na porta e fomos levados até uma salinha sem janelas, onde nos mandaram sentar em um banco. Depois fecharam a porta e nos deixaram em paz.

"Santo Deus", disse Yeamon. "Isso é inacreditável. Precisamos falar com alguém."

"Vamos direto para La Princesa", Sala gemeu. "Os desgraçados nos pegaram... é o nosso fim."

"Eles precisam nos deixar usar o telefone", falei. "Vou ligar pro Lotterman."

Yeamon bufou. "Por mim ele não vai fazer *nada*. Ele queria mesmo que eu fosse preso."

"Ele não vai ter escolha", respondi. "Não pode correr o risco de perder a mim e ao Sala."

Yeamon não parecia convencido. "Bem... não consigo pensar em outra pessoa para quem poderíamos telefonar."

Sala gemeu novamente e coçou a cabeça. "Deus do céu, vamos precisar de sorte para escapar com vida."

"Até que nos demos bem", disse Yeamon, encostando os dedos em seus dentes. "Quando tudo começou, achei que a nossa hora tinha chegado."

Sala sacudiu a cabeça. "Essa gente é cruel", resmungou. "Eu estava desviando de um policial quando alguém veio por trás e me atingiu com um coco. Quase quebrou meu pescoço."

A porta se abriu, e o policial-chefe apareceu, sorrindo como se nada tivesse acontecido. "Tudo ok?", perguntou, nos observando com curiosidade.

Yeamon o encarou. "Gostaríamos de usar o telefone", disse.

O policial sacudiu a cabeça. "Seus nomes?", pediu, tirando um bloquinho do bolso.

"Se você não se importa", Yeamon insistiu, "acho que temos direito a um telefonema."

O policial fez um gesto ameaçador com o punho fechado. "Já disse que NÃO!", gritou. "Digam seus nomes!"

Dissemos nossos nomes.

"Onde estão hospedados?", perguntou.

"Nós moramos aqui, droga!", Sala respondeu, irritado. "Trabalho para o *Daily News* e vivo neste rochedo fedorento há mais de um ano!" Tremia de ódio, o que pareceu assustar o policial. "Moro no 409 da Calle Tetuán", continuou, "e quero falar imediatamente com um advogado."

O policial refletiu por um instante. "Você trabalha para o *Daily News*?"

"Pode apostar que sim", respondeu Sala.

O policial nos encarou com atenção e sorriu, malicioso. "Valentões", disse. "Jornalistas ianques valentões."

Ninguém falou nada por um momento. Yeamon pediu novamente para usar o telefone. "Olha só", falou. "Ninguém está tentando dar uma de valentão. Vocês nos deram uma surra, e agora queremos um advogado. É pedir demais?"

O policial sorriu novamente. "Ok, valentões."

"Que diabo é isso de 'valentões'?", gritou Sala. "Por Deus, onde fica o telefone?"

Sala começou a levantar. Ainda estava agachado, levantando do banco, quando o policial se aproximou e lhe deu um soco violento direto na nuca. Quando caiu de joelhos, o policial chutou suas costelas. Outros três policiais entraram correndo na sala, como se estivessem à espera de um sinal. Dois deles agarraram Yeamon e torceram seus braços para trás. O outro me chutou para fora do banco e ficou pisando em mim, com o cassetete em punho. Sabia que ele queria me bater, por isso não me movi, tentando não lhe dar um pretexto. Depois de um instante que pareceu interminável, o policial-chefe gritou: "Ok, valentões, vamos lá". Arrancaram-me do chão, e fomos empurrados pelo corredor, quase correndo, com os braços torcidos para trás de forma dolorosa.

No final do corredor havia uma sala enorme cheia de gente, de policiais e com várias mesas – e lá estava Moberg, sentado em uma mesa bem no centro da sala. Fazia anotações em um bloco.

"Moberg!", gritei, sem me importar de levar uma porrada se conseguisse chamar sua atenção. "Ligue para o Lotterman! Chame um advogado!"

Ao ouvir o nome de Moberg, Sala ergueu a cabeça e berrou, cheio de ódio e dor: "Sueco! Pelo amor de Deus, ligue pra alguém! Vão matar a gente!".

Fomos empurrados pela sala com tanta velocidade que não consegui ter mais do que um rápido vislumbre de Moberg antes de passarmos para outro corredor. Os policiais não davam atenção aos nossos gritos. Aparentemente estavam acostumados com pessoas gritando desesperadas ao serem levadas para onde quer que estivessem nos levando. Minha única esperança era que Moberg não estivesse bêbado a ponto de não nos reconhecer.

Passamos as seis horas seguintes numa minúscula cela de concreto, na companhia de uns vinte porto-riquenhos. Não podíamos sentar, tinham mijado por todo o chão. Ficamos parados no meio da cela, distribuindo cigarros como se fôssemos representantes da Cruz Vermelha. Nossos companheiros tinham uma aparência ameaçadora. Alguns estavam bêbados, outros pareciam malucos. Enquanto ainda distribuíamos cigarros me sentia seguro, mas fiquei tentando imaginar o que aconteceria quando eles acabassem.

O guarda resolveu esse problema para nós cobrando cinco centavos por cigarro. Cada vez que queríamos fumar um cigarro, precisávamos comprar outros 21 para cada companheiro de cela. Depois de duas rodadas, o guarda mandou buscar outro pacote. Mais tarde calculamos que nossa estadia na cela nos custou mais de quinze dólares, pagos por mim e por Sala, já que Yeamon não tinha dinheiro.

Parecia que estávamos ali fazia seis anos quando o guarda finalmente abriu a porta e nos mandou sair. Sala mal conseguia caminhar. Yeamon e eu estávamos tão cansados que tivemos dificuldade em apoiá-lo. Eu não tinha ideia de onde estavam nos levando. Talvez para a masmorra, pensei. É desse jeito que as pessoas desaparecem.

Voltamos a caminhar por dentro do prédio, passando por diversos corredores, até chegarmos a uma ampla sala de audiências. Enquanto éramos empurrados porta adentro, com uma aparência tão imunda e desgrenhada como a dos piores mendigos da cela onde estivéramos até então, olhei ansioso ao meu redor em busca de algum rosto familiar.

A sala de audiências estava lotada. Levei vários minutos para encontrar Moberg e Sanderson de pé em um canto da sala, muito sérios. Acenei para eles com a cabeça, e Moberg fez um sinal de ok com a mão.

"Graças a Deus", disse Sala. "Fizemos contato."

"Aquele não é o Sanderson?", perguntou Yeamon.

"Parece que sim", falei, sem ter ideia do que Yeamon queria dizer com isso.

"O que aquele babaca está fazendo aqui?", murmurou Sala.

"Nossa situação poderia ser bem pior", falei. "Temos muita sorte de alguém ter aparecido."

Levou quase uma hora para que nosso caso fosse anunciado. O policial-chefe foi o primeiro a falar e deu seu depoimento em espanhol. Sala, que entendia alguma coisa do que o policial estava dizendo, não parava de resmungar: "desgraçado mentiroso... diz que ameaçamos quebrar tudo... agredimos o gerente... saímos correndo sem pagar... batemos em um policial... Santo Deus!... arrumamos briga quando chegamos na central de polícia... meu Deus, isso já é demais! Estamos perdidos!".

Quando o policial-chefe parou de falar, Yeamon pediu uma tradução do depoimento, mas foi ignorado pelo juiz.

Em seguida, o gerente deu seu depoimento. Suava e gesticulava sem parar, muito alterado. Com a voz transformada em um falsete histérico, sacudia os braços e os punhos fechados, apontando em nossa direção como se tivéssemos assassinado toda sua família.

Não entendemos nada do que ele falou, mas era óbvio que as coisas não corriam a nosso favor. Quando finalmente chegou nossa vez de falar, Yeamon se levantou e exigiu uma tradução de todos os depoimentos contra nós.

"Você escutou os depoimentos", disse o juiz, em um inglês perfeito.

Yeamon explicou que nenhum de nós falava espanhol suficiente para entender o que havia sido dito. "Antes vi essas pessoas falando inglês", disse, apontando para o policial e o gerente. "Por que não falam inglês agora?"

O juiz sorriu, com um ar de desprezo. "Você deve ter esquecido de onde está", afirmou. "Que direito você tem de vir até aqui, causar um tumulto e exigir que falemos sua língua?"

Pude perceber que Yeamon estava perdendo a calma. Acenei para Sanderson, implorando para que fizesse alguma coisa. Foi então que escutei Yeamon dizendo que até Batista[8] nos trataria com mais justiça.

Um silêncio mortal se abateu sobre a sala de audiências. O juiz encarou Yeamon com os olhos faiscando de fúria. Cheguei a sentir o machado desabando sobre meu pescoço.

Do fundo da Sala, escutei a voz de Sanderson: "Meritíssimo, posso ter a palavra?".

O juiz olhou para ele. "Quem é você?"

"Meu nome é Sanderson. Sou da Adelante."

Um homem que eu nunca tinha visto se aproximou rapidamente do juiz e cochichou algo em seu ouvido. O juiz assentiu com a cabeça e voltou a olhar para Sanderson. "Prossiga", disse.

Depois do escândalo feito pelo policial e pelo gerente, a voz de Sanderson parecia estranhamente deslocada. "Esses homens são jornalistas americanos", explicou. "O senhor Kemp é da equipe do *New York Times*, o senhor Yeamon representa a Associação dos Jornalistas de Turismo dos Estados Unidos, e o senhor Sala trabalha para a revista *Life*." Quando Sanderson fez uma pausa, fiquei pensando de que adiantaria tudo aquilo. Quando nos identificamos mais cedo como jornalistas ianques, os resultados tinham sido desastrosos.

"Talvez eu esteja enganado", Sanderson continuou, "mas creio que esses depoimentos foram um tanto confusos, e odiaria que isso causasse algum constrangimento desnecessário." Deu uma olhada para o policial-chefe e desviou os olhos novamente para o juiz.

---

8. Fulgencio Batista (1901-1973), ditador cubano expulso do poder em janeiro de 1959. (N.T.)

"Santo Deus", sussurrou Yeamon. "Espero que ele saiba o que está fazendo."

Meneei a cabeça, observando o rosto do juiz. O último comentário de Sanderson foi pronunciado em claro tom de advertência, e comecei a achar que ele poderia estar bêbado. Não seria de duvidar que ele tivesse vindo direto de alguma festa, onde estava bebendo desde o começo da tarde.

"Bem, senhor Sanderson", disse o juiz, com um tom de voz equilibrado. "O que o senhor sugere?"

Sanderson deu um sorriso educado. "Creio que talvez seja melhor prosseguir esta audiência quando os ânimos estiverem um pouco mais calmos."

O mesmo homem que falara antes com o juiz voltou à tribuna. Depois de trocarem algumas palavras rápidas, o juiz dirigiu a palavra a Sanderson.

"Sua sugestão é razoável", falou, "mas esses homens se comportaram de forma arrogante. Não têm respeito por nossas leis."

Sanderson fechou a cara. "Bem, Meritíssimo, se este caso será julgado esta noite, requisito um recesso até que possa entrar em contato com Adolfo Quinones." Meneou a cabeça. "Precisarei acordá-lo, é claro, tirar o *señor* Quinones da cama, mas não me sinto em condições de bancar o advogado."

Outra reunião improvisada aconteceu na tribuna. Percebi que o nome "Quinones" tinha causado algum efeito na Corte. Advogado do *News*, o ex-senador era um dos homens mais respeitados da ilha.

Assistimos nervosos ao desenrolar da reunião. Por fim, o juiz ergueu os olhos e nos mandou levantar. "Vocês serão liberados sob fiança", anunciou. "Ou podem esperar na cadeia, se assim o desejarem." Anotou alguma coisa em um pedaço de papel.

"Robert Sala", disse. Sala olhou para ele. "Você é acusado de embriaguez pública, conduta antissocial e resistência à prisão. Estabeleço a fiança em mil dólares."

Sala resmungou e desviou o olhar.

"Addison Yeamon", proferiu o juiz. "Você é acusado de embriaguez pública, conduta antissocial e resistência à prisão. Estabeleço a fiança em mil dólares."

Yeamon não disse nada.

"Paul Kemp", anunciou o juiz. "Você é acusado de embriaguez pública, conduta antissocial e resistência à prisão. Estabeleço a fiança em trezentos dólares."

Isso foi um choque tão grande quanto qualquer outra coisa acontecida naquela noite. Foi como se eu tivesse cometido alguma espécie de traição. Imaginava ter oferecido resistência suficiente – teria sido minha gritaria? Será que o juiz tinha ficado com pena de mim por eu ter sido pisoteado? Ainda tentava imaginar o motivo quando fomos levados para fora da sala de audiências, até o corredor.

"E agora?", Yeamon quis saber. "Será que o Sanderson tem como pagar essas fianças?"

"Não se preocupe", falei. "Ele consegue." Quando parei de falar, me senti um idiota. Se o pior acontecesse, teria como pagar a fiança com meu próprio dinheiro.

Sabia que alguém pagaria por Sala, mas o caso de Yeamon era bem diferente. Ninguém precisava se assegurar de que ele fosse trabalhar na segunda-feira. Quanto mais pensava, mais tinha certeza de que em alguns minutos estaríamos livres e Yeamon voltaria para a cela, porque não havia ninguém na ilha com a mínima intenção de pagar mil dólares para mantê-lo fora da cadeia.

Moberg apareceu de repente, seguido por Sanderson e pelo homem que cochichara com o juiz. Moberg deu uma risada bêbada ao se aproximar de nós. "Achei que eles iam matar vocês", falou.

"Quase fizeram isso", respondi. "E essa fiança? Podemos conseguir esse dinheiro?"

Moberg riu novamente. "Já está paga. Segarra me mandou assinar um cheque." Baixou a voz. "Ele me disse para pagar as multas se não fossem acima de cem dólares. Teve sorte. Não teve multa nenhuma."

"Quer dizer que estamos livres?", perguntou Sala.

Moberg forçou um sorriso. "Claro. Já assinei os papéis."

"Eu também?", Yeamon quis saber.

"Sem dúvida", esclareceu Moberg. "Está tudo resolvido. Vocês estão livres."

Quando tomamos o rumo da porta, Sanderson apertou a mão do homem com quem estivera conversando e apressou-se para nos encontrar. Já estava quase amanhecendo, e o céu estava com um tom levemente cinzento. Com exceção de algumas pessoas ao redor da delegacia, as ruas estavam calmas e vazias. Cargueiros enormes estavam ancorados na baía, esperando a manhã chegar e, com ela, os rebocadores que os levariam até o porto.

Na rua enxerguei os primeiros raios de sol, um brilho cor-de-rosa no quadrante leste do céu. Por ter passado a noite inteira dentro de uma cela e de uma sala de audiências, aquela se tornou uma das manhãs mais belas que eu já tinha visto. Depois de uma noite em uma cadeia imunda, havia uma certa paz, um certo brilho naquele frio amanhecer caribenho. Olhei para os navios e para o mar e quase enlouqueci ao imaginar que estava livre e tinha um dia inteiro pela frente.

Então me dei conta de que passaria boa parte do dia dormindo, o que acabou com a minha animação. Sanderson concordou em nos deixar no apartamento e nos despedimos de Moberg, que estava começando a procurar por seu carro. Esquecera de onde o tinha deixado, mas nos garantiu que isso não era problema. "Posso encontrá-lo pelo cheiro", explicou. "Sinto o cheiro dele a quarteirões de distância." E lá foi ele, tropeçando pela rua, um vulto baixinho vestido com um terno cinzento e imundo, tentando farejar seu próprio carro.

Mais tarde, Sanderson explicou que Moberg ligara primeiro para Lotterman, que não estava em casa, depois para Quinones, que estava em Miami. Em seguida ligou para Segarra, que o autorizou a assinar um cheque para pagar o que imaginava serem pequenas multas. Quando Moberg telefonou, Sanderson estava na casa de Segarra, quase indo embora. Parou na delegacia a caminho de casa.

"Que bom que você parou", falei. "Estaríamos de volta àquela maldita masmorra se você não tivesse aparecido."

Yeamon e Sala murmuraram, concordando.

"Aproveitem bem", Sanderson respondeu. "Vocês não ficarão livres por muito tempo."

Seguimos o resto do caminho em silêncio. Ao passarmos pela Plaza Colón, escutei os sons inaugurais da manhã: um ônibus acelerando, os gritos dos primeiros vendedores de frutas e, de algum lugar no alto do morro, os lamentos de uma sirene da polícia.

Nove

Depois de algumas horas de sono, fui acordado por uma gritaria. Era Sala, que parecia ter despertado de um pesadelo. "Puta Mãe de Deus", berrou. "O carro! Os abutres!"

Depois de alguns momentos de confusão, lembrei que tínhamos deixado o carro de Sala na estrada próxima à Casa Cabrones. Os porto-riquenhos nutrem grande interesse por carros abandonados – caem sobre eles como animais famintos e os despedaçam. Primeiro somem as calotas, depois as rodas, depois os para-choques, as portas e por fim levam a carcaça do carro – vinte ou trinta deles, como formigas carregando um besouro morto. Levam a carcaça até um ferro-velho, lucram uns dez dólares *yanquis* e em seguida brigam com facas e garrafas quebradas para resolver como dividir o dinheiro.

Yeamon acordou aos poucos, gemendo de dor. Sua boca estava cercada por uma crosta de sangue seco. Sentou no colchão e olhou para nós.

"Acorda", falei. "Sua lambreta também está lá."

Sala sentou na cama de campanha. "É tarde demais. Eles tiveram doze horas... Santo Deus, eles conseguem depenar um carro em doze minutos. Se encontrarmos uma mancha de óleo já vai ser muito."

"Já era?", disse Yeamon. Ainda nos encarava, não exatamente desperto.

Assenti com a cabeça. "Provavelmente."

"Bem, então vamos logo para lá, por Deus!", exclamou, pulando do colchão. "Vamos pegar esses caras e quebrar os dentes deles!"

"Não precisa ter pressa", disse Sala. "Agora é tarde demais." Levantou e alongou as costas. "Deus do céu, parece que fui esfaqueado." Chegou perto de mim. "O que há de errado com meu ombro... aquilo ali é um buraco de faca?"

"Não", falei. "Só um rasgão... deve ter sido uma unha."

Sala praguejou e entrou no banheiro para tomar uma ducha.

Yeamon já tinha lavado o rosto e se vestia, apressado. "Vamos lá", disse. "A gente pega um táxi." Abriu uma das janelas e deixou a luz entrar.

Relutante, comecei a me vestir. Meu corpo estava cheio de hematomas, e qualquer movimento era doloroso. Queria voltar para a cama e dormir o dia inteiro, mas sabia que isso não seria possível.

Caminhamos vários quarteirões até a Plaza Colón, onde pegamos um táxi. Yeamon indicou o caminho para o motorista.

Eu nunca tinha visto uma manhã de domingo na cidade. Geralmente acordava ao meio-dia e ia até o bar do Al para tomar um longo café da manhã. As ruas estavam quase vazias. Não havia nenhum sinal do caos dos dias de semana, dos berros e dos rugidos do exército de vendedores atravessando a cidade em seus carros sem seguro. A zona portuária estava quase deserta, as lojas estavam fechadas, e só as igrejas pareciam estar funcionando. Passamos por diversas delas, e na frente de cada uma havia um grupo colorido de pessoas – homens bronzeados e garotos vestindo ternos recém-passados, mulheres bem-arrumadas usando véus, garotinhas em vestidos brancos e aqui e ali alguns padres usando batinas negras e grandes chapéus.

Aceleramos pela estrada na direção de Condado. Lá as coisas eram diferentes. Não vi igreja nenhuma, e as calçadas estavam tomadas por turistas de sandálias e bermudas de cores berrantes. Entravam e saíam dos enormes hotéis, jogando conversa fora, lendo jornais, carregando mochilas, todos usando óculos escuros e parecendo muito ocupados.

Yeamon secou o rosto com um lenço. "Cara", falou, "não vou saber o que fazer se perder aquela lambreta. Santo Deus... demitido, espancado, preso..."

Balancei a cabeça. Sala não disse nada. Estava curvado sobre o ombro do motorista, como se esperasse avistar a qualquer momento uma multidão depenando seu carro.

Depois do que pareceram horas, saímos da estrada do aeroporto e entramos no caminho estreito que levava até a Casa Cabrones. Ainda estávamos a vários metros de distância quando avistei o carro de Sala. "Ali está ele", falei, apontando.

"Deus do céu", Sala murmurou. "Um milagre."

Quando saímos do táxi, percebemos que o carro de Sala estava apoiado em dois troncos de coqueiro em vez de rodas. Haviam sido roubadas, assim como a lambreta de Yeamon.

Sala manteve a calma. "Bem, ainda é melhor do que eu imaginava." Entrou no carro e deu uma boa olhada. "Não roubaram nada além das rodas. Mas que sorte."

Yeamon estava furioso. "Consigo reconhecer aquela lambreta em qualquer lugar!", gritou. "Qualquer dia desses vou ver alguém andando com ela por aí!"

Eu tinha certeza de que nos meteríamos em mais encrencas se continuássemos tão perto da Casa Cabrones. Ficava nervoso só de pensar em levar outra surra. Caminhei menos de cem metros na direção do bar para ver se alguém estava se aproximando. O lugar estava fechado, e o estacionamento, vazio.

Voltando para perto do carro, vi alguma coisa vermelha no mato ao lado da estradinha. Era a lambreta de Yeamon, camuflada por uma camada de folhagem de palmeiras. Alguém a escondera com intenção de buscá-la mais tarde.

Chamei Yeamon, que a puxou para a estrada. Não faltava nada. Ele deu a partida, e a lambreta reagiu normalmente. "Que diabos", falou. "Eu devia ficar sentado aqui esperando o marginal aparecer para buscá-la... fazer uma surpresinha."

"Claro", falei. "E depois passar o verão em La Princesa. Vamos, precisamos dar o fora daqui."

De volta ao carro, Sala estava calculando quanto custariam quatro novas rodas e um jogo completo de pneus. Parecia bem deprimido.

"Vamos tomar café", disse Yeamon. "Preciso comer alguma coisa."

"Ficou maluco?", Sala respondeu. "Não posso abandonar este carro... vão roubar o que resta dele!" Enfiou a mão no bolso, em busca da carteira. "Toma", disse para Yeamon. "Vai até aquele posto de gasolina, liga pro vendedor da Fiat e diz que preciso de quatro rodas. Aqui está o telefone da casa do vendedor. Diz pra ele que as rodas são para o senhor Lotterman."

Yeamon pegou o cartão e saiu correndo estrada afora. Em poucos minutos estava de volta. Ficamos sentados por uma hora, esperando o guincho chegar. Para minha surpresa, o homem enviara mesmo as quatro rodas. Colocamos as rodas no carro, Sala assinou o nome de Lotterman em uma nota e dirigimos até o Hotel Long Beach para tomar café. Yeamon nos seguiu em sua lambreta.

Como o pátio estava lotado, sentamos no lado de dentro, na lanchonete. Estávamos cercados pelo tipo de gente que passei dez anos evitando – mulheres disformes usando maiôs de lã e homens de olhar vazio com pernas depiladas e risos forçados, todos americanos, todos espantosamente parecidos. Essas pessoas deveriam ser mantidas dentro de casa, pensei. Trancadas no porão de algum maldito Elks

Club e tranquilizadas com filmes eróticos. Se quisessem tirar férias, assistiriam a filmes estrangeiros. Se ainda assim não ficassem satisfeitas, era só largá-las no mato e persegui-las com uma matilha de cães raivosos.

Olhei rapidamente para elas, tentando comer o café da manhã terrível que a garçonete me servira – ovos gosmentos, bacon gorduroso e café americano aguado.

"Diabos", falei. "Aqui não é o Nedick's. Vocês não têm café porto-riquenho?"

A garçonete sacudiu a cabeça.

Sala saiu e comprou um *Miami Herald*. "Gosto deste lugar", falou, forçando um sorriso. "Gosto de sentar aqui em cima, olhando para a praia, pensando em todas as coisas boas que poderia fazer se tivesse uma pistola Luger."

Coloquei dois dólares sobre a mesa e me levantei.

"Aonde você vai?", Yeamon perguntou, desviando os olhos de um caderno do jornal que pegara de Sala.

"Não sei", disse. "Para a casa do Sanderson, acho. Qualquer lugar onde possa fugir dessa gente."

Sala olhou para mim. "Você e o Sanderson são muito amigos", disse, sorrindo.

Eu estava decidido demais a sair dali para prestar atenção nele, mas assim que cheguei na rua percebi que aquilo tinha sido uma ofensa. Achei que ele estava ressentido por minha fiança ter sido bem menor do que a dele. Que se dane, pensei. Sanderson não teve nada a ver com isso.

Vários quarteirões adiante, parei num restaurante ao ar livre para tomar uma xícara de café porto-riquenho. Comprei um *New York Times* por setenta centavos. Aquilo fez com que me sentisse melhor, lembrando que além do horizonte havia um mundo vasto e familiar que continuava cuidando de sua vida. Tomei mais uma xícara de café e levei o *Times* comigo ao sair, carregando-o pela rua como se fosse um precioso feixe de sabedoria, uma pesada garantia de que eu ainda não tinha sido excluído daquela parte do mundo que era verdadeira.

Levei meia hora para chegar até a casa do Sanderson, mas, como andei pela beira da praia, a caminhada foi agradável. Quando cheguei lá, encontrei Sanderson deitado sobre uma esteira de plástico no jardim. Parecia bem mais magro do que quando estava vestido.

"Olá, campeão", disse. "O que achou da cadeia?"

"Terrível."

"Bem", respondeu, "será pior na próxima vez. Você será um homem marcado."

Encarei-o, tentando descobrir que tipo de humor negro era aquele.

Sanderson se apoiou nos cotovelos e acendeu um cigarro. "Como tudo começou?", perguntou.

Contei tudo, excluindo alguns detalhes insignificantes aqui e ali, negando categoricamente o pouco que sabia da versão oficial.

Reclinei-me na cadeira, olhando para a areia branca da praia, para o mar e as palmeiras que nos rodeavam, pensando em como era estranho ficar preocupado com a cadeia em um lugar como aquele. Parecia quase impossível um homem ir ao Caribe e acabar sendo preso por alguma contravenção menor, sem grandes consequências. As cadeias de Porto Rico eram feitas para os porto-riquenhos, não para americanos que usavam ternos elegantes e camisas abotoadas.

"Por que sua fiança foi menor?", perguntou. "Você só reagiu ao ser provocado?"

De novo aquele assunto. Comecei a desejar que tivessem me acusado de alguma coisa mais séria, como agressão violenta ou espancamento de um policial.

"Ora, diabos, não faço ideia", admiti.

"Você teve sorte", disse. "Resistir à prisão pode render um ano de cadeia."

"Bem", falei, tentando mudar de assunto, "acho que seu discurso salvou o dia. Eles não pareceram muito impressionados quando dissemos que trabalhávamos para o *News*."

Sanderson acendeu outro cigarro. "Não, isso não impressionaria ninguém." Encarou-me novamente. "Mas não pense que menti. O *Times* está realmente procurando um correspondente de turismo por aqui, e me pediram que encontrasse alguém. A partir de amanhã, esse alguém é você."

Dei de ombros. "Tudo bem."

Entramos para beber mais um pouco. Enquanto estava na cozinha, escutei um carro estacionando no lado de fora. Era Segarra, vestido como se fosse um gigolô da Riviera italiana. Quando entrou pela porta, acenou friamente com a cabeça. "Boa tarde, Paul. Que confusão foi aquela ontem à noite?"

"Não lembro", falei, derramando meu drinque no ralo da pia. "Peça para o Hal contar pra você. Preciso ir embora."

Segarra me deu uma olhada, visivelmente desgostoso, e atravessou a casa rumo ao jardim. Apareci na porta para dizer a Sanderson que estava indo embora.

"Apareça no meu escritório amanhã", falou. "Vamos conversar sobre o seu novo trabalho."

Segarra parecia confuso.

Sanderson sorriu para ele. "Estou roubando um de seus garotos", disse.

Segarra franziu a testa e sentou. "Tudo bem. Pode ficar com todos eles."

Saí e caminhei até a Calle Modesto, tentando arranjar uma maneira de matar o resto do dia. Isso era sempre um problema. Domingo costumava ser meu dia de folga, assim como a maioria dos sábados. Mas eu estava cansando de ficar andando de carro com Sala ou sentado no bar do Al, e não havia mais nada para fazer. Queria explorar a ilha, dar uma olhada nas outras cidades, mas para fazer isso eu precisaria de um carro.

Não só de um carro, pensei, mas também de um apartamento. Era uma tarde quente, e me sentia cansado e dolorido. Queria dormir ou ao menos descansar, mas não tinha para onde ir. Caminhei por vários quarteirões, andando devagar à sombra dos enormes *flamboyants*, pensando em todas as coisas que poderia estar fazendo em Nova York ou Londres, amaldiçoando o impulso perverso que me levara até aquele rochedo entediante e abafado, até parar em um bar de nativos para comprar uma cerveja. Paguei pela garrafa e carreguei-a comigo, tomando goles enquanto caminhava pela rua. Tentei imaginar onde poderia dormir. Talvez na casa do Yeamon, pensei, mas ficava longe demais, e eu não tinha como chegar lá. Quando finalmente precisei encarar o fato de que não tinha escolha a não ser continuar caminhando pelas ruas, resolvi começar a procurar meu próprio apartamento – um lugar onde pudesse relaxar a sós, ter minha própria geladeira, preparar meus próprios drinques e até mesmo levar uma garota de vez em quando. Fiquei tão animado com a ideia de ter minha própria cama em meu próprio apartamento que comecei a ficar ansioso. Torci para que aquele dia terminasse, e eu chegasse logo ao dia seguinte, para que começasse a procurar um lugar.

Percebi que me prender a um apartamento e talvez a um carro podia ser um compromisso maior do que gostaria de assumir naquele momento – especialmente por estar correndo o risco de ser jogado atrás das grades a qualquer instante, ou de o jornal fechar, ou de receber uma carta de um velho amigo falando sobre um emprego em Buenos Aires. Ontem mesmo, por sinal, estava pronto para me mudar para a Cidade do México.

Mas sabia estar chegando a um ponto em que precisaria tomar uma decisão a respeito de Porto Rico. Já estava ali havia três meses, mas pareciam três semanas. Até então, nada surgira de concreto, nenhum dos prós e contras genuínos que apareciam em outros lugares. Por todo o tempo que estivera em San Juan, amaldiçoara a cidade sem realmente desgostar dela. Senti que mais cedo ou mais tarde enxergaria aquela terceira dimensão, aquela profundidade que torna uma cidade verdadeira, e que você nunca enxerga até morar nela por algum tempo. Mas quanto mais tempo eu ficava por lá, mais suspeitava de que, pela primeira vez na vida, estava em um lugar onde tal dimensão vital não existia, ou ao menos era nebulosa demais para fazer qualquer diferença. Talvez, Deus me livre, aquele lugar fosse mesmo o que parecia ser – uma mistura confusa de broncos, ladrões e jíbaros ensandecidos.

Caminhei por quase dois quilômetros, pensando, fumando, suando, bisbilhotando por sobre cercas vivas e em janelas que davam para a rua, escutando o rugido dos ônibus e os constantes latidos dos vira-latas, sem ver muita gente além das pessoas que passavam por mim em automóveis lotados, rumo a só Deus sabe onde. Eram famílias inteiras atoladas dentro de carros, dirigindo pela cidade, buzinando, gritando, parando de vez em quando para comprar *pastillos* e *coco frío*, depois voltando para dentro do carro e seguindo viagem, olhando sem parar para todos os lados, maravilhando-se, ficando impressionadas com todas as coisas boas que os *yanquis* estavam fazendo com a cidade: ali estava um prédio de escritórios rasgando o céu com seus dez andares, ali estava uma nova autoestrada, levando a lugar nenhum, e, é claro, sempre havia novos hotéis para serem vistos, e você também podia ficar olhando as mulheres *yanquis* na praia – e à noite, se chegasse cedo o bastante para garantir um bom lugar, havia *televisión* nas praças públicas.

Continuei caminhando, e minha frustração aumentava a cada passo. Por fim, desesperado, chamei um táxi e fui até o Caribé Hilton, onde acontecia um torneio internacional de tênis. Usei minha carteira de imprensa para entrar e fiquei sentado na plateia pelo resto da tarde.

Ali o sol não me incomodava. Parecia combinar com as quadras de saibro, o gim e a bolinha branca zunindo de um lado para o outro. Lembrei de outras quadras de tênis e de um tempo quase esquecido, cheio de sol, gim e pessoas que nunca mais veria porque não conseguíamos mais conversar sem parecer entediantes ou frustrados. Fiquei ali, sentado na tribuna, escutando o ruído da bolinha felpuda e sabendo que aquilo nunca mais soaria como nos tempos em que eu sabia quem estava jogando e me importava com isso.

Ao anoitecer, quando a partida terminou, peguei um táxi até o bar do Al. Sala estava por lá, sentado sozinho a uma mesa de canto. A caminho do pátio, encontrei Sweep e pedi a ele que me trouxesse duas doses de rum e três hambúrgueres. Sala olhou para mim quando cheguei mais perto.

"Você está parecendo um fugitivo", falou. "Um homem em fuga."

"Falei com o Sanderson", disse. "Ele acha que nosso caso pode não ir a julgamento... e, mesmo que vá, isso pode levar até três anos."

Assim que terminei de falar, me arrependi. Voltaríamos ao assunto da minha fiança. Antes que Sala falasse qualquer coisa, ergui as mãos. "Esquece", eu disse. "Vamos falar sobre outra coisa."

Sala encolheu os ombros. "Santo Deus, não consigo pensar em nada que não seja deprimente ou ameaçador. Estou me sentindo rodeado de desastres."

"Cadê o Yeamon?", perguntei.

"Foi para casa", respondeu. "Logo que você foi embora, ele lembrou que a Chenault estava trancada lá."

Sweep trouxe nossos drinques e nossa comida. Tirei os copos e os pratos da bandeja.

"Acho que ele é completamente louco", exclamou Sala.

"Tem razão", respondi. "Só Deus sabe o que vai acontecer com ele. Ninguém consegue passar a vida inteira daquele jeito... sem nunca ceder nem um pouco, em qualquer lugar, em qualquer situação."

Nesse instante Bill Donovan, o editor de esportes, aproximou-se da mesa, berrando.

"Aí estão eles!", gritou. "Os cavalheiros da imprensa... os bêbados caloteiros!" Riu, alegre. "Vocês aprontaram feio ontem à noite, hein, seus porras? Caras, vocês tiveram sorte de o Lotterman estar em Ponce!" Sentou-se à mesa. "O que houve? Ouvi dizer que vocês se meteram em confusão com os policiais."

"É", falei. "Descemos o cacete neles. Pura diversão."

"Maldição", disse Donovan. "Pena eu ter perdido essa. Adoro uma boa briga... especialmente com a polícia."

Conversamos por algum tempo. Eu gostava de Donovan, mas ele nunca parava de falar que queria voltar para San Francisco, onde as coisas estavam acontecendo. Do jeito que ele falava da Califórnia, tudo parecia tão bom que tive certeza de que ele estava mentindo, mas nunca consegui definir o momento exato quando algo deixava de ser verdade e virava mentira. Se metade das coisas que ele dizia fossem verdadeiras, eu queria ir até lá imediatamente. Mas, como se tratava do Donovan, sabia que não podia contar nem com essa meia verdade. Ouvi-lo falar era sempre frustrante.

Fomos embora por volta da meia-noite e descemos a ladeira em silêncio. Era uma noite abafada. Sentia ao meu redor uma espécie de pressão, uma sensação de que o tempo estava se esgotando ao mesmo tempo em que havia parado por completo. Sempre que pensava no tempo em Porto Rico, lembrava daqueles velhos relógios magnéticos nas paredes das salas de aula do meu colégio. De vez em quando um dos ponteiros ficava parado por vários minutos – e se eu ficasse olhando por tempo suficiente, tentando descobrir se estava estragado, o ruído seco e súbito do ponteiro, pulando três ou quatro marcas do mostrador, sempre me pegava de surpresa.

Dez

O escritório de Sanderson ficava no último andar do prédio mais alto da Cidade Velha. Sentei em uma poltrona de couro confortável. Podia enxergar toda a zona portuária sob mim, além do Caribé Hilton e de boa parte de Condado. Era uma sensação clara de estar em uma torre de comando.

Sanderson estava sentado, com os pés apoiados no parapeito da janela. "Duas coisas", disse. "Essa história do *Times* não vai render muito – uns poucos artigos por ano –, mas o projeto do Zimburger é grandioso."

"Zimburger?", perguntei.

Sanderson assentiu com a cabeça. "Não quis mencionar isso ontem porque ele poderia aparecer a qualquer momento."

"Espera aí", falei. "Estamos falando do mesmo Zimburger... o general?"

Sanderson pareceu incomodado. "Isso mesmo, ele é nosso cliente."

"Maldição", falei. "Os negócios devem estar indo mal. Esse sujeito é um babaca."

Sanderson rolou um lápis entre os dedos. "Kemp", falou lentamente, "o senhor Zimburger está construindo uma marina... uma marina enorme." Fez uma pausa. "Vai construir também um dos melhores hotéis da ilha."

Dei risada e me recostei na poltrona.

"Olhe aqui", falou Sanderson, muito sério. "Você já está aqui há tempo suficiente para começar a aprender certas coisas. Uma das primeiras é que o dinheiro costuma surgir em disfarces incomuns." Bateu o lápis na mesa. "Zimburger – que você chama de 'o babaca' – poderia comprar e vender você trinta vezes seguidas. Se você insistir em julgar os outros pela aparência, acho melhor se enfiar em algum canto do Texas."

Dei outra risada. "Talvez você tenha razão. Agora por que não me diz o que está pensando? Estou com pressa."

"Algum dia", falou, "essa sua arrogância sem sentido vai lhe custar muito dinheiro."

"Mas que inferno!", praguejei. "Não vim aqui para ser analisado."

Sanderson forçou um sorriso. "Certo. O *Times* quer um artigo genérico para o especial de primavera de seu caderno de turismo. A senhora Ludwig vai reunir algum material para você. Direi a ela o que você precisa."

"O que eles querem?", perguntei. "Mil palavras alegres?"

"Mais ou menos", Sanderson respondeu. "Deixe as fotografias por nossa conta."

"Certo", disse. "Isso vai dar um trabalhão... mas e o Zimburger?"

"Bem", começou. "O senhor Zimburger quer um prospecto. Está construindo uma marina em Vieques, que fica entre Porto Rico e São Tomás. Vamos tirar as fotos e fazer a diagramação. Você escreve o texto, com umas 1.500 palavras."

"Quanto ele vai pagar?", eu quis saber.

"Ele não vai pagar nada", Sanderson respondeu. "Zimburger nos paga uma taxa fixa. Nós vamos pagar a você 25 dólares por dia, mais despesas. Você precisará viajar até Vieques, provavelmente na companhia de Zimburger."

"Santo Deus."

Sanderson sorriu. "Não temos pressa. Pode ser na sexta-feira que vem."

"O público-alvo do prospecto serão investidores", completou. "Vai ser uma tremenda marina – dois hotéis, centenas de cabanas e tudo o mais."

"De onde Zimburger tira esse dinheiro?", perguntei.

Sanderson sacudiu a cabeça. "Zimburger não está sozinho. Diversas pessoas estão com ele neste negócio. Na verdade, ele me convidou para fazer parte do grupo."

"Por que você não aceitou?"

Sanderson girou a cadeira e ficou mais uma vez de frente para a janela. "Não estou pronto para me aposentar. Este é um local de trabalho interessante."

"Aposto que sim", falei. "Quanto você ganha por aqui? Dez por cento de cada dólar investido na ilha?"

Ele sorriu, irônico. "Você raciocina como um mercenário, Paul. Estamos aqui para ajudar, para manter as coisas funcionando."

Levantei para ir embora. "Passo aqui amanhã para pegar as coisas."

"Não quer almoçar?", perguntou, olhando para o relógio. "Já está quase na hora."

"Desculpa", disse. "Preciso ir andando."

Sorriu. "Atrasado para o trabalho?"

"Isso mesmo", falei. "Preciso voltar e redigir uma denúncia."

"Não deixe sua ética de escoteiro tomar conta de você", aconselhou, ainda sorrindo. "Ah, sim, já que estamos falando de escoteiros, peça ao seu amigo Yeamon para dar uma passada por aqui quando tiver tempo. Tenho algo para ele."

Consenti. "Coloque-o para trabalhar com Zimburger. Eles se dariam muito bem."

Quando voltei para a redação, Sala me chamou até sua mesa e mostrou um exemplar do *El Diario*. Na primeira página havia uma fotografia de nós três. Quase não me reconheci –

de olhos cerrados, aparência duvidosa, curvado no banco dos réus como se fosse um criminoso veterano. Sala parecia bêbado, e Yeamon parecia um maníaco.

"Quando eles tiraram essa foto?", perguntei.

"Não lembro", respondeu. "Mas o fato é que tiraram, os desgraçados."

Debaixo da foto havia uma matéria curta. "O que está escrito aí?", eu quis saber.

"A mesma coisa que o policial falou. Precisaremos de muita sorte para escapar do linchamento."

"Lotterman já disse alguma coisa?"

"Ele ainda está em Ponce."

Comecei a ficar com medo. "É melhor arranjar uma arma", aconselhou Moberg. "Agora eles vão persegui-lo. Conheço esses porcos, eles vão tentar matar você." Quando deram seis da tarde, eu estava tão deprimido que desisti de tentar trabalhar e fui direto para o bar do Al.

Bem quando virei na Calle O'Leary, escutei a lambreta de Yeamon se aproximando na direção oposta. O barulho que ela fazia naquelas ruas estreitas era tão infernal que era possível escutá-la a seis quarteirões de distância. Chegamos ao mesmo tempo ao bar do Al. Chenault estava na carona e saltou da lambreta quando ele desligou o motor. Ambos pareciam bêbados. A caminho do pátio, pedimos hambúrgueres e rum.

"As coisas estão piorando", falei, puxando uma cadeira para Chenault.

Yeamon fez uma careta. "Hoje aquele desgraçado do Lotterman faltou à audiência. O negócio não estava fácil, o pessoal da Secretaria do Trabalho viu nossa foto no *El Diario*. De certo modo, achei bom que o Lotterman não tenha aparecido. Hoje ele poderia ter ganhado a causa."

"Não duvido", comentei. "Aquela fotografia é terrível." Sacudi a cabeça, "Mas o Lotterman está em Ponce... sorte nossa."

"Que inferno", praguejou. "Preciso daquele dinheiro neste fim de semana. Vamos para o carnaval de São Tomás."

"Ah, sim", disse. "Já ouvi falar. Dizem que é uma loucura."

"Ouvi falar que é maravilhoso!", exclamou Chenault. "Dizem que é tão bom como o de Trinidad."

"Não quer vir com a gente?", sugeriu Yeamon. "Diga ao Lotterman que você quer cobrir o evento."

"Eu acharia ótimo. San Juan está me enlouquecendo."

Yeamon começou a dizer alguma coisa, mas foi interrompido por Chenault. "Que horas são?", ela perguntou, ansiosa.

Olhei para meu relógio. "Quase sete."

Chenault levantou, apressada. "Preciso ir... começa às sete." Pegou sua bolsa e correu na direção da porta. "Volto em uma hora", avisou. "Não beba demais."

Olhei para Yeamon.

"Hoje tem algum tipo de cerimônia lá na catedral", explicou, sem entusiasmo. "Só Deus sabe o que é, mas ela quer assistir."

Sorri e sacudi a cabeça.

Yeamon me encarou. "Sim, é um inferno. Não tenho ideia do que vou fazer com ela."

"Como assim?", quis saber.

"É, decidi que este lugar é podre. Quero cair fora."

"Ah", falei. "Isso me lembra uma coisa. O Sanderson tem um trabalho para você – redigir umas matérias de turismo. A integridade dele exige que justifique o que falou de nós naquela noite."

Yeamon gemeu. "Santo Deus, matérias de turismo. É o fundo do poço."

"Diz isso pro Sanderson", falei. "Ele quer que você ligue para ele."

Yeamon se recostou na cadeira e ficou olhando para a parede, sem dizer nada por vários momentos. "Integridade", repetiu, como se estivesse dissecando a palavra. "Na minha opinião, um sujeito como o Sanderson tem tanta integridade quanto uma ovelha negra."

Tomei um gole de rum.

"Por que você se relaciona com um cara desses?", perguntou. "Vive indo até a casa dele. Sanderson tem alguma qualidade que não consigo ver?"

"Não sei", respondi. "O que você vê?"

"Quase nada. Sei que o Sala diz que ele é veado. Sem dúvida é também um charlatão, um babaca e só Deus sabe o que mais." Fez uma pausa. "Mas tudo o que o Sala faz é repetir essas palavras: Charlatão, Babaca, Veado – sim, mas e daí? Tenho curiosidade de saber que diabos você vê naquele sujeito."

Foi então que entendi a brincadeira de Sala no café. Senti que qualquer coisa que dissesse sobre Sanderson naquele momento seria crucial – não para Sanderson, mas para mim. Sabia muito bem por que me relacionava com ele, e a maioria de minhas razões eram mesquinhas – Sanderson estava por dentro, e eu estava por fora, e ele parecia um caminho excelente para muitas coisas que eu desejava. Por outro lado, havia nele algo que me agradava. Talvez a luta de Sanderson consigo mesmo me fascinasse – um homem cosmopolita e durão germinando aos poucos a partir do garoto do Kansas. Lembrei de quando ele me falou que o Hal Sanderson do Kansas morrera quando seu trem chegou a Nova York. Qualquer homem capaz de dizer uma coisa dessas, e ainda por cima tentando dizer isso com orgulho, merece a sua atenção – a menos que você tenha muitas, mas muitas coisas melhores para fazer com seu tempo.

Fui arrancado de meus devaneios pela voz de Yeamon. "Certo", falou, com um gesto. "Se você precisou pensar tanto, Sanderson deve mesmo ter algo de especial. Ainda assim, acho que ele é podre."

"Você pensa demais", falei.

"Preciso pensar o tempo todo", murmurou. "Esse é o meu problema, tiro férias de tanto pensar". Balançou a cabeça. "São como quaisquer outras férias: você relaxa por duas semanas e depois passa cinquenta se preparando para fazer aquilo de novo."

"Acho que não estou entendendo", falei.

Yeamon sorriu. "Você me interrompeu. Estávamos falando de Chenault, e de repente você começou a falar da ovelha negra."

"Certo", falei. "E o que tem a Chenault? Você está querendo dizer que vai embora e pretende deixar ela comigo?"

Yeamon tamborilou na mesa. "Kemp, gostaria que você não falasse esse tipo de coisa. Sou bem conservador nesse quesito de ficar trocando de mulheres, especialmente quando gosto da garota." Sua voz era calma, mas percebi um tom agressivo.

Sacudi a cabeça. "Você é um maldito incoerente. Essa era a última coisa que esperava ouvir de você."

"Não tenho muita consideração pela coerência", falou, novamente tranquilo. "Não, eu só estava pensando em voz alta... não faço isso com muita frequência."

"Eu sei."

Yeamon tomou um gole de rum. "Ontem passei o dia todo pensando. Preciso sair deste lugar e não sei o que fazer com a Chenault."

"Para onde pretende ir?", perguntei.

Yeamon encolheu os ombros. "Não faço ideia... talvez para as ilhas do sul, talvez para a Europa."

"A Europa não é um mau negócio", falei. "Se você tem um emprego."

"Mas eu não tenho."

"Não", concordei. "Você não tem e provavelmente não vai conseguir."

"Era sobre isso que eu estava pensando", continuou. "E fiquei me perguntando por que diabos queria ir para a Europa, afinal de contas... que motivo tenho?"

Dei de ombros. "Precisa de algum motivo?"

"Sabe", disse Yeamon, "faz três anos que não vou até a minha cidade. Na última vez em que estive lá, passei um bom tempo no meio do mato."

"Você está me confundindo de novo", falei. "Nem sei de onde você é."

"De um lugar chamado London, no Kentucky. Fica no condado de Laurel – um lugar excelente para quem quer desaparecer."

"Você está pensando em desaparecer?", perguntei.

Ele assentiu com a cabeça. "Mas não no condado de Laurel." Fez uma pausa. "Meu pai decidiu brincar com dinheiro, e acabamos perdendo a fazenda."

Acendi um cigarro.

"É um bom lugar", prosseguiu. "O sujeito pode ir para lá e ficar três dias atirando, correndo com seus cachorros e criando todo tipo de confusão, e mesmo assim ninguém aparece para incomodar."

"Sei", eu disse. "Já cacei perto de St. Louis."

Yeamon se recostou na cadeira e ficou olhando para seu drinque. "Ontem fiquei pensando nisso e cheguei à conclusão de que posso estar na trilha errada."

"Como assim?"

"Não tenho certeza", respondeu. "Mas sinto como se estivesse seguindo um rumo decidido há muito tempo por outra pessoa. E pode apostar que tenho muita companhia."

Olhei para a bananeira e deixei que ele continuasse falando.

"Você também é assim", falou. "Acabamos parando nos mesmos malditos lugares, fazendo as mesmas malditas coisas que as pessoas vêm fazendo nos últimos cinquenta anos, e continuamos esperando que alguma coisa aconteça." Olhou para cima. "Entende? Sou um rebelde, caí fora. E agora, onde está minha recompensa?"

"Não seja bobo", falei. "Não existe recompensa. Nunca existiu."

"Santo Deus", disse Yeamon. "Isso é horrível." Pegou a garrafa de rum e bebeu no gargalo tudo que restava. "Não passamos de bêbados", ele disse. "Bêbados incorrigíveis. Que isso tudo vá para o inferno! Vou voltar para alguma cidadezinha esquecida por Deus e virar bombeiro."

Comecei a gargalhar, e na mesma hora Chenault ressurgiu. Ficamos sentados no pátio, bebendo por horas a fio, até que Yeamon levantou e anunciou que estavam indo para casa. "Pense nessa história de São Tomás", ele disse. "Por enquanto ainda podemos continuar neste jogo."

"Por que não?", murmurei. "Talvez eu vá. Pode ser minha última chance de diversão."

Chenault despediu-se com um aceno e seguiu Yeamon até a rua.

Continuei sentado ali por mais algum tempo, mas era deprimente demais. Tudo aquilo – o discurso de Yeamon, minha fotografia no *El Diario* – começava a me fazer pensar em suicídio. Minha pele estava esquisita. Comecei a achar que toda aquela bebedeira talvez estivesse acabando comigo. Lembrei então de uma matéria publicada pelo *News* na semana anterior a respeito de uma epidemia de parasitas na água de San Juan, vermezinhos que destruíam os intestinos. Meu Deus, pensei, acho melhor cair fora daqui. Paguei minha conta e escapei para a rua. Olhei para um lado e para o outro, tentando decidir aonde iria. Tinha medo de caminhar, medo de ser reconhecido e espancado por uma multidão furiosa – mas a ideia de voltar para casa, para o ninho de pulgas e chatos venenosos onde eu dormira nos últimos três meses, me enchia de horror. Por fim, peguei um táxi para o Caribé Hilton. Fiquei sentado no balcão do bar por mais ou menos uma hora, na esperança de conhecer alguma garota que me convidasse para subir até seu quarto. A única pessoa que conheci foi um treinador de futebol americano de Atlanta, que me convidou para caminhar na beira da praia. Eu disse que aceitava, mas primeiro precisava falar com os funcionários para ver se me emprestavam uma chibata.

"Para quê?", perguntou.

Encarei-o. "Você não quer ser chicoteado?"

Ele riu, nervoso.

"Espere aqui", falei. "Vou buscar a chibata." Levantei e fui até o toalete. Quando voltei, ele tinha sumido.

Não havia garotas no bar – apenas mulheres de meia-idade e homens carecas vestindo smokings. Comecei a tremer. Santo Deus, pensei, talvez esteja tendo um ataque de *delirium tremens*. Bebi o mais rápido que pude, tentando ficar bêbado. Mais e mais pessoas pareciam estar me encarando, mas eu não conseguia falar. Sentia-me sozinho e vulnerável. Cambaleei até a rua e acenei para um táxi. Estava enlouquecido demais para dormir em um hotel. Só havia um destino para mim: aquele apartamento imundo e infestado de baratas. Era meu único lar.

Acendi as luzes, abri as janelas, preparei um drinque em um copo grande e deitei na cama de campanha para ler uma revista. Soprava uma brisa leve, mas o barulho da rua era tão terrível que desisti de tentar ler e apaguei as luzes. Pessoas não paravam de passar pela calçada e espiar pela janela. Como não conseguiriam me ver, fiquei esperando que saqueadores entrassem pela janela a qualquer momento. Fiquei deitado, com uma garrafa de rum apoiada no umbigo, pensando em como iria me defender.

Se tivesse uma Luger, pensei, poderia encher os desgraçados de balas. Me apoiei em um dos cotovelos e apontei um dedo para a janela, tentando calcular o ângulo que teria para atirar. Era perfeito. A luz da rua era mais do que suficiente para deixar nítidos os contornos de qualquer vulto. Sei que tudo aconteceria muito rápido, e eu não teria escolha: apertaria o gatilho, e o barulho terrível me deixaria surdo. Gritos e balbúrdia seriam seguidos pelo baque surdo e medonho de um corpo desabando de costas na calçada. É claro que uma multidão iria se aglomerar, e seria necessário abater algumas pessoas em legítima defesa. Quando os policiais chegassem, seria o fim. Eles me reconheceriam e provavelmente me matariam ali mesmo, dentro do apartamento.

Santo Deus, pensei, estou perdido. Nunca conseguirei sair daqui com vida.

Achei ter visto coisas se mexendo no teto. Vozes no beco chamavam meu nome. Comecei a tremer e a suar e, em seguida, mergulhei em um delírio apavorante.

Onze

Aquela noite decretou meu ponto final na tumba de Sala. Na manhã seguinte, acordei bem cedo e fui até Condado procurar um apartamento. Queria a luz do sol, lençóis limpos e uma geladeira em que pudesse guardar cerveja e suco de laranja. Queria comida na despensa e livros nas prateleiras para poder ficar em casa de vez em quando, aproveitando a brisa que entraria pela janela depois de passar pelas ruas tranquilas, em um endereço que parecesse humano – em vez de a/c ou Posta Restante ou Favor Encaminhar ou Aviso de Chegada.

Dez anos nesse tipo de endereços mutantes abatem qualquer um, como se fossem um feitiço. O sujeito começa a se sentir como o Judeu Errante. Era assim que me sentia. Depois de noites após noites dormindo sobre uma cama de campanha fedorenta em um buraco pútrido no qual eu nem mesmo queria estar e não tinha motivo para estar além do fato de ser estranho e barato, decidi mandar tudo para o inferno. Se aquilo era a liberdade absoluta, já estava cheio dela, e dali em diante tentaria encontrar algo menos puro e bem mais confortável. Não teria apenas um endereço, mas também um carro. Se existisse alguma outra coisa que exercesse uma grande influência estabilizadora, teria isso também.

Havia muitos anúncios de apartamento no jornal, mas os primeiros de que fui atrás eram caros demais. Por fim acabei encontrando um apartamento que ficava sobre a garagem de alguém. Era exatamente o que eu queria – muito ar puro, a sombra de um enorme *flamboyant*, mobília de bambu e uma geladeira nova.

A mulher queria cem dólares, mas aceitou na mesma hora quando ofereci 75. Vi um enorme adesivo com o número 51 em um carro estacionado na frente de sua casa. Ela e seu marido, explicou, eram totalmente a favor da transformação de Porto Rico em estado americano. Eram donos do café La Bomba, em San Juan. Perguntou se eu o conhecia. Sim, conhecia – e muito bem. Costumava comer lá com frequência. Era impossível encontrar comida tão boa pelo mesmo preço. Disse a ela que trabalhava para o *New York Times* e que ficaria em San Juan por um ano, escrevendo uma série de matérias sobre a transformação de Porto Rico em estado americano. Por causa disso, precisaria de privacidade absoluta.

Trocamos sorrisos artificiais e paguei um mês adiantado. Ela pediu mais 75 dólares de caução. Expliquei que na semana seguinte receberia meu contracheque e que, então, teria como pagar. Sorriu, encantadora, e eu fui embora antes que ela cobrasse mais alguma coisa.

Saber que tinha minha própria casa me alegrou imensamente. Mesmo que fosse demitido, tinha dinheiro suficiente no banco para descansar por algum tempo. Com Sanderson me entregando 25 notas por dia, não teria com o que me preocupar.

Caminhei até a Avenida Ashford e peguei um ônibus para o jornal. Na metade do caminho, lembrei que era meu dia de folga. Como queria checar minha correspondência, acabei seguindo viagem. Enquanto eu cruzava a redação rumo às caixas postais, Sala me chamou de dentro do laboratório.

"Cara", disse, "pena que você não estava aqui mais cedo. Lotterman descobriu que o Moberg assinou aquele cheque para pagar nossa fiança – tentou matá-lo com uma tesoura e o perseguiu até o meio da rua." Balançou a cabeça. "Foi infernal. Achei que era o fim do Moberg."

"Meu bom Deus", murmurei. "E o cheque... ainda vale?"

"Acho que sim", respondeu. "Lotterman acabaria com sua reputação se o cheque fosse sustado."

Fiquei inseguro. Aquilo arruinava meu plano de ter um carro. Tinha planejado pedir algum dinheiro emprestado a Lotterman. Pagaria com descontos em meu salário, na base de dez ou quinze dólares por semana. Fiquei imóvel, ao lado do laboratório, revirando meu cérebro em busca de alternativas. Lotterman surgiu de dentro de seu escritório e me chamou.

"Quero falar com você", rosnou. "Com você também, Sala, nem tente se esconder aí dentro."

Sala o ignorou e entrou no laboratório. Segundos depois, saiu de lá com um maço de cigarros. "Esconder coisa nenhuma!", bufou, alto o suficiente para que Lotterman e todos os outros escutassem. "No dia em que precisar me esconder de um palhaço desses, jogo a toalha."

Lotterman, contudo, não tinha escutado nada. Eu nunca o vira naquele estado. Tentava soar furioso, mas parecia mais confuso do que qualquer outra coisa. Depois de escutá-lo por alguns instantes, tive a impressão de que ele estava à beira de se dissolver em alguma espécie de apoplexia.

Começou dizendo que achava realmente terrível que "o Yeamon, aquele maluco desgraçado" tivesse nos metido em confusão. "E depois veio o Moberg", grunhiu. "Moberg, aquele cachaceiro inútil, aquele doente mental, roubou meu dinheiro." Esmurrou a mesa. "Aquele inseto beberrão, aquele arremedo desprezível de ser humano, teve a coragem de me subtrair 2.300 dólares!" Lotterman nos encarou. "Rapazes, vocês entendem o que isso significa para minha conta bancária? Vocês têm ideia de quanto custa manter este jornal funcionando?" Desabou na cadeira. "Pelo amor de Deus, arrisquei todas as minhas economias apenas por acreditar no jornalismo. E então aparece esse inseto odioso e cheio de pus e me destrói com um só golpe."

"E o Yeamon!", berrou. "Assim que o vi pela primeira vez, já sabia de tudo! Disse para mim mesmo, Santo Deus, livre-se desse sujeito de uma vez, ele é pura confusão." Sacudiu um dedo ameaçador em nossa direção. "Quero que vocês fiquem longe dele, entenderam? Por que diabos ele continua por aqui, afinal de contas? Por que não volta para o lugar de onde saiu? Como ele está se sustentando?"

Nós dois encolhemos os ombros. "Acho que ele tem uma herança", falei. "Anda falando em investir algum dinheiro."

"Deus todo-poderoso!", exclamou Lotterman. "É bem o tipinho que não queremos por aqui!" Sacudiu a cabeça. "E ele ainda teve a audácia de me dizer que estava falido. Pediu cem dólares emprestados e desperdiçou tudo em uma motocicleta. Conseguem imaginar algo pior?"

Eu não conseguia, e nem Sala.

"Agora ele está tentando me arrancar dinheiro", prosseguiu. "Vamos ver se conseguirá." Desabou novamente na cadeira. "É quase terrível demais para acreditar", disse. "Acabo de pagar mil dólares para tirar esse sujeito da cadeia – um maluco perigoso que ameaçou torcer meu pescoço. E o Moberg", resmungou. "De onde ele saiu?" Sacudiu a cabeça e acenou para que saíssemos do escritório. "Podem ir", falou. "Digam ao Moberg que vou colocá-lo atrás das grades."

Quando estávamos saindo, Lotterman lembrou de outra coisa. "Esperem um minuto", chamou. "Rapazes, não quero que vocês pensem que eu *não* teria tirado vocês da cadeia. É claro que teria – vocês sabem disso, não é?"

Juramos que sabíamos que ele teria feito isso e o deixamos resmungando sozinho em sua mesa. Voltei à biblioteca e sentei para pensar um pouco. Conseguiria um carro, independentemente do que precisasse fazer. Tinha encontrado um Fusca conversível por quinhentos dólares que parecia em ótimo estado. Considerando o preço absurdo dos carros em San Juan, conseguir comprá-lo por quatrocentos seria uma verdadeira pechincha.

Liguei para Sanderson. "Diga uma coisa", falei, casualmente, "por baixo, quanto vou ganhar por esse negócio do Zimburger?"

"Por quê?", ele quis saber.

"Queria um adiantamento. Preciso de um carro."

Sanderson riu. "Você não precisa de um carro, você quer um carro. De quanto precisa?"

"Uns mil", falei. "Não sou ganancioso."

"Você deve estar maluco", respondeu. "O máximo que posso conseguir, na melhor das hipóteses, é 250."

"Certo", falei. "É uma pequena ajuda, mas já serve para alguma coisa. Quando posso buscar?"

"Amanhã de manhã. O Zimburger aparecerá aqui. Acho que deveríamos nos reunir para combinar direito esse negócio. Não quero fazer isso em casa." Fez uma pausa. "Você pode chegar aqui lá pelas dez?"

"Tudo bem", disse. "Até lá."

Quando coloquei o telefone no gancho, percebi que estava prestes a dar um mergulho de cabeça. Teria meu próprio apartamento, para o qual me mudaria no final da semana, e agora estava quase comprando um carro. San Juan estava me pegando de jeito. Fazia cinco anos que não tinha um carro – desde o velho Citroën que comprara por 25 dólares em Paris, vendido um ano mais tarde por dez dólares depois de cruzar toda a Europa. Agora estava pronto para gastar quatrocentos dólares em um Fusca. Por bem ou por mal, aquilo pelo menos me dava uma sensação de estar melhorando de vida.

No dia seguinte, a caminho do escritório de Sanderson, parei na loja de usados onde tinha visto o carro. O escritório estava vazio, e na parede atrás de uma das mesas havia uma placa dizendo VENDA – NADA ACONTECE ATÉ QUE ALGUÉM VENDA ALGUMA COISA.

Encontrei o vendedor do lado de fora. "Vou levar este aqui", falei, apontando para o conversível. "Ao meio-dia trago quatrocentos dólares."

O vendedor sacudiu a cabeça. "Quinhentos dólares", disse. Tirou o cartaz do para-brisa e o levantou no ar, como se eu não tivesse percebido.

"Bobagem", respondi. "Você conhece as regras: nada acontece até que alguém venda alguma coisa."

O vendedor pareceu surpreso, mas o slogan funcionou.

"Negócio fechado", falei, virando para ir embora. "Volto ao meio-dia para buscar o carro."

O vendedor acompanhou com os olhos minha corrida até a rua.

Quando cheguei ao escritório de Sanderson, Zimburger já estava lá. Usava um terno azul berrante e uma camisa vermelha, sem gravata. Olhando de relance, parecia um manequim de cera na vitrine de alguma butique para militares. Depois de passar vinte anos nas Forças Armadas, Zimburger ficava pouco à vontade usando roupas civis. "São muito folgadas", explicava. "Confecção vagabunda, material barato."

Meneou a cabeça para enfatizar o que dizia. "Ninguém mais faz as coisas com cuidado. Agora só o que vale é a lei da selva."

Sanderson entrou, vindo de outro escritório. Como sempre, estava vestido como se fosse o governador-geral de Pago Pago. Dessa vez, usava um terno de seda negra e uma gravata borboleta.

Zimburger parecia um agente penitenciário de folga, um veterinário barrigudo e suado que de algum modo tinha conseguido acumular um monte de dinheiro.

"Muito bem", disse Zimburger. "Vamos ao que interessa. Esse é o cara que vai escrever?" Apontou para mim.

"Este é Paul Kemp", disse Sanderson. "Você deve ter falado com ele na minha casa."

Zimburger assentiu. "É, eu sei."

"O senhor Kemp escreve para o *New York Times*", disse Sanderson. "Temos sorte de poder contar com ele nesta transação."

Zimburger olhou para mim com interesse renovado. "Um redator de verdade, hein? Acho que isso pode dar confusão." Riu. "Conheci uns redatores nos marines, todos só causavam confusão. Diabos, eu mesmo fui redator: me forçaram a escrever manuais de treinamento por seis meses. Foi o trabalho mais entediante que já fiz em toda a minha vida."

Sanderson se recostou em sua cadeira e colocou os pés sobre a mesa. "Kemp irá com você até Vieques assim que for conveniente", explicou. "Quer dar uma olhada no lugar."

"Ah, sim!", Zimburger respondeu. "Ele vai ficar impressionado. Não existe praia melhor em todo o Caribe." Virou-se para mim. "Esse lugar vai te deixar bem inspirado. Nunca escreveram uma matéria sobre Vieques, muito menos o *New York Times*."

"Parece bom", falei. "Quando você pretende ir?"

"Que tal amanhã?", sugeriu, sem perder tempo.

"Cedo demais", disse Sanderson. "Kemp está fazendo um trabalho para o *News* no momento. O que acha do próximo fim de semana?"

"Por mim, tudo bem", Zimburger respondeu. "Vou fretar um avião para quinta-feira." Olhou para o relógio e se levantou. "Vou embora", anunciou. "Que inferno, já é quase meio-dia, e ainda não ganhei dinheiro. Perdi metade do dia." Olhou para mim e bateu continência rapidamente, sorrindo ao sair apressado pela porta.

Desci no elevador lotado e chamei um táxi assim que saí do prédio. O vendedor estava à minha espera na loja de carros usados. Cumprimentei-o de forma cordial, paguei pelo carro em dinheiro vivo e já saí dirigindo. O carro era amarelo, a capota era preta, tinha bons pneus e incluía um rádio AM/FM.

Como já era quase uma da tarde, fui direto para o trabalho, em vez de almoçar no bar do Al.

Passei a tarde inteira na central da polícia, falando com um homem que tinha matado a própria filha.

"Por quê?", perguntei, enquanto diversos policiais observavam e Sala fotografava o sujeito.

O homem gritou alguma coisa em espanhol. Os policiais me explicaram que ele dissera que a filha era uma inútil – queria ir a Nova York. Tinha só treze anos, mas de acordo com ele já trabalhava como prostituta para economizar o dinheiro da passagem de avião.

"Certo", falei. "Muchas gracias." Era o suficiente para escrever uma matéria. Enquanto os policiais o levavam, tentei imaginar por quanto tempo ficaria na cadeia antes de ser julgado. Dois anos, talvez três, considerando que já tinha confessado o crime. Ora, qual era o sentido de fazer um julgamento? Já havia casos em demasia.

Ainda bem, pensei. Fiquei a tarde inteira achando que os policiais nos olhavam de um jeito esquisito, mas não tinha muita certeza disso.

Fomos jantar no bar do Al. Yeamon estava no pátio. Contei do ataque de Lotterman.

"Pois é", disse. "Pensei nisso quando estava indo falar com o advogado." Balançou a cabeça. "Que inferno. Nem cheguei a ir. Agora estou na mão dele... ele chegou a falar alguma coisa sobre cancelar minha fiança?"

"Lotterman não vai fazer isso", Sala garantiu. "Seria péssimo para a reputação dele... a menos que descubra que você está prestes a cair fora."

"Estou mesmo", disse Yeamon. "Vamos para a América do Sul."

"Vocês dois?", perguntei.

Yeamon confirmou. "Por enquanto precisamos esperar um pouco", disse. "Estava contando com esse dinheiro da indenização."

"Chegou a ligar para o Sanderson?", perguntei.

Yeamon sacudiu a cabeça.

"Ligue", recomendei. "Ele tem dinheiro vivo. Hoje mesmo comprei um carro novo."

Yeamon riu. "Mas olha só. Está aqui?"

"Com certeza", falei. Saímos até a rua para dar uma olhada. Yeamon admitiu que o carro tinha uma aparência simpática e esportiva.

"Mas você sabe o que isso significa", falou, sorrindo. "Você está na coleira. Primeiro um emprego, depois um carro... daqui a pouco você acaba casando e se acomodando de vez." Deu uma risada. "Vai ficar igual ao velho Robert, sempre dizendo que vai embora *mañana*."

"Não se preocupe comigo", Sala respondeu. "Saberei quando tiver chegado minha hora de ir. Quando você se tornar um profissional respeitado, venha tentar me dizer como devo levar minha vida."

Voltamos para dentro. "O que é um profissional respeitado, Robert?", perguntou Yeamon. "Alguém que tem um emprego?"

"Alguém que pode conseguir um emprego", respondeu Sala. "Porque sabe o que está fazendo."

Yeamon pensou por um minuto. "Porque sabe o que outra pessoa quer que seja feito, é isso?"

Sala deu de ombros. "Entenda como quiser."

"Entendi, sim", disse Yeamon. "E não estou desconsiderando seu talento. Mas, se você é tão bom como diz ser, e se realmente odeia San Juan tanto quanto afirma odiar, não me parece difícil somar dois mais dois. Por que você não vai ser um profissional respeitado em algum outro lugar que seja do seu agrado?"

"Cuide da sua vida, caralho", cortou Sala, irritado. "Não vejo essa mesma lógica no jeito que você leva a vida. Primeiro acerte as contas consigo mesmo. Depois que fizer isso, contrato você para me dar conselhos profissionais, certo?"

"Pelo amor de Deus", falei. "Vamos parar com isso."

"Ótima ideia", disse Sala. "Somos mesmo todos uns fracassados... mas eu pelo menos sou um profissional".

Sweep trouxe uma bandeja com hambúrgueres.

"Quando você pretende cair fora?", perguntei a Yeamon.

"Estou dependendo da grana", respondeu. "Pensei em dar uma passada em São Tomás neste fim de semana para ver se conseguimos carona nos barcos que vão para o sul." Olhou para cima. "Você ainda vem conosco?"

"Ah, meu Deus", exclamei. Contei a ele sobre Zimburger e Vieques. "Eu podia ter deixado para depois", admiti, "mas na hora só consegui pensar em conseguir dinheiro para comprar o carro."

"Bem, enfim", disse Yeamon. "Vieques fica na metade do caminho entre Porto Rico e São Tomás. Todos os dias sai uma balsa até lá."

Acabei combinando que os encontraria em São Tomás na sexta-feira. Yeamon e Chenault pegariam um avião até a ilha na manhã seguinte, e planejavam voltar domingo à noite.

"Fiquem longe de São Tomás", Sala aconselhou. "Coisas terríveis acontecem com as pessoas em São Tomás. Sei de algumas histórias terríveis que posso contar para vocês."

"E daí?", Yeamon desdenhou. "Vai ser uma boa bebedeira. Você deveria vir com a gente."

"Não, obrigado", respondeu Sala. "Já tivemos nossa boa bebedeira, lembra? Posso viver sem levar essas surras."

Terminamos de comer e pedimos mais bebida. Quando Yeamon começou a falar sobre a América do Sul, uma certa empolgação começou a nascer dentro de mim, ainda que hesitante. Até Sala se empolgou. "Ah, meu Deus, eu gostaria de ir para lá", repetia. "Não tenho motivos para não ir. Ora, consigo ganhar a vida em qualquer lugar."

Fiquei escutando, sem falar muito, porque ainda lembrava de como me sentira naquela manhã. Além disso, tinha um carro na rua, um apartamento em Condado e uma galinha dos ovos de ouro chamada Zimburger. Pensei nisso. Não me incomodava nem um pouco com o carro e o apartamento, mas o fato de estar trabalhando para Zimburger fazia com que me sentisse meio esquisito. A conversa de Yeamon piorara a situação. Enquanto eles falavam em ir à América do Sul, eu me encontraria com Zimburger. Era uma sensação estranha, e não falei muito pelo resto da noite. Fiquei apenas ali, sentado e bebendo, tentando decidir se estava ficando velho e sábio ou apenas velho e nada mais.

O que mais me perturbava era o fato de na verdade eu não querer ir à América do Sul. Não queria ir a lugar nenhum. Ainda assim, quando Yeamon falava em ir a outro lugar, eu me empolgava. Conseguia me enxergar desembarcando na Martinica e explorando a cidade em busca de um hotel barato. Conseguia me ver em Caracas, em Bogotá e no Rio de Janeiro, fazendo de tudo para me virar. Eram mundos que eu não conhecia, mas sabia ser capaz de lidar com eles, porque afinal de contas eu era um campeão.

Mas tudo isso não passava de masturbação mental. No fundo, sabia que não desejava nada mais do que uma cama limpa, um quarto iluminado e algo de concreto que eu pudesse chamar de meu, até que ficasse cansado. No fundo da minha mente, pairava uma suspeita terrível de que eu finalmente superara uma fase. O pior é que não me sentia nem um pouco mal com isso, apenas cansado e um tanto confortavelmente distante.

Doze

Na manhã seguinte, pisei fundo até chegar a Fajardo. Estava pautado para cobrir a conclusão de um negócio imobiliário, mas foi uma experiência tão horrenda que precisei sair de lá. No caminho de volta, parei em uma venda de beira de estrada e comprei um abacaxi, que o vendedor cortou em cubinhos para mim. Comi enquanto atravessava o tráfego, dessa vez dirigindo lentamente, com apenas uma das mãos. Aproveitava o deleite de, para variar um pouco, ter as rédeas de meus próprios movimentos. Decidi que na semana seguinte pegaria o carro e iria até Ponce, na costa Sul.

Quando cheguei ao prédio do *News*, encontrei Moberg saindo do carro.

"Imagino que esteja armado", falei. "O chefinho pode ficar louco quando ver você."

Moberg riu. "Agora temos um combinado. Lotterman me fez assinar uma declaração dizendo que darei meu carro para ele se algum de vocês fugir da ilha."

"Deus do céu. Yeamon já está falando em ir embora."

Moberg riu novamente. "Não estou nem aí. Ele que se foda. Assino qualquer coisa. Fiz o certo."

"Ah, Moberg", falei. "Você é louco, seu desgraçado."

"Sim, sou", admitiu. "É difícil achar alguém mais louco do que eu."

Lotterman ficou sumido a tarde toda. Sala disse que ele estava peregrinando de banco em banco, tentando conseguir um empréstimo para manter o jornal funcionando. Era apenas um boato, mas a redação inteira se comportava como se o fim tivesse chegado.

Por volta das três da tarde, Yeamon telefonou para contar que tinha ido falar com Sanderson. "Ele me mandou fazer umas matérias de merda", informou. "Disse que vou ganhar uns trinta dólares por cada uma, mas não pode me dar nenhum adiantamento."

"Nada mal", encorajei. "Capriche nesses trabalhos e peça algo melhor. Nem Deus tem mais dinheiro do que ele."

"Sim", resmungou. "É o que parece. Se eu conseguir alguma coisa que pague uns quinhentos dólares, vou ter dinheiro suficiente para ir embora."

Sanderson me telefonou mais ou menos uma hora mais tarde. "Você pode estar no aeroporto amanhã de manhã, lá pelas sete?", quis saber.

"Meu Deus do céu", suspirei. "Acho que sim."

"Você tem que estar lá", disse. "Prepare-se para ficar quase o dia todo em Vieques. Zimburger quer voltar pouco antes de escurecer."

"Não vou voltar", disse. "Vou para o carnaval de São Tomás."

Sanderson riu. "Eu devia ter imaginado que você se interessaria por uma coisa dessas. Se eu fosse você, ficaria longe da cidade. Os nativos ficam meio enlouquecidos. As melhores festas acontecem nos barcos. A turma dos iates faz seu próprio carnaval."

"Não estou fazendo planos", respondi. "Vou chegar lá e ver o que acontece... uma boa e saudável bebedeira, para relaxar um pouco."

Depois do trabalho, passei no apartamento de Sala para pegar minhas roupas e depois fui para casa. Como não tinha exatamente um guarda-roupa completo, tudo que precisei fazer foi pendurar algumas coisas no armário e colocar umas cervejas na geladeira. O resto da mobília estava lá – lençóis, toalhas, utensílios de cozinha, tudo menos comida.

Era *minha* casa, e eu gostava dela. Dormi um pouco e depois fui de carro até um pequeno colmado para comprar alguns ovos e um pouco de bacon para meu café da manhã.

Na manhã seguinte, só percebi que havia esquecido de comprar café quando já tinha preparado o bacon. Peguei o carro, fui até o Condado Beach Hotel e tomei o café por lá. Comprei um *Times* e comi sozinho em uma mesinha no gramado. Como era um lugar relativamente caro, dificilmente encontraria alguém do *News* por lá. Os repórteres que não estivessem no bar do Al estariam no The Holiday, um restaurante ao ar livre de frente para o mar que vivia lotado e ficava perto dos limites da cidade.

Passei a tarde toda na zona portuária, tentando descobrir se o jornal fecharia as portas por causa da greve. Um pouco antes de ir embora, avisei a Schwartz que não viria trabalhar no dia seguinte – estava sentindo que ficaria doente.

"Santo Deus", Schwartz resmungou. "Caras, vocês parecem ratos fugindo de um naufrágio. O Sala passou a tarde toda no laboratório, revelando material dos seus frilas. Peguei o Vanderwitz fazendo um interurbano para Washington." Sacudiu a cabeça. "Não podemos entrar em pânico. Por que vocês não se acalmam, caras?"

"Estou calmo", afirmei. "Só preciso tirar alguns dias de folga para resolver uns assuntos particulares."

"Certo", respondeu. "Isso não é da minha conta. Faça o que quiser."

Peguei o carro e fui até o bar do Al, onde jantei sozinho. De lá fui para casa e escrevi o artigo que Sanderson queria mandar para o *Times*. Era uma coisa simples, e me baseei quase inteiramente no material que ele tinha me passado – preços mais baixos no verão, maior número de jovens em férias, diversas ilhas turísticas para visitar. Levei umas duas horas. Quando terminei, decidi entregar o artigo para Sanderson e beber um pouco antes de ir para a cama. Precisaria acordar às seis na manhã seguinte, mas ainda era cedo e não estava com o menor sono.

Quando cheguei à casa de Sanderson, não havia ninguém por lá. Entrei, preparei um drinque, saí até a varanda e sentei em uma das espreguiçadeiras. Liguei o ventilador e coloquei um disco com trilhas de musicais na vitrola.

Decidi que alugaria um lugar daqueles para mim quando tivesse um pouco mais de dinheiro. O apartamento em que estava morando era um bom começo, mas não tinha varanda, jardim nem praia. Não via motivo nenhum para eu não ter essas coisas.

Já estava ali havia quase uma hora quando Sanderson chegou. Estava acompanhado por um homem que dizia ser irmão de um trompetista famoso. Preparamos mais drinques. Sanderson leu o meu artigo e disse que estava excelente. "Espero que você não esteja precisando do dinheiro para já", comentou. "Ainda pode levar uma semana ou pouco mais." Encolheu os ombros. "Não vai ser muito, mesmo... uns cinquenta dólares."

"Por mim está ótimo", falei, voltando à espreguiçadeira.

"Vou ver se consigo mais alguma coisa para você", disse. "Por enquanto estamos sobrecarregados. Passe por aqui quando voltar de São Tomás."

"Negócio fechado", falei. "A coisa não anda nada boa lá no jornal. Não duvido que em breve eu comece a depender desses artigos."

Sanderson meneou a cabeça. "Nada boa é uma definição adequada. Segunda-feira você vai descobrir o tamanho do problema."

"O que vai acontecer na segunda?", perguntei.

"Não posso dizer", respondeu, sorrindo. "E, mesmo se você soubesse, não adiantaria nada. Relaxa... você não vai morrer de fome."

O sujeito com irmão famoso tinha passado o tempo todo quieto, olhando para a praia. Chamava-se Ted. Virou-se para Sanderson e perguntou, com um tom entediado: "Que tal o mergulho por aqui?".

"Não é grande coisa", respondeu Sanderson. "Quase não tem peixes. Culpa da pesca."

Conversamos sobre mergulho por algum tempo. Sanderson falou com autoridade sobre as maravilhas das profundezas e sobre mergulhar no recife de Palancar. Ted morava havia dois anos no Sul da França e já trabalhara para Jacques Cousteau.

Pouco depois da meia-noite, quando percebi que estava ficando bêbado, levantei para ir embora. "Bem", expliquei. "Preciso me encontrar com o Zimburger assim que o sol raiar. Melhor dormir um pouco."

Acordei atrasado na manhã seguinte. Como não tive tempo de tomar café, me vesti com pressa e peguei uma laranja para comer a caminho do aeroporto. Zimburger estava à minha espera do lado de fora de um pequeno hangar, ao final da pista de decolagem. Estava acompanhado por dois sujeitos e me cumprimentou com um aceno de cabeça quando saí do carro e me aproximei. "Este é Kemp", disse aos seus acompanhantes. "É nosso redator, trabalha para o *New York Times*!" Abriu um sorriso e observou nossos apertos de mão.

Um dos sujeitos era do ramo de restaurantes. O outro era arquiteto. "Voltaremos no meio da tarde", informou Zimburger. O senhor Robbis, o dos restaurantes, precisava ir a um coquetel.

Voamos até a ilha em um pequeno Apache, com um piloto que parecia um foragido dos Flying Tigers[9]. Ficou quieto o tempo todo, parecendo totalmente alheio à nossa presença. Depois de meia hora entediante por sobre as nuvens, mergulhamos de repente na direção de Vieques e pousamos quicando em um pequeno pasto que servia de aeroporto. Agarrei com força minha poltrona, certo de que iríamos capotar. Contudo, depois de uma sequência violenta de solavancos, o avião parou.

Quando descemos do Apache, Zimburger nos apresentou a um sujeito enorme chamado Martin, que parecia um caçador de tubarões profissional. Vestia um traje cáqui impecável, usava óculos escuros de motociclista, e o excesso de sol deixara seus cabelos quase brancos. Zimburger referiu-se a ele como "meu representante nesta ilha".

Em termos gerais, o plano era pegar algumas cervejas e sanduíches no bar de Martin e depois ir até o outro lado da ilha para ver o terreno. Martin nos levou até a cidade em sua Kombi, mas o nativo que prepararia nossos sanduíches tinha desaparecido. Martin precisou fazê-los sozinho. Deixou-nos na pista de dança vazia e entrou na cozinha, furioso.

Demorou quase uma hora. Como Zimburger estava envolvido em sua conversa com o sujeito dos restaurantes, resolvi sair atrás de uma xícara de café. O arquiteto disse que conhecia um mercadinho naquela rua.

Estava bebendo sem parar desde as cinco da manhã quando Zimburger o arrancara da cama sem aviso prévio. Chamava-se Lazard e parecia ressentido.

"Esse Zimburger é um palhaço", afirmou. "Faz seis meses que está me fazendo andar em círculos."

---

9. Esquadrão da Força Aérea Chinesa composto por voluntários americanos, formado em 1941 para ajudar a China na guerra contra o Japão. (N.T.)

"Ah, que se dane", falei. "Pagando, tudo bem."

Lazard me encarou. "É a primeira vez que você trabalha com ele?"

"É", confirmei. "Por quê? Ele é caloteiro?"

Lazard parecia insatisfeito. "Não sei. Ele tem essa mania de pagar bebidas e coisa e tal, mas às vezes não sei muito bem."

Dei de ombros. "Bem, estou sendo pago pela Adelante. Não preciso lidar com ele, o que provavelmente é uma vantagem."

Lazard assentiu, e entramos no mercadinho. Na parede, um mosaico de placas da Coca-Cola informava o cardápio. Os bancos eram de couro sintético vermelho, o balcão era de fórmica, e o café era servido em canecas grossas. Fomos atendidos por uma mulher de pele branca-suja, com um forte sotaque sulista.

"Entrem, rapazes", disse. "Qual seu pedido, hein?"

Santa Maria mãe de Deus, pensei. Estávamos no Texas?

Lazard comprou um exemplar do *News* por vinte centavos. Sem demora, viu meu nome no crédito de uma das matérias da primeira página. "Achei que você trabalhava para o *New York Times*", disse, apontando para meu nome no artigo sobre a greve na zona portuária.

"Só dei uma ajuda para eles", falei. "Estão com problemas de pessoal. Pediram que eu desse uma mãozinha até conseguirem contratar mais gente."

Lazard meneou a cabeça e sorriu. "Cara, isso que é vida. Qual é sua função? Correspondente itinerante?"

"Mais ou menos", respondi.

"Que maravilha", continuou. "Ir para onde quiser... salário fixo... sem preocupações..."

"Ora", falei, "mas você também não está nada mal." Sorri. "Aqui estamos nós, sentados nesta ilha esquecida por Deus, sendo pagos por isso."

"Não sei se posso dizer isso", respondeu Lazard. "Bem, minhas despesas estão sendo pagas, mas se este negócio não der certo vou ter perdido dois anos da minha vida." Meneou a cabeça, sombrio. "Ainda não tenho muito renome. Não tenho cacife para associar meu nome a algum trabalho fracassado, mesmo que a culpa não seja minha." Terminou seu café e colocou a caneca no balcão. "Nisso você leva todas as vantagens. Tudo que precisa fazer é escrever sua matéria. Para mim, cada trabalho é uma questão de vida ou morte."

Senti pena de Lazard. Obviamente achava que aquele trabalho não cheirava muito bem, mas não podia se dar ao luxo de ser cauteloso. Não era muito mais velho do que eu, e um negócio como aquele seria uma ótima oportunidade se desse certo. Caso fracassasse, seria terrível – mas ainda assim ele não estaria em pior situação do que eu estivera nos últimos cinco anos. Fiquei tentado a lhe dizer isso, mas sabia que não faria com que ele se sentisse melhor. Lazard também começaria a sentir pena de mim, e disso eu não precisava.

"É", falei. "Um homem precisa de várias balas na agulha."

"Isso aí", respondeu, levantando para ir embora. "É por isso que sinto inveja. Você faz várias coisas ao mesmo tempo."

Estava começando a acreditar em Lazard. Quanto mais ele falava, melhor me sentia. Voltando ao bar de Martin, dei uma olhada na cidade. Estava quase deserta. As ruas eram largas, e os prédios, baixos. A maioria deles fora construída com blocos de concreto e pintada com suaves cores pastel, mas todos pareciam vazios.

Viramos a esquina na direção do bar de Martin e descemos uma ladeira até a orla. Palmeiras mirradas ladeavam a rua, e no final da ladeira um píer comprido se estendia até o porto. Nele havia quatro barcos pesqueiros, sacudindo-se preguiçosos no ritmo das ondas que vinham do canal de Vieques.

O bar se chamava The Kingfish. Seu telhado era de metal, e a entrada tinha uma cerca de bambu. A Kombi estava estacionada do lado de fora. Zimburger e Robbis ainda conversavam. Martin colocava a cerveja e os sanduíches dentro de um enorme isopor.

Eu quis saber por que a cidade parecia tão deserta.

"Este mês não tem manobras", explicou. "Você precisa ver este lugar tomado por 5 mil marines... vira um hospício."

Sacudi a cabeça, lembrando que Sanderson me contara que dois terços da ilha eram área de tiro dos marines. Um lugar estranho para construir uma estação de veraneio luxuosa, a menos que a intenção fosse enchê-la de *marines* da reserva para servir de bucha de canhão.

Já passava das dez quando finalmente começamos a seguir caminho até o outro lado da ilha, que não tinha nem sete quilômetros de largura. Foi uma bela viagem pelo meio dos canaviais e das estradas estreitas ladeadas de *flamboyants*. Chegamos enfim ao topo de um morro com vista para o Caribe. Assim que enxerguei aquilo, senti que era o lugar que eu estava procurando. Atravessamos mais um canavial e depois um bosque de palmeiras. Martin estacionou a Kombi, e descemos para dar uma olhada na praia.

A primeira coisa que senti foi um desejo insano de enfiar uma estaca na areia e tomar posse do lugar. A areia da praia era branca como sal, separada do resto do mundo por uma cadeia de morros íngremes. Estávamos nos limites de uma ampla baía, e a água era azul-turquesa, quase transparente, como de costume nas praias de areia branca. Nunca estivera em um lugar daqueles. Senti vontade de arrancar todas minhas roupas e nunca mais usá-las novamente.

Escutei então a voz de Zimburger, um tagarelar incômodo que me trouxe de volta à realidade. Eu não estava lá para admirar o local, mas para escrever alguma coisa que servisse de publicidade. Zimburger me chamou, apontando para o morro onde pretendia construir o hotel. Depois apontou para outros morros, onde ficariam as casas. Isso levou quase uma hora – caminharmos de um lado a outro da praia, olhando para mangues dos quais brotariam shopping centers, morros verdes e solitários que em breve seriam recheados por canos de esgoto, uma praia límpida e branca onde os lotes das cabanas já haviam sido limpos e demarcados. Fiz algumas anotações até não aguentar mais e depois voltei para a Kombi. Martin estava por lá, tomando uma cerveja.

"Nada detém o progresso", resmunguei, enfiando a mão no isopor.

Martin sorriu. "É, este vai ser um lugar fantástico."

Abri a cerveja, tomei tudo de um gole só e peguei outra. Conversamos por algum tempo. Martin me contou da primeira vez em que estivera em Vieques, quando era marine. Sabia reconhecer uma coisa boa quando a via, afirmou. Em vez de servir por vinte anos, como tinha planejado, deu baixa depois de uma década e voltou para Vieques com planos de abrir um bar. Agora, além do The Kingfish, era também dono de uma lavanderia, de cinco casas em Isabel Segunda e da única concessão de jornal da ilha. Estava também armando uma locadora de automóveis, para lidar com o fluxo de turistas atraídos pelo negócio de Zimburger. Para completar, era também "supervisor-geral" da propriedade de Zimburger, o que o colocava em uma situação privilegiada. Sorrindo, tomou um gole de sua cerveja. "Podemos dizer que este lugar foi bom comigo. Se tivesse ficado nos Estados Unidos, seria apenas mais um ex-milico."

"De onde você é?", perguntei.

"Norfolk", Martin respondeu. "Mas não sinto muita falta de casa. Nos últimos seis anos, nunca fui além de San Juan." Fez uma pausa, olhando para a ilhazinha verde que fora tão boa para consigo. "É, cresci em Norfolk, mas nem me lembro muito de lá... parece até outra vida."

Tomamos mais uma cerveja, até que Zimburger, Robbis e Lazard voltaram da praia. Lazard suava, e Robbis parecia muito impaciente.

Zimburger me deu um tapinha amistoso no ombro. "Bem", falou, abrindo um sorriso, "pronto para escrever aquele artigo? Não disse que este lugar era uma beleza?"

"É", falei. "Estou no ponto."

Sacudiu a cabeça, fingindo decepção. "Ah, esses repórteres... nunca têm nada de bom a dizer." Riu, nervoso. "Malditos repórteres... não se pode adivinhar o que vão acabar fazendo."

Durante todo o trajeto de volta até a cidade, Zimburger falou sem parar a respeito de seus planos para Vieques. Martin acabou interrompendo sua ladainha para anunciar que almoçaríamos em seu clube – tinha mandado seus rapazes buscarem lagostas frescas.

"*Langostas*, você quer dizer", corrigiu Zimburger.

Martin deu de ombros. "Ora, toda vez que digo isso preciso dar uma explicação interminável... por isso prefiro chamar logo de lagosta."

"*Langosta* é a lagosta caribenha", Zimburger explicou a Robbis. "Maior e mais saborosa do que a normal, e ainda por cima não tem pinças." Mostrou os dentes. "O velho Deus estava mesmo de bom humor quando criou este lugar."

Robbis olhou pela janela e depois se virou para falar com Martin. "Terei que deixar para outra vez", anunciou, seco. "Tenho um compromisso em San Juan, e já está ficando tarde."

"Ora, diabos", disse Zimburger. "Podemos matar um pouco de tempo. Ainda não é nem uma da tarde."

"Não tenho o costume de matar tempo", Robbis respondeu, virando o rosto para olhar novamente pela janela.

Pelo tom de sua voz, percebi que algo de errado acontecera na praia. Pelas conversas daquela manhã, tinha entendido que Robbis representava alguma cadeia de restaurantes cujo nome eu supostamente deveria reconhecer. Zimburger parecia disposto a estender tal fama até Vieques.

Olhei de canto de olho para Lazard. Parecia estar ainda mais mal-humorado do que Robbis. Fui tomado de um prazer nítido, quase eufórico, quando Zimburger anunciou rispidamente que voltaríamos imediatamente a San Juan.

"Acho que vou passar a noite aqui", falei. "Amanhã preciso estar em São Tomás para cobrir o carnaval." Olhei para Martin. "A que horas sai a balsa?"

Estávamos chegando na cidade. Martin engatou a segunda de repente para subir uma ladeira mais acentuada. "A balsa saiu ontem", disse. "Mas temos um barco indo para lá. Ora, eu mesmo posso levar você."

"Maravilha", falei. "Não faz sentido eu voltar até San Juan. Pode me deixar no hotel."

"Mais tarde", respondeu, sorrindo. "Primeiro vamos comer. Não podemos desperdiçar todas aquelas... hã... *langostas*."

Levamos Zimburger, Robbis e Lazard até o aeroporto, onde o piloto cochilava tranquilo à sombra do avião. Zimburger gritou com ele, que se levantou vagarosamente, sem mudar a expressão cansada do rosto. Estava claro que aquele homem não se importava com nada. Senti vontade de cutucar Lazard e dizer que nós dois tínhamos perdido o barco.

Mas Lazard estava taciturno. Tudo que eu disse foi "a gente se vê". Ele assentiu com a cabeça e entrou no avião, seguido por Robbis e Zimburger, que sentou ao lado do piloto de rosto impassível. Todos olhavam fixamente para o horizonte quando o avião deixou a pista e deslizou acima das árvores na direção de Porto Rico.

Passei as horas seguintes no bar de Martin. Um de seus amigos almoçou conosco. Era outro ex-marine, dono de um bar que ficava num morro fora da cidade. "Beba o quanto quiser", Martin repetia. "É por conta da casa." Sorria, malicioso. "Ou talvez seja melhor dizer que é tudo por conta do senhor Zimburger... você é um convidado dele, certo?"

"Certo", respondi, aceitando outro copo de rum.

Finalmente comemos as lagostas. Era fácil perceber que tinham ficado degelando o dia todo. Martin, contudo, anunciou orgulhoso que seus rapazes tinham acabado de trazê-las. Visualizei Martin encomendando suas lagostas do Maine para em seguida arrancar fora suas pinças e metê-las no congelador até ter a chance de usá-las para engambelar os convidados de Zimburger – e depois registrar tudo com detalhes na conta. Um jornalista: quarenta dólares por dia, incluindo trabalho e distrações.

Depois de comer duas *langostas*, beber incontáveis copos de rum e ficar terrivelmente exausto de tanto ouvir conversa fiada, levantei da mesa, pronto para ir embora. "Para que lado fica o hotel?", perguntei, me abaixando para pegar minha sacola de couro.

"Venha comigo", disse Martin, caminhando na direção da porta. "Levo você até o Carmen."

Acompanhei Martin até a Kombi. Subimos uns três quarteirões até chegarmos a um prédio baixo e cor-de-rosa, com uma placa que anunciava o Hotel Carmen. O lugar estava vazio. Martin pediu à mulher que me desse o melhor quarto, por sua conta.

Antes de ir embora, garantiu que no dia seguinte me levaria de lancha até São Tomás. "Vamos ter que sair por volta das dez", disse. "Preciso estar lá ao meio-dia, para encontrar um amigo."

Sabia que ele estava mentindo, mas não fazia diferença. Martin era como um mecânico de automóveis que tinha acabado de descobrir uma companhia de seguros, ou um marginal aproveitando uma caixa registradora sem ninguém por perto. Eu mal podia esperar pelo dia em que ele e Zimburger resolvessem acertar as contas.

O melhor quarto do Carmen custava três dólares e incluía uma sacada com vista para a cidade e o porto. Eu estava de barriga cheia e meio bêbado. Quando entrei no quarto, fui dormir imediatamente.

Duas horas depois, fui acordado por alguém batendo de leve na porta. "*Señor*", disse a voz. "Janta com *señor Kingfish*, no?"

"Não estou com fome", falei. "Acabei de almoçar."

"*Sí*", respondeu a voz, e em seguida escutei passos rápidos descendo as escadas em direção à rua. Ainda estava claro. Como não consegui voltar a dormir, saí para comprar uma garrafa de rum e um pouco de gelo. No mesmo prédio do hotel, havia algo que parecia ser um depósito abarrotado de bebidas alcoólicas. Um porto-riquenho sorridente me vendeu uma garrafa de rum por um dólar e um saco de gelo por dois. Paguei e subi as escadas para voltar ao meu quarto.

Preparei um drinque e fui sentar na sacada. A cidade ainda parecia deserta. Ao longe, no horizonte, era possível enxergar Culebra, a ilha vizinha. De algum ponto na mesma direção, soavam aterradores baques de explosão. Sanderson tinha me contado que Culebra era uma zona de bombardeio aéreo da Marinha americana. Já tinha sido um lugar mágico, mas esse tempo ficara para trás.

Já estava ali havia quase vinte minutos quando um negro surgiu descendo a rua, montado em um cavalinho cinzento. O ruído dos cascos do cavalo ecoava pela cidade como tiros de pistola. Fiquei acompanhando seu trajeto ruidoso pela rua, até desaparecer depois de uma pequena elevação. Ainda conseguia escutar o ruído dos cascos muito depois de o homem ter sumido de vista.

Então escutei outro som, o ritmo suave de um grupo de percussionistas. Como estava escurecendo, não consegui descobrir de que direção vinha a música. Era um ritmo ameno e irresistível. Fiquei ali sentado, bebendo e escutando aquele som, me sentindo em paz comigo mesmo e com o mundo. Às minhas costas, os morros assumiam um tom vermelho-dourado ao serem banhados pelos últimos raios do sol.

Então anoiteceu. Algumas luzes se acenderam na cidade. A música surgia em longas rajadas, como se alguém estivesse dando explicações durante cada intervalo, para então recomeçar. Escutei vozes na rua e, de vez em quando, o ruído dos cascos de algum outro cavalo. Isabel Segunda parecia mais ativa à noite do que durante o dia, interminável e quente.

Era o tipo de cidade que fazia você se sentir como Humphrey Bogart. Você chegava em um aviãozinho caindo aos pedaços e, por algum motivo obscuro, ganhava um quarto privativo que incluía uma sacada com vista para a cidade e o porto. Depois ficava ali, sentado e bebendo, até que alguma coisa acontecesse. Senti uma distância tremenda entre mim e tudo o que era real. Ali estava eu, na ilha de Vieques, um lugar tão insignificante que nunca tinha ouvido falar dele até ser mandado para lá – levado por um maluco e à espera de ser retirado de lá por outro louco.

Maio estava chegando. Sabia que Nova York estava ficando mais quente, que chovia em Londres e que fazia calor em Roma – e lá estava eu em Vieques, onde sempre fazia calor, onde Nova York, Londres e Roma não passavam de nomes perdidos num mapa.

Então lembrei dos marines – este mês não tem manobras – e lembrei do que tinha me levado até ali. Zimburger queria um prospecto... dirigido a investidores... seu trabalho é fazer propaganda do lugar... não se atrase ou ele...

Eu estava ganhando 25 dólares por dia para arruinar o único lugar onde tinha conseguido sentir alguma paz nos últimos dez anos. Ganhando dinheiro, de certo modo, para mijar em minha própria cama. Só estava ali porque tinha ficado bêbado e depois acabara preso. Isso me tornara um peão de algum jogo babaca para salvar a reputação de alguém com a alta-roda.

Fiquei um bom tempo sentado ali, pensando sobre muitas coisas. Principalmente sobre minha suspeita de que meus instintos estranhos e incontroláveis acabariam me passando a perna antes que tivesse chance de ficar rico. Não importava o quanto eu quisesse todas aquelas coisas que só poderia comprar quando tivesse dinheiro. Alguma espécie de repuxo demoníaco me arrastava em outra direção – rumo à anarquia, à pobreza e à loucura. Era uma delusão enlouquecedora, que insistia em repetir que um homem era capaz de levar uma vida decente sem precisar se vender como uma ovelha negra, um traidor de seus iguais.

Acabei ficando bêbado e indo para a cama. No dia seguinte, Martin me acordou e tomamos café no mercadinho antes de partir para São Tomás. O dia estava claro, de céu azul, e fizemos boa viagem. Quando chegamos ao porto de Charlotte Amalie, eu já tinha esquecido de Vieques, de Zimburger e de todo o resto.

Treze

Ainda estávamos em mar aberto quando escutei o barulho. A ilha surgiu de repente, como uma imensa colina gramada no meio do oceano. Dela emanava o ritmo melodioso dos tambores de aço, um constante rugido de motores e muita gritaria. Tudo ficou ainda mais alto assim que adentramos o porto. Oitocentos metros de água azul ainda nos separavam da cidade quando ouvi a primeira explosão. Muitas outras vieram em seguida. Escutei pessoas gritando, o som de um trompete e o ritmo constante da batucada.

Havia uns trinta iates no porto, talvez quarenta. Martin conduziu sua lancha entre eles com cuidado, em busca de uma vaga no píer. Agarrei minha sacola e pulei da lancha, dizendo a Martin que tinha pressa de me encontrar com algumas pessoas. Ele assentiu com a cabeça e disse que também estava apressado. Precisava ir até São João conversar com um homem a respeito de um barco.

Senti alívio ao me livrar de Martin. Ele era uma daquelas pessoas que poderia ser "fascinante" se estivesse visitando Nova York, mas ali, em seu próprio mundo, não passava de um reles funcionário, e dos mais tediosos.

À medida que eu caminhava até o centro da cidade, o barulho foi se tornando ensurdecedor, e a rua reverberava com o rugido dos motores. Apressei o passo para descobrir de onde vinha aquilo. Quando cheguei à esquina, a multidão era tamanha que eu mal conseguia me mover. Bem no meio da rua, havia um bar com mais de três quarteirões de comprimento, formado por uma série de barraquinhas de madeira cheias de rum e uísque. Em cada uma delas, diversos atendentes trabalhavam com afinco para fornecer bebidas à multidão. Parei em frente a uma delas, que anunciava "Rum: 25 centavos". Serviam a bebida em gigantescos copos de papel, que recebiam um pedaço de gelo e uma enorme quantidade de rum.

Segui adiante, até chegar ao centro da multidão. Aos poucos, continuei avançando até ir parar em um espaço vazio, cercado por milhares de pessoas. Era uma corrida de kart. Os pequenos motores eram fixados em chassis de madeira, pilotados por beberrões de olhos ensandecidos, derrapando e cantando pneus em uma pista montada no que parecia ser a *plaza* da cidade.

De perto, o barulho era insuportável. Pessoas me empurravam de um lado a outro, derramando minha bebida em minha camisa, mas não havia nada que eu pudesse fazer. Estava rodeado por uma maioria esmagadora de rostos negros. Em meio à multidão, contudo, pude enxergar turistas americanos. Todos eram brancos, suavam e, em sua maioria, usavam chapéus típicos de carnaval.

Do outro lado da praça, havia um prédio de grandes dimensões com uma sacada com vista para a corrida. Resolvi ir até lá. Não ficava a mais de cem metros de distância, mas levei trinta minutos esbarrando e acotovelando a multidão até chegar lá. Quando finalmente consegui sentar naquela sacada, estava fraco e empapado de suor.

Como tinha perdido minha bebida, derramada em algum ponto do trajeto, fui até o bar buscar mais um drinque. Por cinquenta centavos comprei uma bela dose de rum e muita água – mas servidos em um copo de verdade, com cubos de gelo normais. Poderia beber aquilo com alguma tranquilidade. Estava no Grand Hotel, uma construção antiga e cinzenta com pilares brancos, ventiladores de teto e uma sacada do tamanho do quarteirão.

Tentei imaginar como localizaria Yeamon. Tínhamos combinado de nos encontrar ao meio-dia, na agência dos correios. Eu já estava mais de uma hora atrasado, e a agência estava fechada. Conseguia vê-la da sacada. Decidi ficar ali até avistar Yeamon e então tentaria chamar sua atenção. Enquanto isso não acontecia, me dedicaria a beber, descansar e tentar entender a lógica daquela multidão.

Quando as corridas de kart acabaram, a massa foi atrás da banda em busca de diversão. Outra banda apareceu, depois outra e mais outra, vindas de diferentes cantos da praça, cada uma delas liderando uma procissão de foliões. Quatro bandas de percussão reuniram-se no meio da praça, batucando o mesmo ritmo ensandecido. O som era incrível. As pessoas cantavam, pulavam e gritavam. Vi alguns turistas tentando escapar, mas a maioria acabava arrastada pela multidão. As bandas começaram a deixar a praça ao mesmo tempo, unidas, tomando o rumo da rua principal. Em seu rastro vinha a multidão de braços dados, trinta pessoas lado a lado, bloqueando a rua e ambas as calçadas, cantando no ritmo da batucada enquanto avançavam desajeitadas, aos tropeços.

Eu já estava ali havia algum tempo quando um sujeito apareceu e ficou parado no parapeito, bem na minha frente. Cumprimentei-o com a cabeça, e ele sorriu. "Meu nome é Ford", informou, estendendo a mão. "Moro aqui. Veio para o carnaval?"

"Acho que sim", respondi.

Ford deu mais uma olhada para a praça e sacudiu a cabeça. "O negócio é violento", declarou, solene. "Tome cuidado, nunca se sabe o que pode acontecer."

Assenti. "A propósito, talvez você possa me informar onde encontro outros hotéis na ilha. O atendente do bar disse que este aqui está lotado."

Ford riu. "Olha, não tem um só quarto vazio em toda a ilha."

"Maldição", praguejei.

"Por que se preocupar?", falou. "Durma na praia. Muita gente faz isso. É bem melhor que a maioria dos hotéis."

"Mas onde?", perguntei. "Alguma delas fica próxima da cidade?"

"Claro", respondeu. "Mas todas vão estar cheias. Sua melhor aposta é Lindbergh Beach, perto do aeroporto. É a melhor de todas."

Encolhi os ombros. "Bem, posso acabar fazendo isso mesmo."

Ford riu. "Boa sorte", disse, enfiando a mão no bolso da camisa. "Apareça para jantar se tiver algum tempo. Não é caro... só parece ser." Riu novamente e acenou em despedida. Olhei para seu cartão. Era uma propaganda de um hotel chamado Castelo do Pirata – Owen Ford, proprietário.

"Obrigado", murmurei, atirando o cartão por sobre o parapeito. Senti vontade de ir até lá, comer até quase explodir e depois lhe entregar um cartão que dissesse: "Assembleia Mundial dos Jornalistas Caloteiros – Paul Kemp, proprietário".

Senti alguém cutucando meu ombro. Era Yeamon. Tinha um olhar ensandecido e carregava duas garrafas de rum. "Imaginei que você estaria aqui em cima", falou, sorridente. "Passamos o dia todo perto da agência dos correios, até que me dei conta que qualquer jornalista profissional procuraria o lugar mais alto e seguro da ilha." Yeamon desabou em uma cadeira de palha. "Onde você poderia estar, senão na sacada do Grand Hotel?"

Assenti com a cabeça. "É um lugar agradável, mas nem se empolgue. Este lugar está lotado, como todos os outros." Dei uma olhada ao nosso redor. "E a Chenault?"

"Ficou lá embaixo, na loja de presentes", respondeu. "Daqui a pouco ela aparece. Tem como conseguir gelo por aqui?"

"Acho que sim", falei. "Comprei alguns drinques."

"Pelo amor de Deus", exclamou. "Não compre rum aqui. Encontrei um lugar que vende garrafões de quatro litros por 75 centavos. Só precisamos conseguir gelo."

"Ótimo", falei. "Pergunte então."

Chenault apareceu assim que Yeamon tomou o rumo do bar. "Aqui", acenou, e ela caminhou até o parapeito. Yeamon foi até o bar e Chenault sentou.

Chenault se recostou na cadeira, gemendo. "Santo Deus!", falou. "Dançamos o dia todo. Estou quase morta."

Parecia feliz. Parecia também mais bonita do que nunca. Usava sandálias, uma saia longa de algodão em padrão madras e uma blusa branca sem mangas, mas a verdadeira diferença estava em seu rosto. Estava vermelho, com uma aparência saudável, escorrendo suor. Seu cabelo estava solto, caindo pelos ombros, e seus olhos brilhavam de animação. Naquele momento, havia nela algo de especialmente sexual. Seu corpo miúdo, ainda que envolto com muito bom gosto por tecido xadrez e seda branca, parecia prestes a explodir de tanta energia.

Yeamon voltou com três copos de gelo. Praguejava sem parar, reclamando que o atendente do bar cobrara trinta centavos por cada um. Colocou os copos no chão e encheu-os de rum. "Mas que desgraçados", resmungou. "Vão ficar ricos vendendo gelo... olha só como essa porcaria derrete rápido."

Chenault deu risada e fez de conta que estava chutando as costas de Yeamon. "Pare de reclamar, seu bobo", falou. "Assim você estraga a diversão."

"Que nada", Yeamon respondeu.

Chenault sorriu e bebericou seu drinque. "Relaxe um pouco, aí você consegue aproveitar."

Yeamon terminou de servir os drinques e ficou em pé. "Não me venha com essa merda", disse. "Ninguém precisa de uma multidão para se divertir."

Chenault não pareceu escutá-lo. "É uma pena", suspirou. "Fritz não se diverte porque não consegue relaxar." Olhou para mim. "Não concorda?"

"Me deixe fora disso", falei. "Vim até aqui para beber."

Chenault deu uma risadinha e ergueu seu copo. "É isso aí", falou. "Viemos até aqui para beber... para se divertir e relaxar!"

Yeamon fechou a cara. Apoiou-se no parapeito, de costas para nós, e ficou olhando para a *plaza*. Já estava quase vazia. Ao longe, na rua, escutávamos os tambores e os uivos da multidão.

Chenault terminou seu drinque e ficou em pé. "Vem", disse. "Estou com vontade de dançar."

Yeamon sacudiu a cabeça, exausto. "Não sei se ainda consigo."

Chenault puxou seu braço. "Vamos, isso vai lhe fazer bem. Você também, Paul." Esticou seu outro braço e puxou minha camisa.

"Por que não?", cedi. "Não custa nada tentar."

Yeamon endireitou a postura e apanhou os copos. "Esperem um minuto", falou. "Não vou conseguir fazer isso de novo sem rum. Vou pegar mais um pouco de gelo."

Esperamos por Yeamon no topo das escadas. Chenault me olhou com um sorriso enorme no rosto. "Vamos ter que dormir na praia", anunciou. "Fritz contou pra você?"

"Não", respondi. "Mas já tinha ficado sabendo. Sei de uma praia muito bem recomendada."

Chenault agarrou meu braço e apertou com força. "Ótimo. Eu *quero* dormir na praia."

Concordei com a cabeça. Yeamon estava chegando com os drinques. Era bom ver Chenault naquele estado, mas aquilo também me deixava nervoso. Lembrei da última vez em que a tinha visto ficar bêbada. Imaginar que uma coisa daquelas poderia acontecer novamente, especialmente naquele lugar, não era uma ideia nada agradável.

Descemos as escadas e caminhamos pelas ruas, bebericando nossos drinques. Acabamos alcançando a multidão. Chenault agarrou a cintura de alguém na última fileira de foliões e Yeamon ficou ao seu lado. Enfiei no bolso das calças a garrafa que estava carregando e entrei no trenzinho ao lado de Yeamon. De uma hora para a outra, fomos ensanduichados por outras pessoas atrás de nós. Senti mãos agarrando minha cintura e escutei uma voz estridente gritando "Tira! Tira!".

Olhei por cima do ombro e avistei um sujeito branco que parecia um vendedor de carros usados. Nesse momento a multidão guinou para a esquerda, e vi o sujeito tropeçar e cair. Foi pisoteado pelos foliões, que nem ao menos saíram do ritmo.

Enquanto as bandas continuavam a circular a cidade, a multidão não parava de aumentar. Eu estava empapado de suor, pronto a cair no chão de tanto dançar, mas não havia como fugir. Olhei para a esquerda e vi Yeamon, sorrindo dolorosamente ao executar os passos súbitos da coreografia que nos levava adiante. Chenault gargalhava, feliz, sacudindo os quadris no ritmo da batucada constante dos tambores.

Minhas pernas ameaçaram desistir. Tentei chamar a atenção de Yeamon, mas o barulho era ensurdecedor. Em desespero, me arremessei contra os outros foliões, desequilibrando muitos deles, e agarrei o braço de Yeamon. "Preciso sair!", gritei. "Não aguento mais."

Yeamon assentiu com a cabeça e apontou para uma rua transversal que cruzava nosso trajeto a uma distância de algumas centenas de metros. Depois agarrou Chenault pelo braço e começou a avançar lentamente na direção da calçada. Mesmo ofegante, gritei como louco enquanto forçávamos nosso caminho por entre a multidão.

Quando conseguimos nos desvencilhar da massa, ficamos parados olhando a multidão passar e corremos até um restaurante que Yeamon vira mais cedo. "Parece bem decente", falou. "Deus queira que também seja barato."

O lugar se chamava Olivers. Era um restaurante improvisado, com teto de palha, no topo de uma construção em concreto com as janelas tapadas por tábuas. Subimos as escadas com dificuldade e encontramos uma mesa vazia. O lugar estava lotado. Abri caminho até o balcão. Cada *singapore sling*[10] custava cinquenta centavos, mas só o privilégio de sentar valia bem mais do que isso.

De nossa mesa enxergávamos toda a orla. Estava coalhada de todo tipo de barcos – iates magníficos e chalupas de nativos, caindo aos pedaços e cheias de bananas. Ao seu lado, reluzentes lanchas de corrida vindas de Newport e das Bermudas. Pouco além das boias do canal, havia outros iates enormes, que as pessoas diziam ser cassinos flutuantes. O sol descia lentamente por trás de um morro em um extremo do porto, e luzes começavam a cintilar nos prédios do cais. Mesmo à distância, ainda escutávamos o ritmo frenético do carnaval seguindo seu trajeto pelas ruas.

Um garçom surgiu, usando um quepe de iatismo. Todos nós pedimos a bandeja de frutos do mar. "E três copos de gelo", Yeamon completou. "E rápido, se você não se importa."

O garçom assentiu com a cabeça e desapareceu. Depois de uma espera de dez minutos, Yeamon foi até o balcão do bar e conseguiu três copos de gelo. Servimos nossos copos por baixo da mesa e colocamos a garrafa no chão.

---

10. Drinque preparado com gim, licor de cereja, angustura, suco de limão e água mineral. O copo é decorado com cerejas e uma rodela de laranja. (N.T.)

"Precisamos de uma jarra de quatro litros", disse Yeamon. "E de algum tipo de mochila para carregar gelo."

"Para que um jarro de quatro litros?", eu quis saber.

"Para aquele rum de 75 centavos", ele respondeu.

"Ah, que se dane", falei. "Não deve prestar." Indiquei com o queixo a garrafa no chão. "Esse aí é barato o suficiente. Nada melhor que um rum decente a um dólar por garrafa."

Yeamon sacudiu a cabeça. "Nada pior que trabalhar com um jornalista rico... distribui dólares como se crescessem em árvores."

Dei risada. "Não sou o único que trabalha para o Sanderson no momento", falei. "Sua grana está a caminho. Nunca perca as esperanças."

"Não para mim", Yeamon respondeu. "Eu deveria estar redigindo um artigo sobre este carnaval, falando com o Departamento de Turismo, essa coisa toda." Deu de ombros. "De jeito nenhum. Não posso ficar andando por aí caçando fatos quando todo mundo está bêbado."

"Ninguém está bêbado", disse Chenault. "Só estamos relaxando."

Yeamon sorriu, preguiçoso. "É isso aí, estamos mandando ver, realmente botando pra quebrar. Por que você não escreve uma notinha para o boletim dos ex-alunos do Smith College, provando que eles não sabem como se divertir?"

Chenault riu. "Fritz tem inveja do meu passado. Tenho mais motivos para me rebelar."

"Que nada", disse Yeamon. "Você nem faz ideia do que *seja* se rebelar."

Paramos de conversar quando o garçom chegou com a comida. Já estava escuro quando acabamos de comer, e Chenault estava ansiosa para voltar às ruas. Depois que a multidão diminuíra, o restaurante estava mais tranquilo. Ainda assim, continuava perto o bastante do caos para que voltássemos a ele quando surgisse a vontade.

Chenault acabou nos arrastando para a rua, mas a festa tinha esfriado. Ficamos caminhando sem rumo pela cidade. Paramos em uma loja de bebidas para comprar mais duas garrafas de rum e voltamos ao Grand Hotel para ver o que estava acontecendo por lá.

Em uma das extremidades da sacada, estava havendo uma festa. A maioria das pessoas não parecia turista, mas exilada. Era o tipo de gente que parecia viver ali mesmo na ilha, ou ao menos em algum ponto do Caribe. Eram todos muito bronzeados. Alguns poucos tinham barba, mas a maior parte estava bem barbeada. Os barbados usavam bermudas e camisas polo, o clássico figurino do iatismo. Os outros vestiam ternos de linho e sapatos de couro que brilhavam à luz indistinta dos candelabros da sacada.

Entramos de penetra e sentamos a uma das mesas. Eu já estava bem bêbado e não me importava com a possibilidade de sermos expulsos de lá. A festa acabou poucos minutos depois que chegamos. Ninguém nos dirigiu a palavra, e me senti um pouco idiota quando fomos deixados completamente sozinhos naquela sacada. Ficamos sentados ali por algum tempo e depois voltamos para a rua. A alguns quarteirões de distância, escutamos uma banda se aquecendo. Logo a rua estava novamente cheia de pessoas agarradas umas às outras, dançando perdidas naquele estranho gingado que tínhamos aprendido mais cedo.

Fizemos as vontades de Chenault por algumas horas, na esperança de que ela se cansasse de dançar, mas Yeamon acabou tendo que puxá-la para fora da massa. Ela fechou a cara até irmos parar em uma casa noturna cheia de americanos bêbados. Uma banda de calipso tocava a todo vapor, e a pista de dança estava cheia. Nesse ponto eu já estava completamente bêbado. Desabei em uma cadeira e fiquei olhando Yeamon e Chenault tentando dançar. O segurança apareceu ao meu lado e me cobrou quinze dólares de couvert. Em vez de reclamar, paguei.

Yeamon voltou sozinho para a mesa. Deixara Chenault dançando com um americano que parecia um nazista. "Açougueiro de uma figa!", berrei para ele, sacudindo o punho fechado. Mas ele não me viu, e a música estava tão alta que não conseguiu escutar. Chenault acabou abandonando o sujeito e voltando para a mesa.

Yeamon abriu caminho em meio à multidão para que eu pudesse passar. As pessoas gritavam e me agarravam, e eu não fazia ideia para onde estava sendo levado. Só conseguia pensar em deitar e dormir. Assim que saímos, desmoronei na porta de uma casa. Yeamon e Chenault discutiam, tentando decidir o que fazer.

Yeamon queria ir até a praia, mas Chenault continuava com vontade de dançar. "Não fique tentando mandar em mim, seu puritano desgraçado!", gritava. "Estou me divertindo, e você fica fazendo cara feia!"

Ele a nocauteou com uma pancada rápida na cabeça. Enquanto Yeamon chamava um táxi aos berros, escutei Chenault gemendo em algum lugar perto de meus pés. Ajudei Yeamon a colocá-la no banco de trás do carro e explicamos para o motorista que queríamos ir até Lindbergh Beach. O homem abriu um enorme sorriso e arrancou. Fiquei tentado a golpear sua nuca. Ele acha que vamos estuprá-la, pensei. Acha que a encontramos na rua e que agora a estamos levando até a praia para cair em cima dela como cães de rua. E o desgraçado está rindo ao pensar uma coisa dessas. É um criminoso degenerado, sem moral nenhuma.

Lindbergh Beach ficava do outro lado da estrada do aeroporto. A praia ficava rodeada por uma cerca de alambrado alta, mas o motorista nos levou até um ponto em que era possível pular com a ajuda de uma árvore. Como Chenault se recusou a fazer qualquer esforço, a empurramos por cima da cerca até que desabasse na areia. Encontramos uma área adequada, parcialmente cercada de árvores. Não havia luar, mas eu escutava a arrebentação alguns metros à nossa frente. Estendi meu casaco imundo na areia, para servir de travesseiro, desabei e dormi.

Na manhã seguinte, fui acordado pelo sol. Sentei, resmungando. Minhas roupas estavam cheias de areia. Três metros à minha esquerda, Yeamon e Chenault dormiam sobre suas roupas. Os dois estavam nus, e o braço dela estava sobre as costas de Yeamon. Fiquei olhando para Chenault sem piscar, imaginando que ninguém poderia me condenar se eu perdesse o controle e me atirasse sobre ela, não sem antes aleijar Yeamon com um golpe certeiro na nuca.

Pensei em tentar cobri-los com a capa de chuva de Chenault, mas tive medo de que acordassem quando eu chegasse mais perto. Como não queria que isso acontecesse, decidi dar um mergulho e acordá-los gritando de dentro d'água.

Tirei as roupas, tentei sacudir a areia de dentro delas e corri pelado até o mar. Tentando ficar limpo, rolei como um golfinho em meio à água fria. Depois nadei até uma balsa de madeira, a uns cem metros de distância. Yeamon e Chenault continuavam dormindo. No outro extremo da praia havia uma construção branca e comprida que parecia um salão de dança. Uma canoa de regatas estava presa na areia em frente a ele, e sob as árvores próximas enxerguei cadeiras e mesas com guarda-sol de palha. Eram umas nove da manhã, mas não havia ninguém por lá. Fiquei deitado na balsa por muito tempo, tentando não pensar.

Catorze

Chenault acordou gritando. Enrolou-se com a capa de chuva e olhou de um lado a outro da praia.

"Aqui", gritei. "Entre na água."

Ela me olhou e sorriu, segurando a capa de chuva entre nós como se fosse um véu. Então Yeamon acordou, parecendo confuso e irritado com fosse lá o que tivesse interrompido seu sono.

"Vamos lá!", gritei. "Está na hora do mergulho matinal."

Yeamon levantou e caminhou vagarosamente até a água. Chenault começou a gritar, sacudindo sua cueca. "Ei!", exclamou, muito séria. "Vista isso!"

Esperei por eles na balsa. Yeamon chegou primeiro, singrando a água como se fosse um crocodilo. Depois avistei Chenault nadando em nossa direção, de sutiã e calcinha. Comecei a me sentir desconfortável. Esperei até que ela subisse na balsa e pulei na água. "Estou morrendo de fome", falei, dando algumas braçadas. "Vou até o aeroporto tomar café."

Quando cheguei à praia, procurei minha sacola. Lembrava que na noite anterior a deixara pendurada em uma árvore, mas não conseguia lembrar em qual. Acabei encontrando a sacola no meio de dois galhos, bem ao lado de onde eu tinha dormido. Vesti calças limpas e uma camisa de seda amarrotada.

Pouco antes de sair, olhei para a balsa e vi Yeamon pulando nu para dentro d'água. Chenault riu, arrancou a calcinha e o sutiã e saltou em cima dele. Depois de ficar algum tempo olhando, atirei minha sacola por cima da cerca e passei para o outro lado.

Caminhei por uma estrada paralela à pista do aeroporto. Depois de quase um quilômetro, cheguei ao hangar principal. Era uma gigantesca estrutura de aço, fervilhando de atividade. Aviões pousavam sem parar. Em sua maioria eram aeronaves pequenas, Cessnas e Pipers, mas a cada dez minutos mais ou menos surgia um DC-3 trazendo uma nova leva de foliões vinda de San Juan.

Fiz a barba no banheiro masculino e depois fui até o restaurante, abrindo caminho pela multidão. Os passageiros que desembarcavam ganhavam drinques grátis. Em um dos cantos do hangar, havia um grupo de portoriquenhos bêbados, batucando sua bagagem no ritmo de uma cantoria que eu não conseguia compreender. Parecia um hino de torcida: "Bucha-bumba, bala-uá! Bucha-bumba, bala-uá!". Suspeitei que nunca conseguiriam chegar à cidade.

Comprei um *Miami Herald* e tomei um café com panquecas e bacon. Yeamon chegou mais ou menos uma hora mais tarde. "Santo Deus, estou morrendo de fome", disse. "Preciso comer até explodir."

"Chenault ainda está com a gente?", perguntei.

Yeamon confirmou com um aceno de cabeça. "Está lá embaixo, raspando as pernas."

Já era quase meio-dia quando pegamos um ônibus até a cidade. Descemos em um mercado público e começamos a caminhar no que acreditávamos ser a direção do Grand Hotel. De vez em quando, parávamos para olhar as vitrines de algumas lojas que não estavam cobertas com tábuas.

À medida que nos aproximávamos do coração da cidade, o barulho aumentava. Mas era um som diferente – não era o rugido de vozes alegres nem os golpes ritmados dos tambores, mas os gritos ensandecidos de um pequeno grupo de pessoas. Parecia uma briga de gangues, entrecortada por berros guturais e vidros quebrados.

Corremos na direção do barulho, cortando caminho por uma transversal que levava até o distrito comercial. Quando viramos a esquina, vimos uma multidão enlouquecida lotando a rua e bloqueando as duas calçadas. Diminuímos o ritmo e nos aproximamos com cautela.

Umas duzentas pessoas tinham saqueado uma das maiores lojas de bebidas da cidade. A maior parte dos saqueadores era porto-riquenha. Caixas de champanhe e uísque estavam espalhadas pela rua, despedaçadas. Todas as pessoas que eu podia enxergar estavam carregando uma garrafa. Gritavam e dançavam sem parar. Bem no meio da massa, avistei um sueco gigante, vestido apenas com um calção de banho azul. Parecia incansável, tocando seu trompete.

Enquanto assistíamos, uma americana gorda ergueu duas garrafas enormes de champanhe acima da cabeça e bateu uma contra a outra, gargalhando ensandecida enquanto o vidro e a bebida derramavam-se sobre seus ombros. Um grupo de percussionistas formado por beberrões batucava em caixas vazias de uísque usando latas de cerveja. Era a mesma cantoria que eu escutara no aeroporto: "Bucha-bumba, bala-uá! Bucha-bumba, bala-uá!". Por toda a rua, as pessoas dançavam sozinhas, terrivelmente animadas, sacudindo-se e gritando no ritmo da cantoria.

A loja de bebidas não era mais do que uma casca, uma sala vazia com janelas quebradas. As pessoas não paravam de entrar e sair dela, correndo, agarrando qualquer garrafa e bebendo o mais rápido que conseguissem até serem empurradas por outra pessoa. Garrafas vazias eram atiradas na rua com descaso, transformando-a em um oceano de vidro quebrado, salpicado por milhares de latas de cerveja.

Ficamos por perto. Eu queria uma parte de toda aquela bebida roubada, mas estava com medo da polícia. Yeamon entrou na loja e saiu de lá instantes depois, carregando uma enorme garrafa de champanhe. Sorriu, constrangido, e enfiou a garrafa em sua sacola, sem dizer nada. Meu desejo pela bebida acabou sendo mais forte do que meu medo da cadeia. Corri até uma caixa de uísque que estava largada na sarjeta, perto da frente da loja. Como estava vazia, procurei por outra. Em meio à floresta de pés dançantes, enxerguei várias garrafas de bourbon intactas. Corri na direção delas, empurrando as pessoas para que saíssem do meu caminho. O barulho era ensurdecedor, e me preparei para levar uma garrafada na cabeça a qualquer momento. Consegui resgatar três garrafas de um litro de Old Crow, tudo que restara de uma caixa. As outras garrafas estavam quebradas, e bourbon quente jorrava pelas ruas. Agarrei com firmeza meu quinhão e abri caminho em meio à massa, rumo ao lugar onde tinha deixado Yeamon e Chenault.

Corremos até uma rua transversal, passando por um jipe azul com a inscrição "Pulícia". Dentro do jipe, um guarda com chapéu de verão coçava o saco despreocupadamente, quase cochilando.

Paramos no lugar onde tínhamos jantado na noite anterior. Coloquei o bourbon em minha sacola e pedi três drinques, enquanto pensávamos no que fazer. O programa do carnaval dizia que uma espécie de desfile estava marcada para acontecer no estádio dentro de algumas horas. Parecia inofensivo o bastante. Por outro lado, nada tinha sido marcado oficialmente para a hora em que a multidão saqueara a loja de bebidas. Em tese, aquele seria o Período de Descanso. Havia outro Período de Descanso entre as festividades no estádio e a saída do "Bloco da Geral", oficialmente marcada para as oito horas em ponto.

Aquilo não soava bem. Todos os outros Blocos tinham hora marcada para começar e terminar. O "Bloco da Cegonha", na quinta-feira, começou às oito e terminou às dez. O "Bloco Inflamável", que tudo indicava ser aquele em que nos enfiáramos na noite anterior, ia das oito até a meia-noite. Mas o programa dizia apenas que o "Bloco da Geral" saía às oito. Na mesma linha havia uma explicação entre parênteses, em letras miúdas, anunciando tal bloco como o "clímax do carnaval".

"Hoje à noite esse negócio pode sair do controle", falei, atirando o programa sobre a mesa. "Pelo menos é o que espero."

Chenault riu e piscou para mim. "Precisamos deixar o Fritz bêbado, para que ele consiga aproveitar."

"Que nada", resmungou Yeamon, sem tirar os olhos do programa. "Se hoje você ficar bêbada de novo, vai levar um pé na bunda."

Chenault riu novamente. "Nem venha me dizer que eu estava bêbada. Lembro direitinho quem foi que me bateu."

Yeamon deu de ombros. "Faz bem pra você... organiza suas ideias."

"Não faz sentido discutir isso", falei. "Estamos condenados a ficar bêbados. Olhem só todo esse bourbon." Dei tapinhas em minha sacola.

"E isso aqui", completou Chenault, apontando para a enorme garrafa de champanhe sob a cadeira de Yeamon.

"Que Deus nos ajude", Yeamon murmurou.

Terminamos nossos drinques e caminhamos até o Grand Hotel. Da sacada, vimos pessoas a caminho do estádio.

Yeamon queria ir até o Iate Clube procurar um barco que estivesse de partida para a América do Sul. Eu não estava particularmente ansioso para me juntar à massa no estádio. Quando lembrei que Sanderson avisara que boa parte das melhores festas acontecia nos barcos, decidi acompanhá-los.

Foi uma longa caminhada debaixo de sol. Quando chegamos lá, estava arrependido de não ter me oferecido para pagar um táxi. Suava horrivelmente, e minha sacola parecia pesar vinte quilos. Ladeada por palmeiras, a entrada de veículos desembocava em uma piscina. Além da piscina havia uma pequena elevação. Depois dela, surgiam os píers. Havia mais de cem barcos, de pequenas chalupas até escunas enormes. Seus mastros desnudos balançavam-se preguiçosos contra um plano de fundo composto por morros verdejantes e pelo céu azul do Caribe. Parei no píer e olhei para uma chalupa de corrida, de quarenta pés. Imediatamente senti vontade de ter uma daquelas. Seu casco era azul-escuro, e o convés era de tectona resplandecente. Não ficaria surpreso se encontrasse uma placa na proa daquele barco, anunciando: "Vende-se – Preço Mínimo: Uma Alma".

Meneei a cabeça, pensativo. Ora, qualquer um conseguiria ter um carro e um apartamento. O negócio era ter um barco como aquele. Cobicei aquela chalupa. Considerando o valor que atribuía à minha alma naquele tempo, a chance de ter fechado negócio se realmente encontrasse aquela placa na proa era enorme.

Passamos a tarde toda no Iate Clube, esquadrinhando o cais atrás de um barco que estivesse de partida e aceitasse dar uma carona para Yeamon e Chenault sem fazer perguntas. Um sujeito ofereceu levá-los até Antígua dentro de mais ou menos uma semana. Outro estava indo até Bermuda. Finalmente encontramos um enorme veleiro a caminho de Los Angeles, através do Canal do Panamá.

"Maravilha", disse Yeamon. "Quanto você cobraria para nos dar uma carona?"

"Nada", respondeu o dono do veleiro, um homenzinho de rosto impassível que vestia calças brancas e uma camisa folgada. "Não vou levar vocês."

Yeamon pareceu chocado.

"Minha tripulação é paga", disse o sujeito. "E, além disso, estou com minha esposa e três filhos. Não tenho espaço para vocês." Deu de ombros e se afastou.

Quase todas as pessoas reagiram de forma muito gentil, mas algumas foram abertamente grosseiras. Um capitão – talvez um imediato – riu de Yeamon e disse: "Desculpe, parceiro. Não levo escória no meu barco".

Bem no final do píer, vimos um casco branco e brilhante, com a bandeira da França, ondulando tranquilo na água profunda.

"É a melhor embarcação do porto", disse um homem ao nosso lado. "Um navio a motor de 75 pés que alcança a velocidade de dezoito nós. Tem radar, sarilhos elétricos e uma cama confortável."

Continuamos a caminhar pelo píer e nos aproximamos de um barco chamado *Blue Peter*, onde um homem que se apresentou como Willis nos convidou a bordo para tomar um drinque. Havia muitas outras pessoas no barco, e ficamos por lá durante horas. Yeamon saiu depois de algum tempo para conferir os outros barcos, mas Chenault e eu ficamos por lá, bebendo. Várias vezes, surpreendi Willis encarando Chenault. Quando mencionei que estávamos dormindo na praia, ele disse que podíamos deixar nossas bagagens em seu barco em vez de carregá-las conosco. "Desculpe, mas não tenho leitos a oferecer", disse. "Só tenho dois." Sorriu. "Um deles é duplo, claro, mas ainda assim fica lotado."

"Pois é", falei.

Deixamos nossa bagagem no barco. Quando começamos a voltar para a cidade, já estávamos todos bêbados. Willis pegou um táxi conosco até o Grand Hotel e disse que nos encontraria mais tarde em algum dos bares.

Quinze

Pouco depois da meia-noite, acabamos parando na frente de um lugar chamado Gruta Azul. Era uma casa noturna na orla, completamente lotada, que cobrava dois dólares de couvert. Tentei pagar, mas algumas pessoas começaram a rir e uma mulher baixa e gorda agarrou meu braço. "Ah, não", ela disse. "Vocês vêm conosco. Vamos para uma festa de verdade."

Reconheci alguns dos amigos que tínhamos feito na rua. Um grandalhão enchia Yeamon de tapas nas costas e falava bobagens sobre brigas e espiões que tinham fugido com uma caixa de gim. "Lembro desse pessoal", disse Chenault. "Vamos com eles."

Fomos até a rua onde o carro deles estava estacionado, e outras seis pessoas se amontoaram conosco dentro do automóvel. Quando chegamos ao fim da rua principal, subimos uma ladeira até os morros que cercavam a cidade, fazendo mil curvas por uma estradinha escura que atravessava o que parecia ser uma zona residencial. As casas ao pé do morro eram de madeira, com a pintura descascando, mas enquanto subíamos aumentava o número de casas feitas de blocos de concreto. No final do trajeto as casas tornaram-se mais elaboradas, com gramados e varandas cercadas por telas.

O carro parou na frente de uma casa cheia de luzes e música. A rua estava lotada de carros, e não havia vagas para estacionar. O motorista deixou que saíssemos e disse que nos encontraria depois de achar uma vaga para o carro. A baixinha gorducha gritou de alegria e subiu correndo os degraus até a porta da frente. Relutante, fui atrás dela, que começou a falar com uma gorda que usava um vestido verde berrante. Apontou para mim. Yeamon, Chenault e os outros se aproximaram assim que parei na porta.

"Seis dólares, por favor", pediu a mulher, estendendo a mão.

"Santo Deus!", falei. "Isso vale para quantas pessoas?"

"Duas", respondeu. "Você e a mocinha." Indicou com o queixo a garota que viera sentada no meu colo dentro do carro.

Praguejei em silêncio e entreguei os seis dólares. A garota me retribuiu com um sorriso recatado e pegou na minha mão quando entramos na casa. "Deus do céu", pensei, "essa porca quer alguma coisa comigo."

Yeamon estava bem atrás de nós, resmungando a respeito da cobrança de seis dólares. "Espero que valha a pena", disse para Chenault. "Acho bom você ir pensando em arranjar um emprego quando voltarmos para San Juan."

Chenault riu e deu um gritinho alegre que nada tinha a ver com o comentário de Yeamon. Olhando para ela, percebi a empolgação em seus olhos. Aquele passeio no porto tinha me deixado um pouco mais sóbrio. Yeamon dava a impressão de estar sob controle, mas Chenault parecia ser uma viciada em drogas, pronta para ficar doidona.

Seguimos por um corredor escuro até chegarmos a uma sala tomada por música e barulho. Estava completamente lotada, e uma banda tocava em um canto. Ao contrário do que eu esperava, não era um grupo de percussionistas, mas três trompetistas acompanhando um sujeito que tocava tambor. A música me parecia familiar, mas não conseguia lembrar de onde poderia conhecê-la. Olhando para o teto, observando as lâmpadas envolvidas por filtros azuis, acabei lembrando. Era a mesma música que ouvira em um baile de colégio do Meio-Oeste americano, promovido em algum clube alugado. E não era apenas a música. A sala lotada, de teto baixo, o bar improvisado, as portas que davam para um terraço, as pessoas rindo, gritando e bebendo em copos de papel – tudo era igual, mas todos os rostos na sala eram negros.

Essa percepção me deixou um tanto constrangido. Comecei a procurar um canto escuro para beber sem ser visto. A garota permanecia agarrada no meu braço, mas me desvencilhei dela e caminhei até um canto da sala. Ninguém prestou atenção em mim enquanto abria caminho pela multidão, de cabeça baixa, esbarrando aqui e ali em pessoas que dançavam e me movendo com cautela na direção do que parecia um lugar mais arejado.

Vi uma porta à minha esquerda, a pouco mais de um metro. Caminhei até ela, esbarrando em outras pessoas que dançavam. Quando finalmente consegui sair, parecia que tinha fugido de uma cadeia. O terraço estava quase vazio, e soprava uma brisa amena. Caminhei até o parapeito e olhei para Charlotte Amalie, ao pé do morro. Escutei a música flutuando pelo ar, vinda dos bares da Queen Street. Para qualquer lado que olhasse enxergava Land Rovers e táxis conversíveis lotados zanzando pela orla, a caminho de outras festas, outros iates e hotéis mal-iluminados nos quais brilhavam misteriosas luzes vermelhas e azuis. Tentei lembrar dos outros lugares onde disseram que encontraríamos diversão de verdade. Imaginei se poderiam ser melhores do que aquele.

Pensei em Vieques e, por um instante, senti vontade de estar lá. Lembrei de quando estava sentado na sacada do hotel, escutando os cascos do cavalo ecoando pela rua. Então lembrei de Zimburger, de Martin e dos marines – os construtores de impérios, criando lojas de comida congelada e zonas de bombardeio, espalhando-se por todos os cantos do mundo como uma poça de mijo.

Virei para olhar as pessoas dançando. Se tinha gastado seis dólares para entrar naquele lugar, o melhor a fazer era tentar me divertir por lá.

A dança ficava cada vez mais intensa. Ninguém mais estava sacudindo ao ritmo do *fox-trot*. A música tinha um ritmo quase marcial. Os movimentos na pista de dança eram súbitos e cheios de luxúria. Quadris requebravam e esfregavam-se uns nos outros, acompanhados por gritos e gemidos. Fiquei tentado a cair na dança, nem que fosse de brincadeira. Mas antes precisava ficar mais bêbado.

Encontrei Yeamon do outro lado da sala, parado na boca do corredor. "Estou pronto para cair na *dinga*", falei, rindo. "Vamos relaxar e ficar loucos."

Yeamon me encarou sem dizer nada e tomou um enorme gole de seu drinque.

Dei de ombros e fui até uma espécie de armário embutido no corredor, onde um garçom de camisa abotoada se esforçava para preparar os drinques. "Rum com gelo", gritei, levantando meu copo. "Bastante gelo."

O garçom agarrou meu copo de forma mecânica. Depois de largar alguns pedaços de gelo e uma dose de rum dentro dele, devolveu-me o copo. Coloquei uma moeda de 25 centavos na palma de sua mão e voltei para a sala. Yeamon olhava fixamente para as pessoas que dançavam. Parecia irritado.

Quando parei ao seu lado, ele indicou a pista de dança com a cabeça. "Olha só essa puta", falou.

Olhei para a pista e vi Chenault dançando com o baixinho de barba pontuda que tínhamos conhecido mais cedo. Ele dançava bem. Cada passo de sua coreografia parecia fruto de muita dedicação. Chenault estava de braços estendidos, como uma dançarina de hula. Tinha uma expressão concentrada e tensa no rosto. De vez em quando rodopiava, girando a saia longa ao seu redor como se fosse uma hélice.

"É", falei. "Chenault entrou com tudo na dança."

"Ela é meio crioula", Yeamon respondeu, com um tom de voz nada delicado.

"Cuidado", alertei de imediato. "Preste atenção no que você diz por aqui."

"Que nada", desdenhou, quase gritando.

Santo Deus do céu, pensei. Lá vamos nós. "Calma", falei. "Por que não voltamos para a cidade?"

"Por mim tudo bem", disse Yeamon. "Agora tente convencer a Chenault." Apontou para ela, que dançava loucamente a poucos metros de distância.

"Que se dane", falei. "Pegue ela pelo braço e pronto. Vamos embora."

Yeamon sacudiu a cabeça. "Já fiz isso. Ela começou a gritar como se eu estivesse tentando matá-la."

Havia algo na voz de Yeamon que eu nunca ouvira antes, uma hesitação estranha que me deixou nervoso de repente. "Deus do céu", murmurei, olhando para a multidão.

"Vou ter que pegar um porrete e dar na cabeça dela", disse Yeamon.

Nesse exato momento senti alguém agarrando meu braço. Era minha porca, a gorducha baixinha que entrara na festa comigo. "Vamos lá, garotão!", gritou, feliz, me arrastando até a pista. "Vem com tudo!", guinchou, e começou a bater os pés no chão.

Ah, meu bom Deus, pensei. E agora? Fiquei observando a gorducha, com meu drinque em uma das mãos e o cigarro na outra. "Vem logo!", ela gritou. "Faz alguma coisa comigo!" Ela arremeteu na minha direção, puxando a saia até as coxas e rebolando para a frente e para trás. Comecei a mexer os pés e a me sacudir. De início, não tive muito sucesso dançando, mas logo caí numa espécie distraída de abandono. Alguém esbarrou em mim e deixei meu drinque cair no chão. Isso não atrapalhou em nada os casais que nos cercavam.

De repente, fiquei ao lado de Chenault. Encolhi os ombros, impotente, e continuei dançando. Chenault riu e esbarrou em mim com o quadril. Em seguida voltou a dançar com seu parceiro, me deixando a sós com minha porca.

Acabei sacudindo a cabeça e desistindo, gesticulando para indicar que estava cansado demais para continuar dançando. Voltei ao bar para pegar outro drinque. Não consegui encontrar Yeamon e presumi que tinha resolvido cair na dança. Abri caminho por entre os corpos suados e saí para o terraço, em busca de um canto para sentar. Yeamon estava sentado no parapeito, conversando com uma adolescente. Olhou para mim, sorrindo. "Essa é a Ginny", falou. "Ela vai me ensinar a dançar."

Cumprimentei Ginny com a cabeça e disse olá. Às nossas costas, a música ficava cada vez mais ensandecida e, às vezes, era quase abafada pelos gritos da multidão. Tentei ignorar tudo aquilo e fiquei olhando para a cidade lá embaixo, contemplando sua paz e sentindo vontade de estar em suas ruas.

Mas a música que saía da casa ficava cada vez mais louca. Havia nela uma nova urgência, e os gritos da multidão mudaram de tom, Yeamon e Ginny entraram para ver o que estava acontecendo. A multidão estava recuando de modo a abrir espaço para alguma coisa. Cheguei mais perto para ver do que se tratava.

Um grande círculo se abrira. Bem no meio dele, dançavam Chenault e o baixinho de barba pontuda. Chenault tinha tirado a saia e dançava vestida apenas com sua calcinha e sua blusa branca sem mangas. Seu parceiro tinha tirado a camisa, expondo seu tórax negro e reluzente. Vestia apenas calças de toureiro vermelhas, muito justas. Ambos estavam descalços.

Olhei para Yeamon. Estava na ponta dos pés, com visível tensão no rosto. De repente, gritou o nome dela. "Chenault!" Mas a multidão fazia tanto barulho que mal consegui escutá-lo, e estava a menos de um metro de distância. Chenault parecia alheia a tudo que não fosse a música e o sujeito que a acompanhava na pista de dança. Yeamon gritou novamente, mas ninguém ouviu.

De repente, como se estivesse em alguma espécie de transe, Chenault começou a desabotoar a blusa. Soltou os botões devagar, como uma stripper experiente. Atirou a blusa longe e seguiu rebolando, usando apenas calcinha e sutiã. Achei que a multidão ia enlouquecer. Uivavam e esmurravam a mobília, acotovelando-se e subindo uns nos outros para conseguir enxergar melhor. A casa inteira começou a sacudir, e achei que o piso iria ceder. Em algum ponto da sala, escutei o som de vidro se espatifando.

Olhei novamente para Yeamon. Sacudia as mãos no ar, tentando ganhar a atenção de Chenault. Mas parecia apenas mais um integrante da plateia, extasiado com o espetáculo.

Foram ficando cada vez mais próximos. Vi o animal envolvendo Chenault com um dos braços e soltando a presilha de seu sutiã. Fez isso com muita rapidez, como um especialista, e ela não pareceu perceber que tinha ficado vestida apenas com sua fina calcinha de seda. O sutiã deslizou por seus braços e caiu no chão. Seus seios sacudiam violentamente com os passos e requebros da dança. Montes voluptuosos de carne coroados por mamilos cor-de-rosa, subitamente libertos do recato de algodão de um sutiã nova-iorquino.

Assisti a tudo aquilo, fascinado e cheio de horror. De repente escutei a voz de Yeamon ao meu lado. Tentava abrir caminho pela pista de dança. Parte da multidão se ouriçou, e vi o garçom corpulento chegar por trás de Yeamon e agarrar seus braços. Vários outros homens o empurraram para longe, tratando-o como se ele fosse um bêbado qualquer e continuando a abrir espaço para a dança.

Yeamon berrava, histérico, se esforçando para não cair. "Chenault!", gritava. "Que diabos você está fazendo?" Parecia tomado de desespero. Eu me sentia paralisado.

Os dois foram se aproximando novamente, requebrando aos poucos na direção do centro do círculo. O barulho tornara-se um rugido ensurdecedor nascido de duzentas gargantas ensandecidas. Chenault permaneceu com a mesma expressão atordoada e extática quando o homem estendeu os braços e puxou sua calcinha, que escorreu de seus quadris direto para seus pés. Sem dizer nada, ela deixou sua última peça de roupa cair no chão. Em seguida deu um passo para trás, voltando a dançar, esfregando-se no homem e congelando seus movimentos por algum tempo – até mesmo a música parou – e depois dançando novamente, abrindo os olhos e sacudindo o cabelo de um lado para o outro.

De repente, Yeamon conseguiu se libertar. Pulou no meio do círculo e foi imediatamente cercado pela multidão, mas desta vez foi mais difícil agarrá-lo. Vi quando Yeamon deu um direto no rosto do garçom e usou os braços e os cotovelos para manter os outros à distância. Gritou com tamanha fúria, que aquele som fez calafrios descerem por minha espinha. Mas ele acabou sendo derrubado por uma onda de corpos.

A briga fez a dança parar. Por um instante, enxerguei Chenault sozinha. Parecia surpresa e desnorteada, com aquele tufo diminuto e castanho destacando-se de sua pele branca. Seu cabelo loiro escorria pelos ombros. Parecia pequena, nua e indefesa. Então vi o homem agarrar seu braço e começar a puxá-la na direção da porta.

Abri caminho com dificuldade por entre a multidão, praguejando, acotovelando, tentando chegar ao corredor antes que eles desaparecessem. Às minhas costas ainda escutava Yeamon gritando, mas sabia que estava sendo contido pelos outros. Eu só conseguia pensar em encontrar Chenault. Levei vários socos antes de chegar até a porta, mas não deixei que aquilo me atrapalhasse. Cheguei a pensar que tinha ouvido Chenault gritando, mas poderia ter sido qualquer outra pessoa.

Quando finalmente consegui sair, dei de cara com uma multidão ao pé da escadaria. Desci correndo e encontrei

Yeamon caído no chão, gemendo, com sangue escorrendo da boca. Parecia ter sido arrastado para fora da casa pela porta dos fundos. O garçom estava agachado, limpando a boca dele com um lenço.

Esqueci de Chenault e me enfiei na rodinha de pessoas, murmurando desculpas enquanto me aproximava do corpo estatelado de Yeamon. Quando cheguei mais perto, o garçom me olhou e perguntou: "Ele é seu amigo?".

Confirmei com um gesto de cabeça e me agachei para ver se Yeamon estava ferido.

"Ele está bem", alguém falou, "Tentamos pegar leve com ele, mas o sujeito não parava quieto."

"Sei", eu disse.

Yeamon conseguiu sentar e segurou a cabeça com as mãos. "Chenault", murmurou. "Que diabos você está fazendo?"

Coloquei minha mão em seu ombro. "Certo", eu disse. "Fique calmo."

"Aquele filho da puta imundo", praguejou, quase gritando.

O garçom cutucou meu ombro. "Melhor tirar ele daqui", falou. "Ele não está ferido, mas se continuar por aqui vai acabar se machucando."

"Será que conseguimos pegar um táxi?", perguntei.

O garçom assentiu. "Consigo um carro para vocês." Recuou e deu um grito para a multidão. Quando alguém respondeu, ele apontou para mim.

"Chenault!", gritou Yeamon, tentando sair do chão.

Empurrei-o de volta, sabendo que assim que ele se levantasse começaria outra briga. Olhei para o garçom. "Onde está a garota?", quis saber. "O que aconteceu com ela?"

O garçom abriu um leve sorriso. "Acho que está se divertindo."

Percebi que seríamos mandados embora sem Chenault. "Onde ela está?", perguntei, talvez alto demais, tentando disfarçar o pânico em minha voz.

Um desconhecido se aproximou de mim, praticamente rosnando. "Acho bom cair fora daqui, cara."

Arrastei os pés na terra, nervoso. Olhei para o garçom, que parecia ser o líder. Ele sorriu com um ar maldoso, apontando para algum ponto às minhas costas. Virei e vi um carro se aproximando lentamente em meio à multidão. "Aqui está seu táxi", afirmou. "Eu pego seu amigo." Aproximou-se de Yeamon e levantou-o com um puxão. "Volta pra cidade, grandalhão", disse, abrindo um sorriso. "Deixa a garotinha por aqui."

Yeamon ficou rígido e começou a gritar. "Seus desgraçados!" Desferiu vários socos contra o garçom, que desviou deles com facilidade. Ficou gargalhando enquanto quatro sujeitos enfiavam Yeamon dentro do carro. Em seguida foi a minha vez de ser arrastado para o automóvel. Tirei meio corpo para fora da janela e gritei para o garçom. "Vou voltar com a polícia! É melhor aquela garota estar bem." De repente senti um impacto violento contra um dos lados de meu rosto. Recuei a tempo de enxergar o segundo soco passando bem pela frente de meu nariz. Sem saber direito o que estava fazendo, fechei a janela do carro e me recostei no assento. Ao som de gargalhadas, começamos a descer o morro.

Dezesseis

Eu só conseguia pensar em procurar a polícia, mas o motorista do carro se recusou a nos deixar na delegacia ou até mesmo a nos informar onde ela ficava. "Melhor esquecer", disse, calmamente. "Cada um cuida da sua vida." Deixou-nos no meio da cidade e disse que não ficaria triste se ganhasse dois dólares para cobrir os custos do combustível. Resmunguei, mal-humorado, e estendi o dinheiro. Yeamon se recusou a sair do carro. Não parava de repetir que precisávamos subir o morro para buscar Chenault.

"Vamos lá", falei, puxando seu braço. "Vamos falar com a polícia. Eles sobem o morro com a gente." Acabei conseguindo tirá-lo do carro, que arrancou na mesma hora.

Encontramos a delegacia, mas não havia ninguém por lá. Como as luzes estavam acesas, entramos para esperar. Yeamon apagou em um dos bancos. Eu estava tão grogue que mal conseguia ficar de olhos abertos. Depois de quase uma hora, imaginei que seria melhor procurar um policial na rua. Acordei Yeamon, e tomamos o caminho dos bares. O carnaval estava terminando, e as ruas estavam cheias de bêbados, em sua maioria turistas e porto-riquenhos. Grupinhos de pessoas iam de bar em bar. Alguns tentavam se apoiar em portas, outros desabavam na calçada. Já eram quase quatro da manhã, mas os bares ainda estavam lotados. A cidade parecia ter sido bombardeada.

Não havia sinal de policiais em canto nenhum. Àquela altura, nós dois já estávamos prestes a desmaiar de exaustão. Acabamos desistindo e pegando um táxi até Lindbergh Beach, onde pulamos a cerca com muito esforço e nos esborrachamos na areia para dormir.

Começou a chover durante a noite, e quando acordei estava encharcado. Achei que estivesse amanhecendo, mas quando dei uma olhada no relógio vi que eram nove horas. Minha cabeça parecia ter inchado até ficar com o dobro do tamanho, e havia um galo enorme e doloroso bem ao lado da minha orelha direita. Tirei a roupa e fui até o mar para dar um mergulho. Ao contrário do que esperava, isso fez com que me sentisse ainda pior. Era uma manhã fria e nublada, e uma chuva fina salpicava a água. Sentei na balsa por algum tempo e fiquei pensando na noite anterior. Quanto mais coisas lembrava, mais deprimido ficava. A ideia de voltar para a cidade em busca de Chenault era apavorante. Àquela altura eu nem queria mais saber se ela estava viva ou morta. Só pensava em cruzar a estrada e embarcar em um voo para San Juan, abandonando Yeamon na praia e esperando nunca mais encontrar nenhum dos dois.

Depois de algum tempo, nadei de volta e acordei Yeamon. Parecia doente. Fomos até o aeroporto para tomar café e depois pegamos um ônibus até a cidade. Depois de buscar nossas roupas no barco do Iate Clube, fomos até a delegacia. O guarda em serviço estava jogando paciência com um baralho que mostrava mulheres nuas em diversas poses lascivas.

Quando Yeamon acabou de falar, o guarda sorriu e olhou para nós. "Cara", falou, preguiçoso. "Por acaso é da minha conta se a sua garota gostou de outra pessoa?"

"Como assim, gostou?", gritou Yeamon. "Ela foi raptada!"

"Certo", disse o guarda, ainda sorrindo. "Morei aqui a vida inteira e conheço muito bem essa história de garotas raptadas no carnaval." Riu, com a boca frouxa. "Você tá me falando que ela tirou todas as roupas e ficou dançando pra toda aquela gente... e depois vem dizer que ela foi estuprada?"

O guarda continuou fazendo comentários semelhantes até os olhos de Yeamon se arregalarem. Ele começou a gritar, com uma voz cheia de raiva e desespero. "Escuta aqui!", berrou. "Se você não tomar nenhuma providência, vou sozinho até aquela casa com uma faca de açougueiro e mato todo mundo que aparecer na minha frente!"

Isso pareceu impressionar o guarda. "Calma aí, cara. Você pode ter sérios problemas se continuar falando desse jeito."

"Olha só", interrompi. "Só queremos que você suba o morro conosco e encontre a garota. É pedir demais?"

O guarda encarou suas cartas por um momento. Era como se, ao consultá-las, pudesse adivinhar o significado de nossa aparição e descobrir o que deveria ser feito. Por fim, sacudiu a cabeça com um ar triste e nos olhou novamente. "Ah, esses encrenqueiros", falou, calmamente. "Vocês nunca aprendem."

Antes que pudéssemos dizer qualquer coisa, ele levantou e enfiou seu chapéu de verão na cabeça. "Certo", falou. "Vamos dar uma olhada."

Acompanhamos o guarda até a rua. Seu comportamento me deixava nervoso, quase constrangido pelo incômodo que estávamos causando.

Quando finalmente chegamos na frente da casa, senti vontade de saltar do carro e fugir correndo. Fosse lá o que encontraríamos, não seria nada agradável. Talvez tivessem levado Chenault para outro lugar, para alguma outra festa, e amarrado seu corpo nu sobre uma cama. Uma sobremesa branca, de mamilos rosados, para fechar o carnaval com chave de ouro. Senti calafrios enquanto subíamos as escadas. Olhei para Yeamon, que parecia um homem a caminho da guilhotina.

O guarda tocou a campainha. Uma negra de aparência dócil abriu a porta. Gaguejando, nervosa, jurou não ter visto nenhuma garota branca. Também dizia não saber de nenhuma festa acontecida naquela casa na noite anterior.

"Que nada!", retrucou Yeamon, sem conseguir se conter. "Ontem você deu uma festa de arromba por aqui, e eu paguei seis dólares para entrar."

A mulher continuou negando saber de qualquer festa. Afirmou que havia algumas pessoas dormindo na casa, mas nenhuma delas era uma garota branca.

O guarda pediu permissão para entrar e dar uma olhada. A mulher deu de ombros e deixou que ele entrasse. Quando Yeamon tentou acompanhar o guarda, a mulher ficou agitada e bateu a porta na sua cara.

Depois de alguns minutos, o guarda estava de volta. "Nem sinal de uma garota branca", disse, encarando Yeamon nos olhos.

Eu não queria acreditar no guarda, porque não pretendia encarar as outras possibilidades. Deveria ser uma coisa simples – encontrar Chenault, acordá-la e levá-la embora. Mas depois daquilo, nada mais era simples. Chenault poderia estar em qualquer lugar, atrás de qualquer porta daquela ilha. Olhei para Yeamon, esperando que ele perdesse totalmente o controle e saísse distribuindo socos a esmo. Mas ele estava apoiado na varanda e parecia prestes a chorar. "Ah meu Jesus do céu", murmurou, encarando a ponta dos sapatos. O desespero de Yeamon era tão genuíno, que o guarda colocou a mão em seu ombro.

"Desculpa aí, cara", disse, calmamente. "Agora vamos. Hora de ir."

Voltamos de carro até a delegacia. O guarda prometeu que iria procurar por uma garota com a descrição de

Chenault. "Avisarei os outros", afirmou. "Ela vai aparecer." Sorriu para Yeamon, gentil. "Mas olha, não pega bem deixar uma mulher fazer você ficar andando em círculos desse jeito."

"Pois é", Yeamon respondeu. Depois colocou a capa de chuva e a maleta de Chenault sobre a mesa. "Entregue isso quando ela aparecer", falou. "Não estou com vontade de ficar carregando essas coisas por aí."

O guarda assentiu com a cabeça e colocou as roupas de Chenault em uma prateleira no canto da sala. Depois anotou meu endereço em San Juan para poder mandar um recado, caso ela fosse encontrada. Nos despedimos e caminhamos até o Grand Hotel para tomar café.

Pedimos rum com gelo e hambúrgueres. Comemos em silêncio, lendo os jornais. Por fim, Yeamon ergueu a cabeça e disse, casualmente: "Ela não passa de uma vadia. Nem sei por que estou me incomodando com isso".

"Não se preocupe com isso", falei. "Ela ficou louca... completamente louca."

"Tem razão", admitiu. "Ela é uma vadia. Soube disso desde a primeira vez em que a vi." Recostou-se na cadeira. "Conheci a Chenault numa festa em Staten Island, mais ou menos uma semana antes de vir para cá. Assim que a vi, pensei comigo mesmo: ei, essa garota é uma vadia daquelas – não do tipo que faz por dinheiro, mas do tipo que só pensa em trepar." Meneou a cabeça. "Levei a Chenault até minha casa e caí em cima dela, como um touro. Ela ficou por lá a semana toda, nem foi trabalhar. Naquela época eu estava morando com um amigo do meu irmão. Fiz o cara dormir na cozinha, em uma cama de campanha. De certo modo, coloquei o sujeito pra fora da própria casa." Sorriu, com um ar entristecido. "Aí, quando vim para San Juan, ela quis vir comigo. Só consegui que ela esperasse algumas semanas."

Naquele momento eu tinha diversas Chenaults em minha mente: uma garotinha chique de Nova York, cheia de luxúria reprimida e um guarda-roupa Lord & Taylor. Uma garotinha bronzeada com cabelo loiro e comprido, caminhando pela praia com seu biquíni branco. Uma encrenqueira bêbada e barulhenta em um bar tumultuado de São Tomás. E a garota que vira na noite anterior – dançando só de calcinha, sacudindo aqueles seios de mamilos rosados, rebolando sem parar enquanto um marginal enlouquecido tirava sua calcinha... e por fim aquele último vislumbre, a garota parada no meio da sala, sozinha por não mais do que um instante, com aquele tufo delicado de pelos castanhos brilhando como um farol em contraste com a carne branca de sua barriga e de suas coxas... aquele tufo delicado e sagrado, encobrindo uma coisa que fora cuidadosamente cultivada por pais que conheciam muito bem seu poder e seu valor, enviada ao Smith College para fins de refinamento e breve exposição aos ritmos e mazelas naturais da vida, vigiada por vinte anos por uma legião de pais, professores, amigos e conselheiros, e em seguida despachada para Nova York contando apenas consigo própria.

Terminamos o café e pegamos um ônibus até o aeroporto. O saguão estava lotado de beberrões desprezíveis: homens arrastando uns aos outros até o banheiro, mulheres sentadas em bancos e vomitando no chão, turistas balbuciando de medo. Assim que avistei aquele cenário, sabia que poderíamos ter que esperar um dia e uma noite inteiros até conseguir assentos em algum avião. Sem passagens, ficaríamos ali uns três dias, o que parecia irremediável. Fomos até a lanchonete. Estávamos procurando vagas em algum voo, quando vi o piloto que tinha me levado até Vieques na terça-feira. Quando me aproximei, ele pareceu me reconhecer. "Opa", falei. "Lembra de mim? Kemp, do *New York Times*."

O piloto sorriu e estendeu a mão. "Isso aí", disse. "Você estava com Zimburger."

"Pura coincidência", respondi, sorrindo. "Me diz uma coisa, será que posso contratar você para nos levar de volta para San Juan? Estamos desesperados."

"Claro", disse o piloto. "Estou voltando para lá às quatro. Tenho dois passageiros e dois lugares vagos." Assentiu com a cabeça. "Você teve sorte de me encontrar tão cedo... essas vagas não durariam muito tempo."

"Deus do céu", falei. "Você salvou nossa vida. Pode cobrar o quanto quiser. Mando a conta para o Zimburger."

O piloto abriu um enorme sorriso. "Bem, fico feliz em saber disso. Não consigo pensar em outra pessoa que gostaria de sacanear." Terminou seu café e colocou a xícara sobre o balcão. "Agora preciso ir", falou. "Estejam na pista às quatro. É o mesmo Apache vermelho."

"Não se preocupe", garanti. "Estaremos lá."

A multidão crescia a cada minuto. A cada meia hora, saía um avião para San Juan, mas todos os assentos estavam reservados. Quem estava à espera de vagas começava a beber novamente, empinando garrafas de uísque compartilhadas.

Pensar era impossível. Eu queria paz, a privacidade de meu próprio apartamento, um copo de vidro em vez de papel, quatro paredes me separando daquela massa fedorenta de bêbados que nos cercava por todos os lados.

Às quatro horas, saímos para a pista de decolagem. Encontramos o Apache esquentando os motores. O voo de volta levou uns trinta minutos, e viajamos na companhia de um jovem casal de Atlanta. Tinham deixado San Juan naquele mesmo dia, de manhã cedo, e não viam a hora de voltar. Estavam completamente transtornados com a boçalidade arrogante dos crioulos.

Fiquei tentado a contar o que acontecera com Chenault, com todos os detalhes, concluindo o relato levantando hipóteses assustadoras a respeito de onde ela estaria e o que deveria estar fazendo. Mas em vez disso fiquei sentado em silêncio, olhando para o branco das nuvens. Era como se tivesse sobrevivido a uma farra descontrolada, interminável e perigosa, e estivesse finalmente voltando para casa.

Meu carro continuava na mesma vaga, no estacionamento do aeroporto. A lambreta de Yeamon estava acorrentada a uma grade ao lado do guichê. Yeamon desacorrentou a lambreta e disse que estava indo para casa. Desconsiderou meu conselho de ir até o meu apartamento, para que pudesse receber Chenault, se ela aparecesse no meio da noite.

"Ah, que se dane", falei. "De repente ela até já voltou. Nada impede que ela tenha achado que a abandonamos na noite passada, e então resolvido ir até o aeroporto."

"É", disse Yeamon, subindo na lambreta. "Deve ter acontecido isso mesmo, Kemp. Talvez o jantar até esteja pronto quando eu chegar em casa."

Acompanhei Yeamon pela entrada do estacionamento e acenei em despedida quando entrei na autoestrada, rumo a San Juan. Quando cheguei ao apartamento, fui dormir imediatamente. Só acordei no dia seguinte, depois do meio-dia.

Enquanto ia até o jornal, fiquei pensando se deveria comentar sobre Chenault. No momento em que entrei na redação, contudo, esqueci totalmente dela. Sala me chamou até sua mesa, onde conversava com Schwartz e Moberg, exaltado. "Já era, acabou", gritava. "Você devia ter ficado em São Tomás." Segarra tinha pedido demissão. Lotterman viajara para Miami na noite anterior, no que parecia uma última tentativa de conseguir um novo financiamento. Sala estava convencido de que o jornal ia fechar, mas para Moberg tudo não passava de um alarme falso. "Lotterman está cheio de dinheiro", garantiu. "Ele foi visitar a filha, só isso… me avisou antes de sair."

Sala riu, amargo. "Acorda, Moberg. Você acha que o Nick Seboso teria largado um trabalho fácil como esse se não fosse obrigado? Melhor encarar os fatos: estamos desempregados."

"Mas que inferno!", exclamou Schwartz. "Ainda estava me acomodando por aqui. De todos os empregos que tive nos últimos dez anos, este é o único do qual não tinha vontade de sair."

Schwartz tinha uns quarenta anos. Eu simpatizava com ele, embora quase nunca o encontrasse fora do jornal. Fazia bem seu trabalho, nunca incomodava ninguém e passava seu tempo livre bebendo nos bares mais caros que conseguia encontrar. Odiava o bar do Al. Segundo Schwartz, além de ser um ambiente exageradamente sociável, era sujo demais. Gostava do Marlin Club, do Caribé Lounge e de outros bares de hotéis nos quais o sujeito podia usar gravata, beber em paz e, de vez em quando, assistir a um belo show. Dava duro no jornal e, quando parava de trabalhar, saía para beber. Em seguida dormia e, depois, voltava para o jornal. Para Schwartz, o jornalismo era um quebra-cabeças, um simples processo de organizar um jornal de um modo que tudo funcionasse. Nada mais. Considerava o jornalismo um trabalho honrado, e aprendera-o bem. Reduzira-o a uma fórmula e era excelente em manter as coisas nesse prisma. Nada o incomodava mais do que um picareta ou um repórter medíocre. Atrapalhavam sua vida e o deixavam com um perpétuo mau humor.

Sala sorriu para ele, irônico. "Não se preocupe, Schwartz. Você vai ganhar uma pensão... talvez até uma carta de alforria."

Lembrei da primeira aparição de Schwartz no *News*. Adentrou a redação pedindo trabalho, como quem entra num barbeiro pedindo um corte de cabelo, nem chegando a considerar a hipótese de ter seu pedido recusado. Se existisse algum outro jornal de língua inglesa na cidade, o colapso do *News* não significaria para Schwartz mais do que a morte de seu barbeiro predileto. Não era perder um emprego que o incomodava, mas a ameaça que isso representava ao seu padrão de trabalho. Se o jornal fechasse, ele seria forçado a tomar atitudes anormais e irregulares. E Schwartz não era assim. Era perfeitamente capaz de fazer algo anormal e irregular, mas isso precisaria ser planejado com alguma antecedência. Tomar qualquer providência no calor do momento não lhe parecia apenas uma estupidez, mas um ato imoral, como ir ao Caribé sem usar gravata. Considerava o modo de vida de Moberg vergonhosamente criminoso, e chamava-o de "aquele degenerado que pula de emprego em emprego". Eu tinha certeza de que tinha sido Schwartz quem convencera Lotterman de que Moberg era um ladrão.

Sala olhou para mim. "Schwartz está com medo de perder seu crédito no Marlin e seu lugar especial no canto do balcão, o lugar que eles reservam para o decano dos jornalistas brancos."

Com uma expressão triste, Schwartz sacudiu a cabeça. "Seu cínico idiota. Vamos ver como você estará se sentindo quando começar a procurar um emprego."

Sala levantou e foi até o laboratório. "Nossos empregos não existem mais", disse. "Quando Nick Seboso cai fora do barco, pode apostar que não tem mais volta."

Algumas horas depois, fomos beber do outro lado da rua. Contei para Sala o que acontecera com Chenault. Ele me escutou inquieto, se contorcendo na cadeira.

"Rapaz, isso é terrível!", exclamou, quando terminei o relato. "Santo Deus, isso me deixa louco!" Esmurrou a mesa. "Que diabos, eu sabia que algo assim acabaria acontecendo. Não falei pra você?"

Confirmei com a cabeça, olhando para os cubos de gelo em meu copo.

"Por que diabos vocês não fizeram alguma coisa?", exigiu saber. "Yeamon é muito bom em distribuir socos à sua volta. Onde *ele* estava quando isso tudo aconteceu?"

"Foi tudo muito rápido", falei. "Ele tentou impedir, mas foi espancado."

Sala refletiu por um momento. "Por que vocês levaram a Chenault até um lugar desses?"

"Ah, pare com isso", falei. "Não viajei até aquela ilha para bancar a babá de uma garota louca." Olhei para Sala. "Por que *você* não ficou em casa, lendo um bom livro, naquela noite em que levou uma surra da polícia?"

Ele sacudiu a cabeça e se recostou na cadeira. Depois de dois ou três minutos de silêncio, me encarou. "Que diabos está acontecendo conosco, Kemp? Estou realmente começando a desconfiar que estamos todos perdidos." Coçou o rosto, nervoso, e baixou a voz. "Estou falando sério", prosseguiu. "Ficamos enchendo a cara enquanto todas essas coisas terríveis acontecem, e elas pioram cada vez mais..." Fez um gesto de impotência. "Que inferno, isso perdeu a graça. Nossa sorte está acabando ao mesmo tempo."

Quando voltamos ao escritório, fiquei pensando no que ele disse e comecei a achar que talvez Sala tivesse razão. Falava de sorte, destino e de números premiados, mas nunca gastava um tostão sequer nos cassinos, porque sabia que todo o lucro ficava com a casa. Por baixo de todo seu pessimismo, de sua triste convicção de que as engrenagens da máquina giravam constantemente contra ele, no fundo de sua alma ele acreditava que conseguiria ser mais esperto do que o sistema, que saberia escapar do pior apenas observando cuidadosamente os sinais, que seria poupado. Sobrevivência por coordenação, por assim dizer. A corrida não foi feita para os ligeiros, nem a batalha para os fortes, mas para quem consegue antevê-las e escapar a tempo, como um sapo de brejo fugindo de uma cacetada.

Naquela noite, com essa teoria em mente, fui ao encontro de Sanderson. Queria saltar do charco do risco de desemprego para o tronco seguro e seco dos trabalhos bem-pagos. Era o único tronco que conseguia enxergar em mais de mil quilômetros. Se não conseguisse alcançá-lo, precisaria cumprir um longo percurso até encontrar outra posição segura, e não tinha a mínima ideia de por onde começar.

Sanderson me recebeu com um cheque de cinquenta dólares, o que interpretei como um bom sinal. "Por aquele artigo", explicou. "Venha até a varanda, levo um drinque para você."

"Que se dane o drinque", respondi. "Quero algum tipo de seguro-desemprego."

Sanderson riu. "Ah, devia ter adivinhado... ainda mais depois do que aconteceu hoje."

Paramos na cozinha para pegar gelo. "Então você sabia que o Segarra ia pedir demissão", falei.

"Sabia", respondeu.

"Meu Deus", resmunguei. "Hal, me diz uma coisa, o que o futuro me reserva? Vou ficar rico ou acabar morando na rua?"

Sanderson riu novamente e caminhou na direção da varanda, de onde saíam outras vozes. "Não se preocupe", disse, olhando para trás. "Venha aqui fora, está mais arejado."

Eu não estava com a mínima vontade de lidar com desconhecidos, mas assim mesmo fui até a varanda. Estava cheia de jovens recém-chegados de algum lugar emocionante. Eram todos muito, muito interessados em Porto Rico e todas as suas possibilidades. Fiquei me sentindo bem-sucedido e por dentro das coisas. Depois de dias seguidos recebendo chutes e pontapés da parte podre da vida, era muito agradável estar de volta ao círculo dos escolhidos.

Dezessete

Na manhã seguinte, fui acordado por alguém batendo em minha porta. Eram pancadas suaves, mas urgentes. Não abra a porta, pensei, não deixe que isso aconteça. Sentei na cama e fiquei encarando a porta por quase um minuto. Resmunguei, grunhi, enfiei a cabeça entre as mãos e desejei estar em qualquer outro lugar do mundo. Não queria estar ali, envolvido com tudo aquilo. Acabei levantando e caminhando lentamente até a porta.

Ela estava usando as mesmas roupas, mas parecia suja e magra de exaustão. As delicadas ilusões que nos ajudam a levar a vida adiante têm um limite de abuso – e, naquele momento, olhando para Chenault, senti vontade de bater a porta e voltar para a cama.

"Bom dia", falei.

Chenault não disse nada.

"Entre", acabei dizendo, recuando para lhe dar passagem.

Ela continuou me encarando. A expressão em seus olhos me deixava mais nervoso do que nunca. Era choque e humilhação, imaginei, mas havia algo mais – um toque de tristeza e distração que quase parecia um sorriso.

Era uma coisa assustadora de se ver. Quanto mais eu olhava, mais me convencia de que Chenault tinha perdido a razão. Então ela entrou e colocou sua bolsa de palha sobre a mesa da cozinha. "Que bonito", disse, em voz baixa, analisando o apartamento.

"É", falei. "Dá pro gasto."

"Não sabia seu endereço", ela disse. "Precisei ligar para o jornal."

"Como você chegou aqui?", perguntei.

"De táxi." Indicou a porta com o queixo. "Está esperando ali fora. Não tenho dinheiro."

"Santo Deus", falei. "Bem, vou sair e pagar o motorista. Quanto foi a corrida?"

Ela sacudiu a cabeça. "Não sei."

Achei minha carteira e corri até a porta. Então me dei conta de que estava de cueca. Voltei até o armário e enfiei minhas calças, louco para sair do apartamento e organizar minhas ideias. "Não se preocupe", falei. "Cuido disso."

"Eu sei", disse ela, cansada. "Posso me deitar?"

"Claro", respondi, correndo até a cama. "Espera, vou arrumar para você... é uma dessas camas que viram sofá." Estendi os lençóis e cobri tudo com a colcha, alisando sua superfície como uma arrumadeira.

Chenault sentou na cama e ficou me olhando enquanto eu enfiava uma camisa. "Este apartamento é maravilhoso", disse. "Pega tanto sol."

"É", respondi, caminhando na direção da porta. "Bem, agora vou pagar o táxi. Já volto." Desci correndo as escadas. Assim que cheguei na rua e me aproximei do táxi, vi o sorriso se formando no rosto do motorista. "Quanto foi?", perguntei, abrindo a carteira.

O motorista sacudiu a cabeça, parecendo ansioso. "*Sí, bueno. Señorita* falou que você paga. *Bueno, gracias. Señorita* nada bem." Apontou para a própria cabeça.

"Certo", falei. "*Cuánto es?*"

"*Ah, sí*", ele respondeu, mostrando sete dedos. "Sete dólares, *sí*."

"Você está louco?!", exclamei.

"*Sí*", respondeu, sem perder tempo. "Fomos pra todo lado, aqui e ali, para ali, para aqui..." Sacudiu a cabeça novamente. "*Ah, sí,* duas horas, *loca, señorita* falou que você paga."

Estendi os sete dólares. O motorista podia estar mentindo, mas acreditei quando disse que a manhã tinha sido *loca*. Sem dúvida tinha sido maluca, e agora era minha vez. Fiquei olhando o carro se afastar e em seguida fui para debaixo do *flamboyant*, longe das janelas. Que diabos ia fazer com ela? Eu estava descalço, pisando na areia fria. Olhei para a árvore e, da árvore, para a janela do meu apartamento. Chenault estava lá, deitada em minha cama. Como se não bastasse o *News* prestes a fechar, de uma hora para outra eu estava com uma garota falida nas mãos e, para piorar a situação, uma garota completamente louca. O que eu diria para Yeamon, ou até mesmo para Sala? Tudo aquilo era demais para mim. Decidi que precisava me livrar dela, mesmo que isso significasse comprar sua passagem para Nova York.

Subi até o apartamento e abri a porta. Depois de tomar minha decisão, estava mais tranquilo. Chenault estava estendida na cama, olhando fixamente para o teto.

"Você já tomou café da manhã?", perguntei, tentando soar animado.

"Não", ela respondeu, com uma voz tão baixa que mal consegui escutar.

"Bem, tenho tudo por aqui", falei. "Ovos, bacon, café, tudinho." Fui até a pia. "Que tal um suco de laranja?"

"Um suco de laranja seria legal", respondeu, sem desviar os olhos do teto.

Fritei bacon e fiz uns ovos mexidos, feliz por ter algo com o que me ocupar. Dei algumas olhadas para a cama. Chenault estava deitada de barriga para cima, com os braços cruzados sobre o abdômen.

"Chenault", acabei dizendo. "Você está se sentindo bem?"

"Estou legal", respondeu, com a mesma voz inexpressiva.

Virei de frente para ela. "Talvez seja melhor chamar um médico."

"Não", falou. "Estou legal. Só quero descansar."

Dei de ombros e voltei ao fogão. Coloquei os ovos e o bacon em dois pratos e servi dois copos de leite. "Toma", falei, levando o prato até a cama. "Come isso aqui, talvez faça você se sentir melhor."

Como ela não se moveu, coloquei o prato sobre uma mesinha ao lado da cama. "Acho melhor você comer", falei. "Você não parece muito bem, estou falando sério."

Ela continuou olhando para o teto. "Eu sei", sussurrou. "Deixa só eu descansar um pouquinho."

"Por mim, tudo bem", falei. "Preciso mesmo ir trabalhar." Fui até a cozinha e bebi dois goles de rum sem gelo. Depois tomei uma ducha e me vesti. Quando saí de casa, Chenault ainda não tinha encostado no prato de comida. "Volto lá pelas oito", falei. "Ligue para o jornal se precisar de alguma coisa."

"Ligo, sim", ela disse. "Tchau."

Passei praticamente o dia inteiro na biblioteca, fazendo anotações sobre antigas investigações anticomunistas e procurando informações sobre as pessoas envolvidas nas audiências que estavam marcadas para começar na quinta-feira. Evitei me encontrar com Sala e torci para que ele não viesse me perguntar se tinha alguma notícia de Chenault. Às seis da tarde, Lotterman ligou de Miami. Pediu para Schwartz cuidar do jornal e avisou que voltaria com boas notícias na sexta-feira. Isso só podia significar que ele tinha conseguido algum financiamento. Se fosse verdade, o jornal duraria um pouco mais, e eu continuaria tendo um emprego.

Saí do trabalho por volta das sete. Não havia mais nada a fazer, e não queria acabar indo para o bar do Al. Desci pelas escadas dos fundos e entrei no meu carro, sorrateiro como um fugitivo. Atropelei um cachorro em algum ponto de Santurce, mas não parei o carro. Chenault ainda estava dormindo quando cheguei ao apartamento.

Fiz alguns sanduíches e um bule de café. Ela acordou com o barulho que fiz na cozinha. "Oi", falou, calmamente.

"Oi", respondi, sem olhar para trás. Abri uma lata de sopa de tomate e comecei a esquentá-la. "Quer comer alguma coisa?", perguntei.

"Acho que sim", ela respondeu, sentando na cama. "Mas deixe que eu faço."

"Já está pronto", falei. "Como você está?"

"Melhor", disse. "Muito melhor."

Levei um sanduíche de presunto e uma tigela de sopa até a cama. Os ovos e o bacon do café continuavam ali, parecendo frios e ressecados. Tirei o prato de cima da mesa e coloquei o sanduíche e a sopa no lugar.

Chenault me olhou e sorriu. "Você é uma ótima pessoa, Paul."

"Sou nada", respondi, voltando para a cozinha. "Só estou meio confuso."

"Por quê?", ela quis saber. "Por causa do que aconteceu?"

Levei minha comida até a mesa que ficava ao lado da janela e sentei para comer. "É", admiti, depois de uma pausa. "Suas... hã... suas manobras dos últimos dias foram... hã... no mínimo meio obscuras."

Ela olhou para as próprias mãos. "Por que você me deixou entrar?", perguntou.

Encolhi os ombros. "Não sei... você achou que eu não deixaria?"

"Não tinha certeza", ela respondeu. "Não tinha certeza do que você iria pensar."

"Nem eu."

De repente, Chenault me encarou. "Eu não sabia o que fazer!", explodiu. "Quando entrei no avião, fiquei torcendo para que ele caísse! Queria que explodisse e afundasse no meio do oceano!"

"Como você conseguiu uma passagem de avião?", perguntei. "Achei que você não tinha dinheiro." Fiz aquela pergunta sem pensar, e me arrependi logo que as palavras saíram de minha boca.

Chenault pareceu assustada e começou a chorar. "Compraram para mim", soluçou. "Eu não tinha dinheiro nenhum, eu..."

"Deixa pra lá", interrompi. "Eu nem queria saber. Só estava bancando o jornalista."

Chenault cobriu o rosto com as mãos e continuou chorando.

Continuei comendo até ela se aquietar, e então olhei-a novamente. "Olha só", falei. "Vamos começar de novo, a partir de agora. Vou partir do princípio que você teve uma experiência ruim e não vou mais fazer nenhuma pergunta, certo?"

Balançou a cabeça sem me olhar, concordando.

"Tudo que quero saber", continuei, "é o que você planeja fazer agora." Quando suspeitei que ela começaria a chorar novamente, completei: "para saber como posso ajudar".

"E o Fritz?", perguntou, choramingando.

"Bem", falei. "Na última vez em que o vi, ele não estava exatamente feliz com toda essa situação. Mas isso foi na noite de domingo, é claro. Nem eu nem o Yeamon estávamos muito bem... agora ele já deve estar melhor."

Chenault me olhou. "O que houve? Ele brigou?"

Encarei-a.

"Não me olhe assim!", gritou. "Não lembro de nada!"

Encolhi os ombros. "Bem..."

"A última coisa que lembro é que entrei naquela casa", disse, começando novamente a chorar. "Não lembro de mais nada que aconteceu até o dia seguinte!"

Chenault desabou na cama e ficou chorando por muito tempo. Fui até a cozinha e servi uma xícara de café. Senti vontade de levá-la de carro até o atalho que levava à casa de Yeamon. Considerei essa hipótese por algum tempo, mas decidi que seria melhor falar com ele antes disso, para saber como estava se sentindo. Se Chenault aparecesse por lá no meio da noite, contando aquela história altamente suspeita, não duvido que Yeamon quebrasse seus braços. O pouco que ela tinha dito fora suficiente para destruir quaisquer esperanças de que tudo não tivesse passado de um engano. Não queria ouvir mais nada. Quanto mais cedo conseguisse me livrar dela, melhor. No dia seguinte, se não encontrasse Yeamon pela cidade, iria até sua casa assim que saísse do trabalho.

Quando ela finalmente parou de chorar, acabou dormindo. Fiquei algumas horas sentado ao lado da janela, lendo e bebendo rum até ficar com sono. Então empurrei Chenault para um lado da cama e, com muito cuidado, deitei do outro.

Na manhã seguinte, quando acordei, ela já estava na cozinha. "Minha vez de fazer alguma coisa", disse, com um enorme sorriso. "Fique sentadinho aí, quero servir você."

Ela me trouxe um copo de suco de laranja e um enorme omelete. Sentamos na cama e começamos a comer. Parecia mais relaxada, e falou em limpar o apartamento enquanto eu estivesse no trabalho. Tinha pensado em contar que iria levá-la até a casa de Yeamon antes que anoitecesse, mas naquele momento só a ideia de dizer uma coisa dessas fazia com que me sentisse um ogro. Que se dane, pensei. Não preciso contar para ela. Só preciso agir.

Ela trouxe o café em uma bandejinha. "Depois do café, vou tomar um banho", avisou. "Você se importa?"

Dei risada. "Sim, Chenault. Você está proibida de usar o chuveiro."

Ela sorriu e entrou no banheiro assim que terminou o café. Ouvi o barulho da água e fui até a cozinha pegar mais uma xícara de café. Estava só de cueca, e me senti meio indecente. Resolvi me vestir antes que ela terminasse o banho. Antes, desci para pegar o jornal. Quando estava entrando novamente no apartamento, ela me chamou do banheiro: "Paul, pode vir aqui um minuto?".

Fui até o banheiro e abri a porta, imaginando que Chenault estaria por trás da cortina do box. Não estava, e me recebeu com um enorme sorriso. "Estou me sentindo humana de novo", afirmou. "Não sou linda?" Saiu de baixo d'água e me encarou, erguendo os braços como uma modelo demonstrando algum tipo novo e incomum de sabão. Sua pose era tão esquisita, tão típica de uma ninfeta vaidosa, que não tive como não cair na risada.

"Entra aqui", pediu, alegre. "Está ótimo!"

Parei de rir e passamos por um silêncio desconfortável. Escutei um gongo soando em algum lugar no fundo do meu cérebro, seguido por uma voz melodramática que anunciava: "E assim terminam As Aventuras de Paul Kemp, o Jornalista Bêbado. Ele captou os sinais e percebeu que o fim estava chegando, mas foi lascivo demais para fugir de seu destino". Em seguida escutei música de órgão, uma espécie de lamento febril. Logo estava tirando a cueca e entrando no chuveiro com Chenault. Lembro da sensação causada por aquelas mãozinhas ensaboadas lavando minhas costas e de manter os olhos bem fechados enquanto minha alma lutava uma batalha perdida contra minha genitália. Como um afogado, acabei desistindo de me debater, e encharcamos a cama com nossos corpos.

Quando enfim saí para o trabalho, deixei Chenault deitada na cama, com um sorriso tranquilo no rosto. Seu corpo ainda estava molhado do banho. Dirigi por San Juan sem pensar no que estava fazendo, falando sozinho em voz baixa e sacudindo a cabeça como um fugitivo que finalmente havia sido encontrado.

Assim que cheguei à redação, encontrei duas coisas sobre minha mesa: um livrinho intitulado *72 maneiras infalíveis de se divertir* e um bilhete avisando que eu precisava ligar para Sanderson.

Falei com Schwartz para conferir se eu precisava cobrir alguma pauta. Como não precisava, saí para tomar um café. Caminhei vários quarteirões até chegar à zona portuária, para evitar qualquer chance de topar com Sala. Também havia esperado que Yeamon entrasse correndo na redação a qualquer momento. Levei algum tempo para me acalmar, mas acabei decidindo que aquela manhã não tinha acontecido. Nada tinha mudado. Conversaria com Yeamon e me livraria de Chenault. Se ele não aparecesse na cidade, eu iria de carro até lá depois do trabalho.

Quando senti que estava mais controlado, voltei para a redação. Precisava estar no Caribé às duas e meia para falar com um dos parlamentares que tinham vindo dos Estados Unidos para acompanhar a investigação anticomunista. Peguei o carro, fui até lá e conversei com o sujeito por duas horas. Ficamos sentados no terraço, bebendo ponche de rum. Quando eu estava de saída, ele agradeceu pelas minhas "valiosas informações" compartilhadas.

"Certo, senador", falei. "Obrigado pela matéria. Essa vai sei das boas." De volta à redação, precisei me esforçar loucamente para conseguir produzir quatro parágrafos a partir daquela conversa.

Depois telefonei para Sanderson. "Como está indo aquele prospecto?", ele quis saber.

"Ah, meu Deus", murmurei.

"Que diabos, Paul. Você me prometeu que entregaria uma versão inicial ainda esta semana. Você é pior do que aquele tal de Yeamon."

"Tudo bem", respondi, cansado. "É que no momento estou ficando louco, Hal. Entrego pra você neste fim de semana, talvez na segunda."

"O que houve?", perguntou.

"Nada, não se preocupe", respondi. "Hoje à noite tudo vai se resolver... aí vou poder cuidar do prospecto, certo?"

Assim que desliguei, Schwartz acenou, me chamando até sua mesa. "Aconteceu um acidente feio na Bayamon Road", disse, estendendo uma página cheia de anotações rabiscadas. "Não sei onde está o Sala. Você sabe mexer com câmera?"

"Claro", falei. "Pego umas Nikons no laboratório."

"Boa ideia. Pegue todas de uma vez."

Dirigi feito um louco até a Bayamon Road, até enxergar as luzes vermelhas e intermitentes de uma ambulância estacionada. Cheguei a tempo de fotografar um dos corpos, estendido no chão de terra ao lado de um caminhão de fazenda capotado. Por alguma razão que ninguém conseguiu entender, o caminhão tinha saído de sua pista e batido de frente em um ônibus. Fiz algumas perguntas, conversei um pouco com os guardas e voltei correndo até a redação para escrever a matéria. Datilografei que nem um louco para terminar aquela porcaria de uma vez e poder sair para...

De repente me dei conta de que não iria para a casa de Yeamon. Toda aquela pressa não passava de ansiedade. Estava louco para voltar ao meu apartamento. Passara o dia todo ansioso, e agora que a tarde terminava não conseguia deixar de grunhir por dentro enquanto assistia à verdade escapulindo e me encarando de frente.

Entreguei a matéria e desci as escadas. Quando entrei no carro, pensei em talvez passar no bar do Al para ver se encontrava Yeamon. Mas a força que me puxava até meu apartamento era imensa e poderosa. Comecei a seguir o rumo do bar do Al, mas de repente fiz uma curva na direção de Condado e tentei não pensar em nada até estacionar na frente da minha casa.

Chenault estava usando uma das minhas camisas, que em seu corpo ficava folgada como uma camisola curta. Sorriu alegremente ao me ver e levantou da cama para me preparar um drinque. Quando ela saltitou até a cozinha, a camisa oscilou com luxúria ao redor de suas coxas.

Eu me senti totalmente derrotado. Fiquei zanzando sem rumo pelo apartamento por alguns minutos, sem nem ao menos escutar sua tagarelice alegre. Acabei desistindo de vez. Fui até a cama e tirei minhas roupas. Me atirei sobre ela com tamanha violência que seu sorriso desapareceu rapidamente para dar lugar a uma espécie de desespero. Ela levantou as pernas tentando me chutar, berrou e arqueou as costas. Ainda estava tentando escapar quando explodi dentro dela e desabei, completamente exausto. Ela acabou desistindo e, depois de envolver meus quadris com suas pernas e meu pescoço com seus braços, começou a chorar.

Me apoiei em meus cotovelos e olhei para ela. "O que houve?", perguntei.

Ela fechou os olhos e balançou a cabeça. "Não consigo", choramingou. "Quase chego lá, mas não consigo."

Olhei para ela por alguns instantes, pensando no que dizer. Enterrei a cabeça no colchão e comecei a me lamentar. Ficamos desse jeito por um bom tempo. Quando finalmente levantamos, Chenault preparou o jantar enquanto eu lia o *Miami Herald*.

Na manhã seguinte, peguei o carro e fui até a casa de Yeamon. Como não sabia exatamente o que iria dizer, fiquei me concentrando em seus pontos negativos. Assim conseguiria mentir sem me sentir culpado. No fim das contas, acabou sendo difícil pensar nele como um canalha. Fui desarmado pela beleza quente e serena do mar, pela areia e pelas palmeiras verde-douradas. Quando cheguei à casa de Yeamon, me senti como um intruso decadente.

Ele estava sentado no pátio, nu, tomando café e lendo um livro. Estacionei ao lado da casa e saí do carro. Ele olhou para mim e sorriu. "Qual é?"

"Chenault voltou", anunciei. "Está no meu apartamento."

"Quando?", perguntou.

"Ontem. Quis trazê-la para cá na noite passada, mas achei que seria melhor confirmar com você antes de fazer isso."

"O que aconteceu? Ela contou pra você?"

"Só uns pedaços", falei. "Não me cheirou nada bem."

Yeamon continuou me encarando. "Bem, o que ela vai fazer?"

"Não sei", disse, ficando cada vez mais nervoso. "Quer que eu traga ela pra cá?"

Yeamon olhou para o mar por um instante e depois voltou a me encarar. "Mas é claro que não. Ela é toda sua. Meus parabéns."

"Não me venha com essa", falei. "Ela apareceu de repente no meu apartamento... e não parecia nada bem."

"E daí? Nem quero saber", disse Yeamon.

"Bem", falei, lentamente. "Ela me pediu para pegar as roupas dela."

"Claro", disse Yeamon, levantando da cadeira. Entrou na casa e começou a atirar coisas porta afora. Eram roupas, em sua maioria, mas também havia espelhos, caixinhas e objetos de vidro que se espatifavam no pátio.

Fui até a porta. "Calma aí!", gritei. "Que diabos há de errado com você?"

Yeamon saiu carregando uma mala, que atirou em cima do meu carro. "Cai fora daqui!", gritou. "Você e aquela vadia formam um belo casal!"

Coloquei a pilha de roupas no banco traseiro do carro, observado por Yeamon. Quando não restava mais nada do lado de fora, abri a porta e sentei. "Ligue para o jornal e fale comigo", pedi. "Mas espere até ficar mais calmo. Já tenho problemas demais."

Yeamon me encarou com um olhar furioso, e rapidamente dei ré no carro e voltei à estrada. Tinha sido tão ruim quanto imaginara, e queria sair de lá antes que ficasse pior. Pisei fundo no acelerador, e o carrinho quicou pelos sulcos da estrada como se fosse um jipe, deixando uma enorme trilha de poeira. Já era quase meio-dia, e o sol estava escaldante. O mar quebrava nas dunas, e o mangue exalava uma bruma vaporosa que bloqueava o sol e fazia meus olhos arderem. Quando passei pelo Colmado de Jesús Lopo, enxerguei o velho apoiado em seu balcão, me olhando como se soubesse da história toda e não estivesse nem um pouco surpreso.

Quando voltei ao apartamento, Chenault estava lavando a louça. Olhou para mim e sorriu quando entrei. "Você voltou", falou. "Não sabia se você iria conseguir."

"Ele não estava nada feliz", falei, largando uma pilha de roupas sobre a cama.

Chenault deu uma risada tão triste, que me senti ainda pior. "Coitado do Fritz", disse. "Ele nunca vai crescer."

"É", falei. Depois voltei ao carro para buscar mais roupas.

Dezoito

Na manhã seguinte, a caminho do trabalho, dei uma passada no bar do Al. Encontrei Sala no pátio, bebendo cerveja e folheando a mais recente *Life en Español*. Peguei um jarro de rum com gelo na cozinha e voltei para a mesa.

"São as suas fotos?", perguntei, olhando para a revista.

"Que nada", resmungou. "Nunca vão usá-las. Sanderson me falou que sairiam no outono passado."

"Mas como assim? Você foi pago."

Sala atirou a revista de lado e se recostou na cadeira. "Ser pago é apenas metade do processo", afirmou. "Consigo ser pago a qualquer hora."

Depois de ficarmos algum tempo em silêncio, Sala olhou para cima. "Ah, Kemp, este lugar é uma merda... a maior merda em que já estive." Enfiou a mão no bolso da camisa em busca de um cigarro. "É, acho que chegou a hora de o velho Robert meter o pé na estrada."

Sorri.

"Não, isso não vai demorar", ele disse. "Lotterman volta hoje. Não vou ficar surpreso se à meia-noite ele declarar o jornal fechado." Balançou a cabeça. "Assim que entregarem os últimos contracheques, vou sair correndo até o banco para descontar o meu."

"Não sei", falei. "Schwartz disse que ele tem algum dinheiro."

Sacudiu a cabeça. "Pobre Schwartz. Ainda vai estar aparecendo para trabalhar quando transformarem aquele prédio em uma casa de boliche." Tentou segurar o riso. "O que mais poderiam fazer? Palácio do Boliche El Periódico, com Moberg de responsável pelo bar. Talvez contratem o Schwartz para cuidar da divulgação." Sala gritou para a cozinha, pedindo mais duas cervejas, depois voltou a me olhar. Confirmei com a cabeça. "Quatro", berrou. "E liga esse maldito ar-condicionado."

Recostou-se novamente na cadeira. "Preciso sair deste rochedo. Conheço algumas pessoas na Cidade do México. Talvez valha a pena." Abriu um sorriso. "Pelo menos sei que existem mulheres no México."

"Ora, nem me venha com essa", retruquei. "Aqui também não falta mulher. Você é que não se esforça."

Sala olhou para cima. "Kemp, acho que você é um putanheiro."

Dei risada. "Por quê?"

"E você ainda pergunta?", falou. "Já saquei esse seu jeito de malandro, Kemp. Suspeitei desde sempre... e agora você seduziu a garota do Yeamon."

"O quê?"

"Não negue", falou. "Yeamon apareceu aqui mais cedo e me contou a sacanagem todinha."

"Seu desgraçado!", exclamei. "Ela apareceu no meu apartamento. Não tinha outro lugar para ir."

Sala sorriu. "Ela podia ter ido morar comigo... pelo menos sou um cara decente."

Bufei. "Santo Deus. Você teria acabado de vez com ela!"

"Imagino que você esteja dormindo no chão", respondeu. "Conheço seu apartamento, Kemp. Sei que só tem uma cama por lá. Não me venha com essa bobagem cristã."

"Mas que bobagem cristã?", falei. "Seu filho da puta, você é tão pervertido que eu nem devia estar conversando sobre isso com você."

Ele riu. "Calma, Kemp. Você está ficando histérico. Sei que nunca encostaria um dedo na garota, você não é assim." Riu novamente e pediu mais quatro cervejas.

"Para sua informação", falei, "vou mandar Chenault de volta para Nova York."

"Imagino que seja a melhor solução", respondeu. "Qualquer garota que fuja com um bando de selvagens só pode causar problemas."

"Já contei pra você o que aconteceu por lá", falei. "Ela não fugiu com ninguém."

Sacudiu a cabeça. "Esquece", disse, desanimado. "Não estou nem aí. Faça o que quiser. Já tenho meus próprios problemas."

Quando as cervejas chegaram, dei uma olhada em meu relógio. "Quase meio-dia", falei. "Está pensando em não ir trabalhar?"

"Quando estiver suficientemente bêbado eu vou", respondeu. "Tome outra cerveja. Segunda-feira já estaremos desempregados."

Bebemos sem parar durante três horas e depois fomos de carro até o jornal. Lotterman voltara, mas tinha saído para algum lugar. Voltou lá pelas cinco e, depois de chamar todos os presentes para o centro da redação, subiu em uma mesa.

"Meus rapazes", disse. "Vocês gostarão de saber que aquele inútil do Segarra finalmente pediu demissão. Esse sujeito foi o maior de todos os preguiçosos que já apareceram por aqui e, além de tudo, era veado. Agora que ele caiu fora, acho que vamos ter mais sorte."

Isso gerou algumas risadas, mas logo o silêncio voltou.

"Mas essa é apenas uma parte das boas notícias", continuou, com um sorriso enorme no rosto. "Imagino que todos vocês saibam que este jornal não tem lucrado muito nos últimos tempos. Graças a Deus, não precisaremos mais nos preocupar com isso!" Fez uma pausa e olhou ao redor.

"Acho que todos vocês já ouviram falar de Daniel Stein. Bem, nós dois somos velhos amigos, e a partir de segunda-feira de manhã ele se tornará proprietário de metade deste jornal." Sorriu. "Entrei no escritório dele e falei 'Dan, quero manter meu jornal funcionando', e ele respondeu 'Ed, de quanto você precisa?'. E isso foi tudo. Os advogados dele estão arrumando a papelada e na segunda-feira virão até aqui para que eu assine tudo." Trocou o peso das pernas, nervoso, e sorriu novamente. "Rapazes, sei que vocês esperavam ser pagos hoje, e odeio ter que arruinar seu fim de semana, mas por conta do meu acordo com Dan não posso entregar nenhum contracheque até assinar essa papelada. Sendo assim, vocês não receberão dinheiro algum até segunda-feira." Sacudiu a cabeça. "Claro, se alguém precisar de alguns trocados para se virar, pode vir falar comigo e pedir um empréstimo. Não quero que vocês deixem de beber e coloquem a culpa em mim."

Todos caíram na gargalhada. De repente, escutei a voz de Sala, do outro lado da redação. "Conheço esse tal de Stein", falou. "Tem certeza de que ele vai conseguir?"

Lotterman descartou essa dúvida com um aceno. "É claro que tenho, Bob. Dan e eu somos velhos amigos."

"Bem", respondeu Sala. "Tenho um belo fim de semana à minha espera. Se para você tanto faz, vou pedir emprestado todo meu salário agora mesmo. Assim você não precisa me pagar nada na segunda-feira."

Lotterman encarou Sala de cima da mesa. "O que você está querendo dizer com isso, Bob?"

"Não sou de enrolar", Sala respondeu. "Só quero que você me empreste 125 pratas até segunda-feira."

"Isso é ridículo!", gritou Lotterman.

"Ridículo nada", Sala retrucou. "Já trabalhei em Miami, lembra? Conheço o Stein. Ele já foi condenado por fraude." Acendeu um cigarro. "Além disso, segunda-feira posso não estar mais aqui."

"Como assim?", gritou Lotterman. "Você quer pedir demissão?"

"Não foi isso o que eu disse", Sala respondeu.

"Escute aqui, Bob!", gritou Lotterman. "Não sei o que você está querendo causar por aqui dizendo que talvez resolva pedir demissão. Quem diabos você pensa que é?"

Sala deu um meio-sorriso. "Não grite, Ed. Isso só deixa a gente nervoso. Apenas pedi um empréstimo, só isso."

Lotterman pulou da mesa. "Fale comigo em meu escritório", disse, olhando para trás. "Kemp, depois quero falar com você." Sacudiu uma das mãos. "É isso aí, rapazes, vamos voltar ao trabalho."

Sala acompanhou Lotterman até seu escritório. Fiquei ali parado, escutando Schwartz dizer "Isso é terrível. Não sei em que devo acreditar."

"No pior", respondi.

Moberg se aproximou correndo. "Ele não pode fazer isso!", gritou. "Nada de salário, nada de indenização... não podemos deixar que isso aconteça!"

Sala abriu a porta e saiu do escritório de Lotterman. Parecia muito decepcionado. Lotterman surgiu logo em seguida e me chamou. Depois que entrei, fechou a porta.

"Paul", falou. "O que vou fazer com esses caras?"

Olhei para Lotterman, não sabendo ao certo do que ele estava falando.

"Estou nas últimas", continuou. "Você é o único com quem ainda posso conversar por aqui. Os outros não passam de abutres."

"E por que eu?", perguntei. "Também sou um abutre, e dos grandes."

"Não, você não é", retrucou de imediato. "Você é preguiçoso, mas não é um abutre... não como o Sala, aquele canalha!", explodiu, furioso. "Você ouviu aquelas bobagens que ele me falou? Já tinha ouvido alguma coisa assim?"

Encolhi os ombros. "Bem..."

"É por isso que quero conversar com você", falou. "Preciso lidar com esses caras. Estamos realmente em apuros. Esse sujeito, o Stein, me colocou contra a parede." Olhou para mim, balançando a cabeça. "Se eu não conseguir manter isto aqui funcionando, Stein vai fechar o jornal e vender tudo, nem que seja pro ferro-velho. Daqui vou direto para a cadeia, como caloteiro."

"Não parece muito bom", falei.

Lotterman riu, sem muito ânimo. "E você não sabe nem metade da história!" Sua voz tornou-se mais vigorosa e decidida. "Olha só, quero que você faça esses caras trabalharem. Quero que você diga para eles que, se todo mundo não pegar junto, esse jornal já era!"

"Já era?", perguntei.

Lotterman oscilou a cabeça vigorosamente. "Pode apostar que sim."

"Bem", falei, lentamente. "É uma proposta meio cabeluda. Se eu sair daqui dizendo que o *Daily News* está apostando suas últimas fichas, o que você acha que Sala irá dizer?" Hesitei. "E Schwartz, e Vanderwitz... ou até mesmo Moberg?"

Lotterman desviou os olhos para a superfície de sua mesa. "É verdade", admitiu, enfim. "Acho que todos podem acabar caindo fora, como o Segarra." Esmurrou a mesa. "Aquele pervertido safado! Ele não apenas pediu demissão, mas abriu a boca para toda San Juan! Todo mundo começou a me dizer que tinha ouvido falar que o jornal estava falido. Foi por isso que precisei ir até Miami. Ninguém me emprestaria nem um mísero centavo por aqui. Aquele lagarto linguarudo fica sujando meu nome pela ilha."

Senti vontade de perguntar o que o levara, afinal de contas, a contratar Segarra ou por que tinha produzido um jornal de quinta categoria quando podia ao menos ter tentado publicar um bom jornal. De repente, cansei de Lotterman. Ele não percebia que era um picareta. Vivia tagarelando sobre Liberdade de Imprensa e Manter o Jornal Funcionando, mas ainda que tivesse 1 milhão de dólares e toda a liberdade do mundo continuaria publicando um jornal inútil, porque não era esperto o bastante para publicar um que valesse a pena. Era só mais um marginal barulhento da enorme legião de marginais que marcham por trás das bandeiras de homens de melhor estirpe e de maior estatura. Liberdade, Verdade, Honra – se você sacudir uma centena de palavras desse tipo, mil desses marginais surgirão por trás de cada uma delas. Inúteis e arrogantes, carregando a bandeira com uma das mãos e preparando seus truques baratos com a outra.

Levantei. "Ed", falei, chamando-o pelo nome pela primeira vez. "Acho que vou pedir demissão."

Lotterman ficou me olhando, sem nenhuma expressão no rosto

"É", continuei. "Volto na segunda-feira para buscar meu contracheque. Depois disso, acho que vou descansar um pouco."

Lotterman pulou da cadeira e veio para cima de mim. "Seu merdinha da Ivy League, seu filho da puta!", gritou. "Tolerei sua arrogância por tempo demais!" Me empurrou na direção da porta. "Você está demitido!", gritou. "Cai fora deste prédio antes que eu mande prender você!" Me empurrou para a redação, voltou para seu escritório e bateu a porta.

Caminhei lentamente até minha mesa. Quando Sala me perguntou o que tinha acontecido, caí na gargalhada. "Ele teve um colapso", respondi. "Quando falei que ia pedir as contas, ele perdeu o controle."

"Bem", disse Sala, "tudo já está acabado mesmo. Lotterman prometeu me pagar o salário de um mês inteiro se eu espalhasse por aí que Segarra foi demitido por ser veado. Disse que pagaria do próprio bolso se Stein não honrasse seu compromisso."

"Mas que pão-duro desgraçado", falei. "Para mim ele não ofereceu nem dez centavos." Dei risada. "Claro, ele falou de um jeito como se estivesse pronto a me oferecer o trabalho de Segarra... até segunda-feira."

"É, segunda é o Dia D", disse Sala. "Se Lotterman quer mesmo a gente produza um jornal, vai ter que pagar." Sacudiu a cabeça. "Mas acho que ele não quer nada disso. Acho que ele se vendeu para o Stein."

Bufou. "E daí? Se ele não conseguir pagar o pessoal, está acabado. Não importa o que ele tem na cabeça. Só sei de uma coisa: se não receber meu contracheque na segunda, Lotterman vai imprimir o jornal mais cinzento de todo o hemisfério ocidental. Amanhã cedo venho aqui fazer uma limpa no arquivo de fotos. Uns 99 por cento de tudo aquilo pertence a mim."

"É isso aí", encorajei. "Tome as fotos como reféns." Abri um sorriso. "Claro, se ele se esforçar podem acabar prendendo você por furto. Lotterman pode até acabar lembrando daquela sua fiança de mil dólares."

Sala balançou a cabeça. "Santo Deus, vivo esquecendo disso. Você acha que ele pagou mesmo?"

"Não sei", admiti. "Imagino que a chance de Lotterman ter assumido a despesa é grande, mas odeio contar com isso."

"Ah, que se dane tudo isso", falou. "Vamos para o bar do Al." Era uma noite quente e abafada, e eu estava com vontade de beber que nem um maluco.

Já estávamos por ali havia quase uma hora, bebendo rum a todo o vapor, quando Donovan surgiu fazendo um barulho danado. Passara a tarde toda no torneio de golfe e acabara de ficar sabendo das novidades. "Santa Maria dos Filhos da Mãe", berrou. "Quando voltei para o jornal, não havia ninguém por lá, só o Schwartz, se matando de tanto trabalhar!" Desabou em uma cadeira. "O que houve? Estamos acabados?"

"Sim", falei. "Você já era."

Donovan meneou a cabeça, sério. "Bem, ainda tenho um prazo", disse. "Preciso terminar minha seção de esportes." Começou a sair. "Volto em uma hora", garantiu. "Só falta essa matéria do golfe. O resto que se dane. Vou colocar um cartum de página inteira."

Sala e eu continuamos bebendo, e aceleramos o ritmo quando Donovan voltou. Por volta da meia-noite, já estávamos todos completamente ensandecidos. Comecei a pensar em Chenault. Pensei no assunto por mais ou menos uma hora, até que levantei e disse que estava indo para casa.

No caminho de volta, parei em Condado e comprei uma garrafa de rum. Quando cheguei ao apartamento, encontrei Chenault sentada na cama, lendo *O coração das trevas*. Ainda estava vestida com a mesma camisa.

Bati a porta depois de entrar e fui até a cozinha preparar um drinque. "Acorde e comece a pensar no futuro", falei, virando para trás. "Hoje pedi demissão e fui demitido dois minutos mais tarde."

Chenault olhou para mim, sorrindo. "Acabou o dinheiro?"

"Acabou tudo", respondi, enchendo dois copos com rum. "Estou caindo fora. Cansei."

"Cansou do quê?", ela quis saber.

Levei um dos drinques até a cama. "Tome", falei. "Esta é uma das coisas das quais cansei." Enfiei o copo em sua mão, caminhei até a janela e dei uma olhada na rua. "Acima de tudo", falei, "estou cansado de ser um marginal, um peixe-piolho humano." Tentei segurar o riso. "Você sabe o que é um peixe-piolho?" Chenault sacudiu a cabeça.

"São peixes que têm uma espécie de ventosa na barriga", expliquei. "Usam a ventosa para se agarrar em tubarões. Quando um tubarão se alimenta, os peixes-piolho comem as sobras."

Chenault deu uma risadinha e bebericou seu drinque.

"Não ria", explodi. "Você é um espécime típico. Primeiro se agarrou no Yeamon, depois em mim." Era uma coisa horrível de se dizer, mas naquele momento eu estava descontrolado, nada me importava. "Ora, diabos", continuei. "Não sou melhor do que você. Se alguém me perguntasse 'Diga-me, senhor Kemp, qual é sua profissão?', eu responderia 'Olhe, veja bem, fico nadando por águas turvas até encontrar alguma coisa grande e malvada em que eu possa me agarrar, um bom provedor, por assim dizer, algo com dentes enormes e barriga pequena'." Dei risada. "É a combinação dos sonhos de um peixe-piolho... evitam a todo custo uma barriga espaçosa."

Chenault ficou me olhando, sacudindo a cabeça com tristeza.

"É isso mesmo!", gritei. "Estou bêbado e sou louco. Não tenho mesmo esperanças, não é?" Parei um pouco de caminhar de um canto a outro e olhei para ela. "Bem, Deus é testemunha de que para você também não resta muita esperança. Você é tão burra que não consegue reconhecer um peixe-piolho quando o encontra!" Voltei a caminhar. "Você mandou pastar a única pessoa deste lugar que não tem ventosas na barriga. Depois se agarrou em mim, logo em mim." Sacudi a cabeça. "Meu Deus do céu, tenho ventosas por todo o corpo. Estou comendo restos há tanto tempo, que nem lembro mais do gosto da refeição completa."

Chenault já estava chorando, mas continuei. "Que diabos você vai fazer, Chenault? O que você *pode* fazer?" Voltei até a cozinha para buscar mais um drinque. "É melhor começar a pensar", falei. "Seus dias por aqui estão contados. A menos que você pretenda assumir o aluguel deste apartamento depois que eu for embora."

Ela continuou chorando. Voltei à janela. "Não restam esperanças para um velho peixe-piolho", murmurei, me sentindo muito cansado de repente. Caminhei a esmo por algum tempo, sem dizer nada, até que resolvi sentar na cama.

Chenault parou de chorar e se endireitou, apoiada em um dos cotovelos. "Quando você vai embora?", perguntou.

"Não sei", respondi. "Talvez na semana que vem."

"Para onde você vai?", quis saber.

"Não sei. Algum lugar que eu ainda não conheça."

Depois de ficar quieta por alguns instantes, Chenault disse "Bem, acho que vou voltar para Nova York".

Dei de ombros. "Consigo uma passagem de avião pra você. Não tenho dinheiro para pagar, mas que se dane."

"Não precisa", ela disse. "Tenho dinheiro."

Encarei-a. "Achei que você não tinha dinheiro nem para voltar de São Tomás."

"Naquele momento eu não tinha dinheiro", falou. "Estava naquela maleta que você buscou no Fritz. Escondi o dinheiro, para que a gente não ficasse sem nada." Deu um meio-sorriso. "São só cem dólares."

"Ora", insisti. "Mas você vai precisar de algum dinheiro quando chegar em Nova York."

"Não vou, não", respondeu. "Ainda vou ter cinquenta, e..." Hesitou. "E acho que vou voltar para casa por algum tempo. Meus pais moram em Connecticut."

"Bem", falei. "Acho que isso pode fazer bem a você."

Chenault se aproximou e deitou a cabeça no meu peito. "Não, é horrível", choramingou. "Mas não tenho outro lugar para onde ir."

Abracei-a. Também não sabia para onde ela poderia ir, nem o porquê, nem o que poderia fazer quando chegasse lá.

"Posso ficar aqui até você ir embora?", perguntou.

Abracei-a com mais força, apertando seu corpo contra o meu

"Claro", falei. "Se você achar que segura a bronca."

"Segurar o quê?"

Sorri e levantei. "A loucura. Se importa se eu ficar pelado e encher a cara?"

Ela deu uma risadinha. "Posso fazer isso também?"

"Claro", falei, tirando a roupa. "Por que não?"

Preparei outros drinques e trouxe a garrafa de volta para a mesa ao lado da cama. Depois liguei o ventilador e apaguei as luzes, enquanto bebíamos nossos drinques. Estava recostado nos travesseiros, e ela apoiava a cabeça no meu peito. O silêncio era tão completo que o tilintar dos cubos de gelo do meu copo poderia ser ouvido da rua. Enquanto a lua brilhava pela janela, fiquei observando a expressão no rosto de Chenault, tentando entender como ela conseguia parecer tão tranquila e satisfeita.

Depois de algum tempo, estendi o braço e enchi novamente meu copo. Nesse processo, derramei um pouco de rum na minha barriga. Chenault abaixou-se para lamber o rum. O toque de sua língua me deu calafrios. Depois de considerar a ideia por alguns momentos, peguei novamente a garrafa e derramei um pouco de rum na minha perna. Chenault me olhou e sorriu, como se estivéssemos envolvidos em algum tipo estranho de brincadeira. Depois desceu mais um pouco e, com cuidado, lambeu tudo.

Dezenove

Acordamos cedo na manhã seguinte. Peguei o carro e fui até o hotel comprar alguns jornais, enquanto Chenault tomava banho. Comprei um *Times* e um *Trib*, para que tivéssemos algo para ler. Quando já estava quase indo embora, resolvi comprar dois exemplares daquela que calculei ser a última edição do *San Juan Daily News*. Queria guardar uma edição como souvenir.

Comemos à mesa ao lado da janela. Depois ficamos tomando café e lendo os jornais. O único período do dia em que eu sentia paz naquele apartamento eram as manhãs. Quando pensava nisso, me sentia um idiota, porque tinha resolvido morar lá justamente em busca de paz. Fiquei deitado na cama, fumando e ouvindo rádio enquanto Chenault lavava a louça. Soprava uma brisa agradável, e olhando pela janela eu conseguia enxergar o horizonte além das palmeiras e dos telhados vermelhos.

Chenault estava novamente usando minha camisa. Enquanto ela se movia pela cozinha, fiquei olhando a camisa dançar e flutuar sobre suas coxas. Depois de algum tempo, levantei e me aproximei sorrateiramente de Chenault. Quando cheguei bem perto, levantei a camisa e agarrei seu traseiro com as duas mãos. Ela deu um grito agudo e se virou. Depois desabou sobre mim, gargalhando. Abracei-a e, brincando, tirei a camisa por sua cabeça. Ficamos ali, quase dançando, até que resolvi carregá-la para a cama, onde fizemos amor silenciosamente.

Saí de casa lá pelo meio da manhã, mas o sol já estava tão escaldante que parecia o meio da tarde. Dirigindo pela praia, lembrei de como tinha gostado daquelas manhãs assim que cheguei a San Juan. Nas primeiras horas, um dia caribenho tem algo de arejado e saudável que cria uma alegre expectativa de que algo está para acontecer, talvez naquela mesma rua ou depois da próxima esquina. Sempre que penso naqueles primeiros meses e tento separar os bons momentos dos maus, lembro das manhãs em que precisava sair bem cedo para cobrir alguma pauta: pegava o carro de Sala emprestado e saía com tudo pela avenida larga e arborizada. Lembro de sentir aquele carrinho vibrando sob mim e do calor súbito no meu rosto quando eu saía da sombra e passava por um trecho banhado de sol. Lembro da brancura de minha camisa e do som de uma gravata de seda oscilando ao vento bem ao lado da minha cabeça, da sensação atordoante de acelerar para trocar de pista a tempo de ultrapassar um caminhão e atravessar o cruzamento antes que o sinal ficasse vermelho.

Depois eu entrava por algum caminho ladeado de palmeiras, pisava nos freios ásperos, colocava o cartão de Imprensa no para-sol e deixava o carro na zona de Estacionamento Proibido mais próxima. Corria até o saguão, enfiando às pressas o paletó do meu novo terno preto e sacudindo uma câmera em uma das mãos enquanto um funcionário asqueroso telefonava para o meu entrevistado confirmando o compromisso. De lá, um elevador suave me levava até a suíte – saudações efusivas, conversa pomposa, café preto em bule de prata, algumas fotos rápidas na sacada, apertos de mão sorridentes e então de volta ao elevador para depois cair fora.

No caminho de volta para o jornal, com o bolso cheio de anotações, parava em algum dos restaurantes ao ar livre da praia para comer um sanduíche de três andares acompanhado de cerveja. Então sentava à sombra para ler os jornais e refletir sobre a loucura das notícias, ou me recostava com um sorriso safado no rosto olhando para todos aqueles mamilos embalados em tecido brilhante, tentando adivinhar em quantos deles conseguiria pôr as mãos antes que a semana terminasse.

Essas eram as manhãs boas, quando o sol estava escaldante, e o ar estava agitado e promissor, quando os Negócios de Verdade pareciam prestes a se concretizar. Tinha a sensação de que bastava acelerar um pouco mais para finalmente alcançar aquela coisa brilhante e efêmera que parecia sempre estar um pouco mais à frente.

Então chegava o meio-dia, e a manhã se desvanecia como um sonho perdido. Tanto suor era uma espécie de tortura, e o resto do dia era invadido pelos restos mortais de todas aquelas coisas que poderiam ter acontecido, mas não suportaram o calor. Quando o sol ficava realmente escaldante, queimava completamente todas as ilusões, e eu enxergava o lugar como ele era – vulgar, triste e espalhafatoso. Nada de bom poderia acontecer por lá.

Certas vezes, ao anoitecer, quando você estava tentando relaxar e esquecer aquela estagnação geral, o Deus do Lixo reunia um punhado daquelas esperanças matinais abortadas e atirava bem longe, fora de qualquer alcance. Ficavam pairando na brisa, soando como delicadas sinetas de vidro, fazendo você lembrar de algo que nunca realmente foi seu e nunca poderia ter sido. Era uma imagem enlouquecedora, e o único modo de se livrar dela era esperar a noite chegar para banir os fantasmas com a ajuda do rum. Muitas vezes era mais fácil não esperar, e a bebedeira começava ao meio-dia. Não ajudava muito, mas às vezes fazia os dias passarem um pouco mais rápido.

Fui arrancado do meu devaneio ao virar a esquina na Calle O'Leary e avistar o carro de Sala estacionado na frente do bar do Al, ao lado da lambreta de Yeamon. Meu dia foi imediatamente arruinado, e uma espécie de pânico tomou conta de mim. Passei pelo bar do Al sem parar o carro e continuei olhando para a frente até começar a descer a ladeira. Dirigi por mais algum tempo, tentando esquecer o que tinha visto, mas, por mais que chegasse a diversas conclusões razoáveis, ainda me sentia uma serpente. Continuava me achando perfeitamente correto, tomado de razão, só não conseguia me convencer a ir até lá e compartilhar uma mesa com Yeamon. Quanto mais pensava nisso, pior me sentia. Imaginando uma placa, resmunguei: "P. Kemp, Jornalista Bêbado, Serpente e Peixe-Piolho – aberto do meio-dia ao amanhecer, fechado às segundas".

Quando estava dando a volta na Plaza Colón, fiquei preso atrás de um vendedor de frutas e buzinei como louco. "Seu nazistinha fedorento!", gritei. "Sai da minha frente."

Meu humor estava ficando azedo. Minha capacidade de rir estava terminando. Chegara o momento de abandonar as ruas.

Busquei refúgio na plataforma do Condado Beach Club. Sentei em uma enorme mesa de vidro que contava com um guarda-sol vermelho, azul e amarelo para me proteger do sol. Passei as horas seguintes lendo *The Nigger of the Narcissus*[11] e fazendo anotações para minha matéria sobre a Ascensão e Queda do *San Juan Daily News*. Estava me sentindo muito capaz, mas ler o prólogo de Conrad me deixou tão assustado que abandonei qualquer esperança de um dia conseguir ser alguma coisa além de um fracasso...

Mas não hoje, pensei. Aquele seria um dia diferente. Iríamos nos divertir. Fazer um piquenique. Tomar champanhe. Levar Chenault até a praia e enlouquecer. Na mesma hora meu humor deu uma guinada. Chamei o garçom e

---

11. Romance do escritor polonês Joseph Conrad (1857-1924). (N.T.)

pedi dois almoços especiais para piquenique, com lagostas e mangas.

Quando voltei ao apartamento, Chenault não estava mais lá. Não havia sinal dela, e nenhuma de suas roupas estava no armário. Um silêncio lúgubre tomava conta do lugar, um vazio estranho.

Então vi o bilhete na minha máquina de escrever – quatro ou cinco linhas sobre um papel timbrado do *Daily News*. Pouco acima do meu nome, havia uma nítida marca de batom cor-de-rosa, em forma de beijo.

Querido Paul,
Não aguento mais. Meu voo sai às seis. Você me ama. Somos almas gêmeas. Vamos beber rum e dançar nus. Venha me visitar em Nova York. Terei algumas surpresas para você.
Com amor,
Chenault

Conferi meu relógio e vi que eram seis e quinze. Tarde demais para encontrá-la no aeroporto. Ah, enfim, pensei. Vou visitá-la em Nova York.

Sentei na cama e tomei toda a garrafa de champanhe. Sentindo um pouco de melancolia, resolvi dar um mergulho. Fui de carro até Luisa Aldea, onde a praia estava sempre vazia.

O mar estava agitado, e senti uma combinação de medo e entusiasmo enquanto tirava as roupas e me aproximava daquelas ondas enormes. Mergulhei no repuxo de uma onda enorme, deixando que ela me levasse até o mar. Momentos depois eu estava zunindo de volta à beira da praia, no topo de um vagalhão cheio de espuma, que me impulsionava como se eu fosse um torpedo. Então rodopiei como um peixe morto, e a onda me jogou na areia com tanta força que minhas costas ficaram ardendo por vários dias.

Continuei com aquilo enquanto ainda tinha forças para ficar em pé, aproveitando a maré alta e esperando alguma onda enorme me atirar na beira da praia.

Já estava escurecendo quando resolvi ir embora. Os insetos começavam a aparecer – milhões de mosquitinhos cheios de doenças impossíveis de enxergar. Um gosto espesso e amargo invadiu minha boca enquanto eu cambaleava na direção do carro.

Vinte

Segunda-feira era um dia crucial, e a tensão estava à minha espera quando acordei. Mais uma vez tinha dormido além da conta, e já era quase meio-dia. Tomei um café rápido e depois corri para o jornal.

Chegando lá, encontrei Moberg nos degraus da entrada, lendo um aviso preso à porta. Era longo e complicado. Em resumo, informava que o jornal tinha entrado em concordata, e quaisquer reclamações contra seus antigos donos seriam recebidas pelas Organizações Stein, de Miami, na Flórida.

Quando acabou de ler o aviso, Moberg olhou para mim. "É o fim da picada", disse. "Temos que invadir esse lugar e saquear tudo. Preciso de dinheiro, só tenho dez dólares." Então, antes que eu pudesse impedir, Moberg chutou o vidro da porta. "Vem comigo", chamou, atravessando o buraco. "Sei onde ele guarda o dinheiro das despesas."

Um alarme começou a soar de repente, e puxei Moberg para trás. "Seu doente", falei. "Você acionou o alarme. Precisamos sair daqui antes que a polícia chegue."

Corremos até o bar do Al e encontramos nossos colegas sentados ao redor de uma mesa enorme no pátio, tagarelando sem parar. Uma chuva tinha feito com que ficassem ainda mais próximos, enquanto planejavam o assassinato de Lotterman.

"Aquele porco", disse Moberg. "Podia ter pagado a gente na sexta-feira. Ele tem dinheiro suficiente, vi com meus próprios olhos."

Sala deu risada. "Hitler também tinha dinheiro suficiente, mas nunca pagava suas contas."

Schwartz sacudiu a cabeça, com um ar de tristeza. "Queria poder entrar no jornal. Preciso fazer alguns telefonemas." Meneou a cabeça. "Telefonemas internacionais: Paris, Quênia, Tóquio."

"Por que Tóquio?", perguntou Moberg. "Você pode acabar sendo morto por lá."

"Não, *você* poderia acabar sendo morto por lá", respondeu Schwartz. "Eu cuido da minha própria vida."

Moberg sacudiu a cabeça. "Tenho amigos em Tóquio. Você nunca vai fazer amigos... é burro demais."

"Seu bêbado imundo!", exclamou Schwartz, levantando-se de repente. "Se você falar mais uma palavra, arrebento sua cara!"

Moberg caiu na gargalhada. "Você está perdendo o controle, Schwartz. É melhor tomar um banho frio."

Schwartz circundou a mesa com rapidez e moveu o braço como se estivesse arremessando uma bola de beisebol. Se tivesse algum resquício de reflexo, Moberg poderia ter desviado, mas tudo o que fez foi continuar sentado, esperando ser jogado para fora da cadeira pelo golpe.

Foi uma cena marcante, e Schwartz ficou claramente orgulhoso de si mesmo. "Isso é para você aprender", resmungou, tomando a direção da porta. "Vejo vocês depois", disse para nós. "Não aguento ficar perto desse bêbado."

Moberg forçou um sorriso e cuspiu na direção de Schwartz. "Daqui a pouco volto", anunciou. "Preciso falar com uma mulher em Río Piedras. Preciso de dinheiro."

Sala acompanhou sua saída, sacudindo tristemente a cabeça. "Conheci um monte de esquisitões na minha vida, mas esse aí ganha o troféu."

"Não diga bobagens", falei. "Moberg é seu amigo. Nunca esqueça disso."

Mais tarde, naquela mesma noite, fomos até uma festa ao ar livre, organizada pela Rum League e pela Câmara de Comércio de San Juan, em homenagem ao espírito do auxílio acadêmico americano. Acontecia em uma casa de estuque branco, enorme e decorada, com um amplo jardim nos fundos. Umas cem pessoas estavam na festa, a maioria delas vestida formalmente. Num dos lados do jardim, havia um balcão comprido. Corri até lá e encontrei Donovan enchendo a cara. Abriu o casaco, discretamente, mostrando um facão preso no cinto.

"Olha isso aqui", falou. "Estamos prontos."

"Prontos?", pensei. "Prontos para quê? Para degolar Lotterman?"

O jardim estava tomado por celebridades endinheiradas e estudantes de intercâmbio. Avistei Yeamon, afastado da multidão, abraçado com uma garota excepcionalmente bonita. Compartilhavam um enorme copo de gim e gargalhavam alto. Yeamon estava usando luvas negras de nylon, o que interpretei como um péssimo sinal. Santo Deus, pensei, esses desgraçados perderam o rumo. Eu não queria ter nada a ver com aquilo.

Era uma festa elegante. Na varanda, uma banda tocava "Cielito Lindo" sem parar, em ritmo de valsa e com a cadência acelerada. Sempre que terminavam, as pessoas que estavam dançando pediam bis. Por algum motivo, lembro tão bem desse momento quanto de qualquer outro que tenha vivido em Porto Rico. Talvez lembre dele até com mais nitidez. Um jardim verde e estimulante, cercado de palmeiras e rodeado por um muro de tijolos. Um balcão comprido cheio de garrafas e gelo, com um barman vestido de branco. Convidados idosos trajados com ternos de linho branco e vestidos reluzentes, conversando tranquilamente no gramado.

Senti alguém agarrando meu braço. Era Sala. "Lotterman está aqui", falou. "Vamos acabar com ele."

Então escutei um berro estridente. Olhando à minha volta, enxerguei um turbilhão de movimentos. Depois de mais um grito, reconheci a voz de Moberg. Berrava: "Cuidado, cuidado... iiiiiirrrraaaa!".

Corri a tempo de ver Moberg se erguendo do chão. Lotterman estava de pé ao seu lado, sacudindo o punho. "Seu cachaceiro fedorento! Você tentou me matar!"

Moberg se levantou lentamente e espanou a roupa. "Você merece morrer", rosnou. "Morrer como o rato que é."

Lotterman tremia, e seu rosto estava quase roxo. Guinou na direção de Moberg e desferiu outro golpe. Moberg desabou em cima de algumas pessoas que tentavam sair de perto. Escutei alguém rindo e dizendo: "Um dos garotos do Ed tentou matá-lo pra ganhar uma grana. Olha só para ele, acredita nisso?".

Lotterman dava gritos desconexos e golpeava Moberg na direção dos convidados. Moberg pedia ajuda aos berros, até finalmente tropeçar em Yeamon, que caminhava em sua direção. Yeamon o empurrou e gritou alguma coisa para Lotterman. A única coisa que consegui escutar foi "Agora...".

Vi o rosto de Lotterman se desmontar, surpreso. Estava rígido como um poste de madeira quando Yeamon o atingiu bem no meio dos olhos, fazendo-o recuar a uma distância de quase dois metros. Lotterman cambaleou por alguns momentos e desabou na grama, com sangue escorrendo dos olhos e dos ouvidos. De canto de olho, enxerguei um vulto escuro correndo pelo jardim e atingindo o grupo como uma bala de canhão. Todos caíram, mas Donovan foi o primeiro a levantar, com um sorriso furioso no rosto. Agarrou a cabeça de um sujeito e a esmagou de lado contra uma árvore. Yeamon puxou Lotterman de baixo de outro homem e começou a chutá-lo pelo jardim, como se fosse um saco de pancadas.

Os convidados entraram em pânico e começaram a fugir correndo. "Chamem a polícia!", alguém gritou.

Uma senhora enrugada, usando um vestido sem alças, tropeçou ao meu lado, guinchando: "Me levem para casa! Me levem para casa! Estou com medo!".

Contornei a massa, tentando chamar o mínimo possível de atenção. Quando cheguei na porta, olhei para trás e vi um punhado de sujeitos olhando para o corpo de Lotterman e fazendo o sinal da cruz. "Lá estão eles!", alguém gritou, apontando para os fundos do jardim. As moitas se agitaram, escutei o ruído de galhos sendo partidos e vi Donovan e Yeamon escalando o muro, desajeitados.

Um homem subiu correndo a escadaria da casa. "Conseguiram fugir!", gritou. "Alguém precisa chamar a polícia! Vou atrás deles!"

Entreabri o portão e corri pela calçada até chegar no meu carro. Achei ter ouvido a lambreta de Yeamon por perto, mas não tinha certeza. Resolvi voltar imediatamente para o bar do Al. Diria ter resolvido tirar uma folga daquela multidão devassa e beber algumas cervejas tranquilamente no Flamboyant. Meu álibi fajuto iria por água abaixo se algum dos convidados da festa me reconhecesse, mas não tinha escolha.

Quando Sala apareceu, eu já estava no bar havia uns quinze minutos. Tremendo, correu até minha mesa. "Cara!", disse, com um sussurro fracassado. "Dirigi como uma barata tonta pela cidade toda. Não sabia para onde ir." Deu uma olhada no pátio para ter certeza de que não havia mais ninguém por lá.

Dei risada e me recostei na cadeira. "Não foi hilário?"

"Hilário?", indagou. "Você não soube do que aconteceu? Lotterman teve um ataque cardíaco. Ele morreu."

Cheguei mais perto de Sala. "Quem disse isso pra você?"

"Eu estava lá quando a ambulância o levou", respondeu. "Você tinha que ter visto o estado do lugar: mulheres gritando, policiais por todos os lados... levaram o Moberg." Acendeu um cigarro. "Lembre que só estamos livres por causa da fiança", falou, em voz baixa. "Estamos perdidos."

Como as luzes do meu apartamento estavam acesas, subi as escadas correndo. Escutei o barulho do chuveiro. Quando abri a porta do banheiro, alguém puxou a cortina. Em meio ao vapor, surgiu a cabeça de Yeamon. "Kemp?", perguntou, tentando enxergar. "Quem diabos está aí?"

"Vá se danar!", gritei. "Como entrou aqui?"

"Sua janela estava aberta. Preciso ficar aqui esta noite. Os faróis da minha lambreta pararam de funcionar."

"Seu canalha estúpido!", explodi. "Você deve estar sendo procurado por homicídio. Lotterman teve um ataque cardíaco. Ele morreu!"

Yeamon pulou para fora do box e enrolou uma toalha na cintura. "Santo Deus", falou. "Melhor eu cair fora daqui."

"Onde está o Donovan?", perguntei. "Também estão atrás dele."

Yeamon sacudiu a cabeça. "Não sei. Estávamos na lambreta e batemos num carro estacionado. Ele disse que estava indo pro aeroporto."

Conferi meu relógio. Eram quase onze e meia. "Onde está a lambreta?", perguntei.

Ele apontou para os fundos do prédio. "Coloquei ali do lado. Andar por aqui sem faróis era um suplício."

Suspirei. "Por Deus, você está me enfiando na cadeia! Vista-se de uma vez. Você precisa sair daqui."

De carro, eu costumava levar dez minutos para chegar ao aeroporto. Assim que passamos da metade do caminho, uma forte chuva tropical começou a desabar. Paramos o carro e baixamos a capota, mas quando ela finalmente ficou presa já estávamos encharcados.

Era uma chuva torrencial. Eu não enxergava nada. Sentia as gotas golpearem a lona poucos centímetros acima da minha cabeça. Os pneus chiavam no asfalto molhado.

Saímos da autoestrada e entramos no longo caminho que levava até o aeroporto. Já estávamos a meia distância do terminal, quando olhei para a esquerda e vi um avião gigantesco com o logotipo da Pan Am correndo pela pista de decolagem. Achei ter visto o rosto de Donovan em uma das janelas, rindo e acenando, enquanto o avião decolava e passava por nós com um estrondo terrível, um monstro alado cheio de luzes e pessoas rumo a Nova York. Parei o carro e ficamos olhando o avião ganhar altura e fazer uma curva acentuada por sobre a selva de palmeiras, a caminho do mar, até finalmente se tornar apenas um minúsculo ponto vermelho ao lado das estrelas.

"Bem", falei. "Lá vai ele."

Yeamon ficou olhando para o céu. "Era o último?"

"Sim", respondi. "O próximo voo sai amanhã cedo, às nove e meia."

Depois de uma pausa, ele sugeriu: "Bem, acho que devemos voltar".

Encarei-o. "Voltar para onde?", eu quis saber. "É melhor se entregar logo em vez de aparecer aqui amanhã cedo."

Yeamon olhou para a chuva e moveu a cabeça, nervoso. "Diabos, preciso sair desta ilha. Isso é o que importa."

Depois de refletir por um instante, lembrei da balsa que saía de Fajardo para São Tomás. Pelo que me lembrava, a balsa partia todos os dias, às oito da manhã. Decidimos que ele deveria ir até lá e conseguir um quarto barato no Grand Hotel. Depois disso era cada um por si – eu tinha meus próprios problemas.

Fajardo ficava a pouco mais de sessenta quilômetros. Como a estrada era boa e não tínhamos pressa, não me preocupei em acelerar. A chuva tinha parado, e a noite estava com um cheiro revigorante. Abaixamos a capota e ficamos bebericando o rum.

"Que inferno", disse Yeamon depois de algum tempo. "Odeio ter que partir para a América do Sul com apenas um terno e cem dólares no bolso."

Reclinou-se no assento e chorou. Eu conseguia escutar o barulho das ondas à minha esquerda, a uns cem metros de distância. À minha direita, enxergava o pico do El Yunque, uma silhueta negra recortada de um céu ameaçador.

Já era quase uma e meia quando chegamos ao fim da autoestrada e tomamos o rumo de Fajardo. A cidade estava às escuras, e nas ruas não havia sinal de ninguém. Contornamos a *plaza* vazia e descemos até a área de embarque da balsa. Estacionei na frente de um pequeno hotel a uma quadra dali enquanto Yeamon entrou para reservar um quarto.

Saiu do hotel em poucos minutos e entrou no carro. "Bem", ele disse, em voz baixa. "Tudo certo. A balsa sai às oito."

Como ele parecia disposto a continuar sentado ali por algum tempo, acendi outro cigarro e tentei relaxar. O silêncio na cidade era tão profundo, que cada ruído que fazíamos soava perigosamente amplificado. Quando a garrafa de rum esbarrou no volante quando Yeamon tentou passá-la para mim, levei um susto enorme, como se alguém tivesse dado um tiro.

Yeamon riu sem alarde. "Calma aí, Kemp. Você não tem nada com o que se preocupar."

Preocupação não era o meu problema, eu estava apavorado. Havia algo de sinistro em tudo aquilo, como se Deus tivesse sofrido um acesso de desprezo e resolvido acabar com todos nós. Nossas estruturas estavam ruindo.

Parecia que poucas horas antes eu estava tomando café com Chenault, na tranquilidade ensolarada de meu próprio lar. Quando resolvi enfrentar o dia, mergulhei de cabeça em uma orgia de assassinatos, gritos e vidros quebrados. Tudo estava terminando da mesma forma incoerente como havia começado. Tudo estava terminado, e eu estava absolutamente certo disso, porque Yeamon estava indo embora. Ainda restaria algum tumulto depois que ele se fosse, mas seria um tumulto ortodoxo, do tipo que um homem consegue lidar e até mesmo ignorar – em vez daquelas erupções súbitas e enervantes que sugam você para dentro delas e depois o arremessam de um lado para o outro, como um sapo dentro de um turbilhão de água.

Não conseguia lembrar do início exato de tudo aquilo, mas estava terminando ali em Fajardo, um ponto minúsculo e perdido no mapa, que parecia o fim do mundo. Yeamon seguiria seu rumo, e eu tomaria o caminho de volta. Era definitivamente o final de alguma coisa, mas não conseguia ter certeza do quê.

Acendi um cigarro e pensei sobre outras pessoas. Tentei imaginar o que estariam fazendo naquela noite, enquanto eu estava em uma rua escura de Fajardo, bebendo rum direto da garrafa com um homem que na manhã seguinte se tornaria um assassino fugitivo.

Yeamon me devolveu a garrafa e saiu do carro. "Bem, Paul, a gente se vê. Onde, só Deus sabe."

Me inclinei e estendi a mão. "Talvez em Nova York", falei.

"Por quanto tempo você vai continuar aqui?", perguntou.

"Não muito."

Apertou minha mão pela última vez. "Certo, Kemp", disse, abrindo um sorriso. "Obrigado mesmo. Você provou que é um campeão."

"Ora", respondi, ligando o carro. "Todo mundo é campeão quando está bêbado."

"Ninguém está bêbado", ele disse.

"Eu estou", falei. "Se não estivesse, teria entregado você à polícia."

"Que nada", desdenhou.

Engatei a marcha. "Certo, Fritz. Boa sorte."

"Isso aí", falou, quando comecei a me afastar. "Boa sorte pra você também."

Precisei ir até a esquina para fazer o retorno. Na volta, passei de novo por Yeamon e acenei. Ele estava caminhando na direção da balsa, e quando cheguei na esquina parei o carro e fiquei olhando para ver o que ele iria fazer. Foi a última vez que o vi, e lembro dela claramente. Yeamon caminhou até o píer, parou quase ao lado de um poste de madeira e ficou olhando para o mar. Seu vulto parecia a única coisa viva em uma cidade morta do Caribe – alto, vestido com um terno claro e amassado, o único que tinha, cheio de terra e manchas de grama e bolsos salientes, sozinho em um píer no fim do mundo, a sós com seus pensamentos. Acenei de novo, embora ele estivesse de costas para mim, e dei duas buzinadas rápidas antes de sair correndo daquela cidade.

Vinte e um

Voltando para meu apartamento, dei uma parada para comprar os jornais. Fiquei chocado ao encontrar Yeamon na primeira página do *El Diario*, com uma enorme manchete anunciando "*Matanza en Río Piedras*". Era uma edição da fotografia tirada na cadeia, quando nós três fomos presos e espancados. "Bem", pensei, "é o fim. A festa acabou."

Fui até o meu apartamento e liguei para a Pan Am para fazer uma reserva no voo da manhã. Depois fiz as malas. Enfiei tudo – roupas, livros, um álbum de recortes enorme com as coisas que fiz para o *News* – em duas sacolas de lona. Arrumei as coisas lado a lado e depois coloquei minha máquina de escrever e meu material de barbear sobre elas. E aquilo era tudo – meus bens materiais, os frutos escassos de uma odisseia de dez anos que começava a parecer uma causa perdida. Quando estava de saída, lembrei de levar uma garrafa de Rum Superior para Chenault.

Ainda tinha três horas de espera pela frente, e precisava descontar um cheque. Tinha certeza de que poderia fazer isso no bar do Al, mas talvez a polícia estivesse por lá, à minha espera. Resolvi correr o risco. Atravessei Condado com cautela, depois cruzei a estrada e adentrei a Cidade Velha, que ainda dormia.

O bar do Al estava vazio, com exceção de Sala, sentado no pátio. Quando cheguei perto da mesa, levantou a cabeça. "Kemp", falou. "Estou me sentindo com cem anos de idade."

"Quantos anos você tem?", perguntei. "Trinta? Trinta e um?"

"Trinta", respondeu, sem perder tempo. "Fiz no mês passado."

"Ora, diabos", respondi. "Imagine com quantos anos estou me sentindo... já tenho quase 32."

Sacudiu a cabeça. "Sempre achei que não chegaria aos trinta. Não sei por que, mas por algum motivo sempre tive essa impressão."

Sorri. "Não sei se eu tinha essa esperança. Nunca pensei muito sobre isso."

"Bem", falou. "Que Deus me ajude a não chegar aos quarenta. Eu não saberia o que fazer comigo."

"Talvez aconteça", eu disse. "Passamos do auge, Robert. Daqui para a frente, as coisas ficam bem horríveis."

Ele se recostou e não disse nada. Já estava quase amanhecendo, mas Nelson Otto continuava em seu piano. Tocava "Laura", e as notas tristes flutuavam até o pátio e se dependuravam nas árvores como pássaros cansados demais para voar. Era uma noite quente, quase sem brisa, mas eu sentia o suor frio em meus cabelos. Por falta de algo melhor para fazer, fiquei analisando um furo de cigarro na manga da minha camisa azul de tecido oxford.

Sala pediu mais bebida. Sweep trouxe quatro doses de rum, dizendo que eram por conta da casa. Agradecemos e continuamos sentados por mais meia hora, sem dizer nada. Ao longe, na zona portuária, escutei o lento badalar do sino de bordo de um navio ancorado no píer, e em algum lugar da cidade uma motocicleta retumbava pelas ruas estreitas, ecoando morro acima até a Calle O'Leary. Vozes nasceram e morreram na casa ao lado, e o som estridente de uma jukebox saía de um bar na mesma rua, um pouco adiante. Sons de uma noite de San Juan, pairando pela cidade em meio às camadas de ar úmido. Sons de vida e movimento, de pessoas se aprontando e de pessoas desistindo, o som da esperança e o som da insistência e, por trás de todos eles, o tique-taque silencioso e mortal de mil relógios famintos, o som ermo do tempo passando na longa noite do Caribe.

Coleção **L&PM** POCKET (LANÇAMENTOS MAIS RECENTES)

853. **Um crime adormecido** – Agatha Christie
854. **Satori em Paris** – Jack Kerouac
855. **Medo e delírio em Las Vegas** – Hunter Thompson
856. **Um negócio fracassado e outros contos de humor** – Tchékhov
857. **Mônica está de férias!** – Mauricio de Sousa
858. **De quem é esse coelho?** – Mauricio de Sousa
859. **O burgomestre de Furnes** – Simenon
860. **O mistério Sittaford** – Agatha Christie
861. **Manhã transfigurada** – Luiz Antonio de Assis Brasil
862. **Alexandre, o Grande** – Pierre Briant
863. **Jesus** – Charles Perrot
864. **Islã** – Paul Balta
865. **Guerra da Secessão** – Farid Ameur
866. **Um rio que vem da Grécia** – Cláudio Moreno
867. **Maigret e os colegas americanos** – Simenon
868. **Assassinato na casa do pastor** – Agatha Christie
869. **Manual do líder** – Napoleão Bonaparte
870(16). **Billie Holiday** – Sylvia Fol
871. **Bidu arrasando!** – Mauricio de Sousa
872. **Desventuras em família** – Mauricio de Sousa
873. **Liberty Bar** – Simenon
874. **E no final a morte** – Agatha Christie
875. **Guia prático do Português correto – vol. 4** – Cláudio Moreno
876. **Dilbert (6)** – Scott Adams
877(17). **Leonardo da Vinci** – Sophie Chauveau
878. **Bella Toscana** – Frances Mayes
879. **A arte da ficção** – David Lodge
880. **Striptiras (4)** – Laerte
881. **Skrotinhos** – Angeli
882. **Depois do funeral** – Agatha Christie
883. **Radicci 7** – Iotti
884. **Walden** – H. D. Thoreau
885. **Lincoln** – Allen C. Guelzo
886. **Primeira Guerra Mundial** – Michael Howard
887. **A linha de sombra** – Joseph Conrad
888. **O amor é um cão dos diabos** – Bukowski
889. **Maigret sai em viagem** – Simenon
890. **Despertar: uma vida de Buda** – Jack Kerouac
891(18). **Albert Einstein** – Laurent Seksik
892. **Hell's Angels** – Hunter Thompson
893. **Ausência na primavera** – Agatha Christie
894. **Dilbert (7)** – Scott Adams
895. **Ao sul de lugar nenhum** – Bukowski
896. **Maquiavel** – Quentin Skinner
897. **Sócrates** – C.C.W. Taylor
898. **A casa do canal** – Simenon
899. **O Natal de Poirot** – Agatha Christie
900. **As veias abertas da América Latina** – Eduardo Galeano
901. **Snoopy: Sempre alerta! (10)** – Charles Schulz
902. **Chico Bento: Plantando confusão** – Mauricio de Sousa
903. **Penadinho: Quem é morto sempre aparece** – Mauricio de Sousa
904. **A vida sexual da mulher feia** – Claudia Tajes
905. **100 segredos de liquidificador** – José Antonio Pinheiro Machado
906. **Sexo muito prazer 2** – Laura Meyer da Silva
907. **Os nascimentos** – Eduardo Galeano
908. **As caras e as máscaras** – Eduardo Galeano
909. **O século do vento** – Eduardo Galeano
910. **Poirot perde uma cliente** – Agatha Christie
911. **Cérebro** – Michael O'Shea
912. **O escaravelho de ouro e outras histórias** – Edgar Allan Poe
913. **Piadas para sempre (4)** – Visconde da Casa Verde
914. **100 receitas de massas light** – Helena Tonetto
915(19). **Oscar Wilde** – Daniel Salvatore Schiffer
916. **Uma breve história do mundo** – H. G. Wells
917. **A Casa do Penhasco** – Agatha Christie
918. **Maigret e o finado sr. Gallet** – Simenon
919. **John M. Keynes** – Bernard Gazier
920(20). **Virginia Woolf** – Alexandra Lemasson
921. **Peter e Wendy** seguido de **Peter Pan em Kensington Gardens** – J. M. Barrie
922. **Aline: numas de colegial (5)** – Adão Iturrusgarai
923. **Uma dose mortal** – Agatha Christie
924. **Os trabalhos de Hércules** – Agatha Christie
925. **Maigret na escola** – Simenon
926. **Kant** – Roger Scruton
927. **A inocência do Padre Brown** – G.K. Chesterton
928. **Casa Velha** – Machado de Assis
929. **Marcas de nascença** – Nancy Huston
930. **Aulete de bolso**
931. **Hora Zero** – Agatha Christie
932. **Morte na Mesopotâmia** – Agatha Christie
933. **Um crime na Holanda** – Simenon
934. **Nem te conto, João** – Dalton Trevisan
935. **As aventuras de Huckleberry Finn** – Mark Twain
936(21). **Marilyn Monroe** – Anne Plantagenet
937. **China moderna** – Rana Mitter
938. **Dinossauros** – David Norman
939. **Louca por homem** – Claudia Tajes
940. **Amores de alto risco** – Walter Riso
941. **Jogo de damas** – David Coimbra
942. **Filha é filha** – Agatha Christie
943. **M ou N?** – Agatha Christie
944. **Maigret se defende** – Simenon
945. **Bidu: diversão em dobro!** – Mauricio de Sousa
946. **Fogo** – Anaïs Nin
947. **Rum: diário de um jornalista bêbado** – Hunter Thompson
948. **Persuasão** – Jane Austen
949. **Lágrimas na chuva** – Sergio Faraco
950. **Mulheres** – Bukowski
951. **Um pressentimento funesto** – Agatha Christie
952. **Cartas na mesa** – Agatha Christie
953. **Maigret em Vichy** – Simenon
954. **O lobo do mar** – Jack London
955. **Os gatos** – Patricia Highsmith
956. **Jesus** – Christiane Rancé
957. **História da medicina** – William Bynum
958. **O morro dos ventos uivantes** – Emily Brontë
959. **A filosofia na era trágica dos gregos** – Nietzsche
960. **Os treze problemas** – Agatha Christie